中国当代戏仿文化研究

张悠哲 著

中国社会科学出版社

图书在版编目(CIP)数据

中国当代戏仿文化研究/张悠哲著.—北京：中国社会科学出版社，2021.7
ISBN 978-7-5203-8381-3

Ⅰ.①中⋯　Ⅱ.①张⋯　Ⅲ.①中国文学—当代文学—文学研究　Ⅳ.①I206.7

中国版本图书馆 CIP 数据核字(2021)第 082788 号

出 版 人	赵剑英
责任编辑	陈雅慧
责任校对	武钰霈
责任印制	戴　宽

出　　版	中国社会科学出版社
社　　址	北京鼓楼西大街甲 158 号
邮　　编	100720
网　　址	http://www.csspw.cn
发 行 部	010-84083685
门 市 部	010-84029450
经　　销	新华书店及其他书店

印刷装订	三河弘翰印务有限公司
版　　次	2021 年 7 月第 1 版
印　　次	2021 年 7 月第 1 次印刷

开　　本	710×1000　1/16
印　　张	15.5
字　　数	239 千字
定　　价	88.00 元

凡购买中国社会科学出版社图书，如有质量问题请与本社营销中心联系调换
电话：010-84083683
版权所有　侵权必究

序

作为一个普通教师，本来不太适合给别人的著作作序，但是，张悠哲是我的学生，态度又非常诚恳，我也只好遵命。

在我印象里，张悠哲是淑女型女生，温文尔雅，平和宁静，做事和读书都很认真、执着。她毕业后，时有微信联系，也知道她的一些情况，结婚生子，也在高校任教，生活和工作都很积极、乐观。这部书稿是她多年来学习、思考的一个结晶，虽然谈不上博大高深，却也是她学术上积极努力的累积和见证。

书稿题名为"中国当代戏仿文化研究"，研究范围比原来的论文扩大一些，原来的论文只限于当代文学范围之内，现在加入了文化部分，想必是，她觉得单单在文学上研究"戏仿"有些说不清吧。这或许也有利于问题的深入探讨。

著作的思路是非常清晰的，首先是"戏仿"理论探源和"戏仿"现象发生的追溯，从古希腊开始，然后到文艺复兴，再到现代主义和后现代主义，主要根据西方学者的研究著作，涉及玛格丽特·罗斯的《戏仿：古代、现代与后现代》，佛马克、易布思夫妇的《二十世纪文学理论》，俄国形式主义理论家什克洛夫斯基、蒂尼亚诺夫的观点，巴赫金的"对话"理论，结构主义学者克里斯蒂娃的"互文性"理论，新马克思主义者弗雷德里克·詹姆逊和特里·伊格尔顿的观点等，这些在当代中国具有较大影响的理论、观念，在文中并不显得生硬和芜杂，而是被井井有条地纳入到自己的思考之中，有的地方不免浅显，但是清楚、明白。这些外来的知识也具有必要性，对于理解"戏仿"能够提供非常有价值的启发。学术上不应该过于封闭，鲁迅的"拿来主义"

仍然是面对西方文化最值得效法的态度。现在毕竟是文化大交流、大交融的时代，中国当代学术发展需要更好地吸收、借鉴异域文化的养料。中国文化不是凝固的，而是不断变化、发展的，吸收外来文化来强壮、发展自己，一直是中国文化变革的重要特点。在古代，印度的佛教和北方的游牧文化，都对中华文化的发展起到重要的作用。近代以来，吸收西方文化更是成为学术发展的重要动力。晚清以来那些大学者，都不同程度地吸收着外来的学术思想和方法，但又都不失中国的情怀。张悠哲在充分关注西方"戏仿"理论及其起源的同时，也没有忽视中国的传统。她将"戏仿"和中国传统的"滑稽"联系起来，认为中国先秦时期的俳优表演已经具有"滑稽"因素，《史记》的《滑稽列传》则更集中地反映了当时"滑稽"的特征：优孟、优旃、淳于髡三位俳优善于调笑，用滑稽讽刺对君王进行谏言。唐代的"参军戏"滑稽十足，宋代的杂剧保持了唐以来优戏的滑稽调笑风格，模仿多个人物和场景，形成完整的故事情节。近代以来戏曲中的插科打诨也得益于戏剧固有的滑稽戏谑因子。中国古代的小说、诗歌中也存在着一定的滑稽因素。近代的政治小说、言情小说、公案小说中的仿古故事，也有一定的戏仿性因素。《红楼梦》《三国演义》《金瓶梅》等名作，戏仿因素也处于重要地位。在现代小说中，鲁迅的《故事新编》明显具有戏仿性，沈从文、施蛰存、冯至的作品中，也存在着戏仿的因素。这种对戏仿理论和发生的探源、追溯和梳理，也是比较重要的，它既是作者良好的知识结构、理论框架和学术视野的呈现，也是其思想、方法的基本平台。

在探源、梳理之后，便切入具体的论述对象：当代文学、文化中的"戏仿"现象。她探讨了新时期"戏仿"起源于泛化，认为新时期"戏仿"最初是那种讽刺小说，20世纪80年代初期王蒙、高晓声、谌容等人的讽刺小说和具有的讽刺性语言，是新时期比较早的具有"戏仿"因素的作品。在80年代中期以后直至90年代，"戏仿"逐渐渗透，乃至融入社会和文学的各个角落，期间，文坛的各种力量都介入"戏仿"之中，尤其是大众文化的崛起，对于"戏仿"的泛化起着更为重要的作用。这种描述是比较准确的。尽管先锋文学存在着"戏仿"因素，但是，由于其探索性和非大众化，局限在纯文学之中，就社会影响而言并不一定太大。大众化文学由于其对市场的认可和追求，对社会大众影响更为明显、广泛。比如，"二人转"作为一种大众化的民间艺术，其表演充满了戏仿性，在大众社会之中具有非常大的影响力。马原的"叙事圈套"则只在那些先锋的偏好者和一部分关心文学的青年中具有影响力。

在进入更为具体的"戏仿"现象研究的时候，她进行了分类，或者说她选择了几个问题作为突破口，而没有泛泛而论，这是明智之举。如果没有对"问题"的聚焦，就无法进行更为深入的研究。作者选择了语言戏仿、文本戏仿和文化视野中的戏仿，此外，还有"散论"多篇，基本上是论文式的专项研究。就广度而言，这种研究布局虽然未必很严密，但是基本合理，大体上覆盖了中国当代文学、文化的"戏仿"现象。这里涉及许多作家作品所蕴含的"戏仿"现象，从一个角度反映了当代文学的某种丰富、复杂的景象及其发展、变化的轨迹，对于理解一些作家作品特色、风格也不无裨益。比如，人们普遍感觉莫言小说文体多变、语言芜杂，其实，如果从戏仿的角度看，也可以去深入理解莫言文体和语言问题。余华的先锋叙事，存在着对其他文类的模仿，《河边的错误》是对侦探小说的戏仿，《古典爱情》是对古代才子佳人小说的颠覆，《鲜血梅花》是对武侠小说的戏仿；王小波的《青铜时代》将唐人传奇和当代人生拼贴和交融在一起，以此叩问人生、命运和历史；刘震云的《故乡相处流传》以世俗化、民间化的立场去关照历史，寻找另一种真实，由此，又涉及新历史小说对历史的态度问题。我以为，在具体问题的研究方面，"语言戏仿类型分析"是十分充实而丰富的。作者无疑是下了很大功夫的，要细读许多作家的作品，还要进行更为细化的分类。她深入到各种类型的语言戏仿之中，不仅涉及80年代以来影响比较大的作家乃至一线作家如莫言、余华、阎连科、残雪、毕飞宇、王蒙、王朔、刘震云、方方、刘恒、徐坤、东西、李洱，等等，还分析了影视剧中的语言，不仅有常见的作品，而且还有人们容易忽略的作品。在对语言进行分类的时候，作者明确声明："本书借鉴巴赫金对小说戏仿形态的分类，结合中国当代文学中戏仿语言的特征，将语言戏仿的类型大致归为三种：一种是对社会典型话语的戏仿，比如政治话语、毛主席语录或箴言、流行用语等。第二种是针对特定人物或类型、风格话语的戏仿，如对知识分子阶层话语的戏仿，对某种专业术语如历史学术语、词典体话语方式的戏仿等。第三种则是混合了前两种语言戏仿类型，形成语言杂糅的综合戏仿，这种戏仿不局限于某个人的语言风格或某些社会典型的话语，而是将种种语言风格杂糅综合在一起进行戏仿。"对王朔语言的分析比较多，这是因为王朔戏仿语言最为突出的缘故。王朔显然是一个充满争议的作家，作者对王朔保持着自己的立场，一方面详细指出王朔语言戏仿的才能，列举了许多具体的语言现象，另一方面也看到了王朔商业化、大众化的媚俗气息。这种分析是慎重而辩证的，但是，对于王朔戏仿语言的文学贡献似乎强调的不够。王朔的确有非常庸俗的一面，但是，也有率真的一面，更有犀利的闪光。从当代中国文学来看，王朔的语言包含着当代中国社会丰富的历史、文化信息，王朔的语言嬉笑怒骂，将当代社会许多伪善揭示出来，让人们在笑声中获得一种启示，并非像某些肥皂剧一样仅仅是一种弱智的傻笑。这是许多作家做不到的。总之，我以为，语言是文学最具活力、魅力和精神深度的细胞，语言是作家的呼吸，从语言的修辞风格中，最能见出更深层次的文学动向和作家作品的精神特质。语言分析作为一种方法是非常可取的，它可以使研究或批评落实到文学更为实在的基石之上，使理论有了更为具体的落脚点，不再成为对着天空独语的空洞之音。另外，"附录"中的问题探讨，由于集中力量对准更为具体的问题，相对其他地方，具有一定的深度。一些在书中的论述得到了更为切实的深化分析。

"戏仿"是普遍存在的现象，也是值得关注的问题。希望作者能够不断深入下去，在此基础上写出更好的文章。

王学谦

目 录

绪 论 (1)
  第一节 戏仿理论的起源与流变 (1)
    一 古代戏仿理论溯源 (1)
    二 现代主义中戏仿理论的流变 (3)
    三 后现代主义中戏仿的论争 (5)
  第二节 戏仿的发生及其特征 (8)
    一 从"模仿"到"戏仿" (8)
    二 从"滑稽"到"戏仿" (10)
    三 戏仿的特征及表现形式 (13)
    四 历史、元小说与戏仿 (15)
  第三节 研究现状及研究思路 (20)
    一 国外研究现状 (20)
    二 国内研究现状 (22)
    三 研究思路与方法 (28)

第一章 中国当代戏仿的源起和泛化 (30)
  第一节 当代戏仿叙事的源起 (31)
    一 现代文学中的戏仿与讽刺 (31)
    二 "十七年"与"文化大革命"文学中的讽刺 (37)
  第二节 当代戏仿的生成条件 (41)
    一 相对宽松的历史语境 (41)
    二 创作主体意识的自觉 (44)

三　西方后现代思潮影响 …………………………………… (48)
　第三节　新时期以来戏仿的泛化过程 …………………………… (50)
　　一　先锋文学中的戏仿 ……………………………………… (51)
　　二　多元杂陈的戏仿"大观" ………………………………… (54)
　　三　大众文化"关键词" ……………………………………… (59)

第二章　中国当代语言戏仿类型研究 …………………………… (63)
　第一节　语言戏仿类型分析 ……………………………………… (64)
　　一　社会典型政治话语的戏仿 ……………………………… (65)
　　二　对某阶层或流行语言的戏仿 …………………………… (75)
　　三　语言杂糅式的戏仿 ……………………………………… (86)
　第二节　戏仿：文化转型期的重要话语策略 …………………… (92)
　　一　文化转型期的重要话语策略 …………………………… (92)
　　二　语言观念变革中的戏仿 ………………………………… (95)
　　三　喜剧性和杂语性 ………………………………………… (98)

第三章　中国当代戏仿文本结构研究 …………………………… (103)
　第一节　"前文本"戏仿类型 …………………………………… (104)
　　一　经典或名著 ……………………………………………… (104)
　　二　神话传说 ………………………………………………… (110)
　　三　传奇故事 ………………………………………………… (114)
　第二节　文类或创作模式的戏仿 ………………………………… (118)
　　一　通俗文类 ………………………………………………… (118)
　　二　经典叙述模式的戏仿 …………………………………… (129)
　第三节　历史、社会"大文本" ………………………………… (136)
　　一　嬉戏历史：以刘震云《故乡相处流传》为例 ………… (136)
　　二　历史重构：新历史主义小说中的"戏仿" …………… (139)
　第四节　戏仿文本的结构模式：新"故事新编" ……………… (142)

第四章 文化视野中的戏仿艺术 (147)

第一节 "红色经典"中的戏仿：以小说《沙家浜》为例 (147)
一 "沙家浜"故事版本沿革背后 (148)
二 从"沙家浜"看"红色经典"的改编与再造 (153)

第二节 大众文化中的戏仿 (156)
一 图像化：发展领域的拓展 (156)
二 多元化：作为文化"魔镜"的戏仿 (163)
三 娱乐化："大话""恶搞"之风盛行 (167)

第三节 文化语境及其文化意味 (171)
一 文化语境中的戏仿文体 (172)
二 有意味的文化悖论 (178)

第四节 戏仿面临的困境与危机 (180)

结　语 (184)

附　录 (188)
一 论"重述神话"的创作机制及其价值取向
　——以奔月、射日的"重写"为例 (188)
二 消费文化视域下"重述神话"价值辨析 (197)
三 论新时期小说戏仿叙事的演变及类型 (205)
四 20世纪90年代以来文学戏仿现象研究述评 (216)
五 大众文化中文学经典的戏仿和改编 (223)

参考文献 (233)

后　记 (237)

绪　　论

第一节　戏仿理论的起源与流变

"戏仿"的英文是"parody",源自古希腊词"parodia",又可译为滑稽模仿、戏拟、讽刺诗文、戏谑性仿作等,目前中文里稳定且通行的译法是戏仿。戏仿作为一个历史性概念,其内涵和外延经过漫长的发展变化,已经不能被最初的"滑稽模仿"所限定。在历史上,亚里士多德（也译为亚里斯多德）、什克洛夫斯基、巴赫金、马丁等人在对戏仿进行解释和分析时,不免带有一定的历史文化印记和部分个体特征,戏仿在不同历史时期的概念释义具有"家族相似"的特点。要想给予戏仿一个边界清晰、内涵确定的定义是有一定难度的,应在戏仿的产生关系以及历史发展中把握其个体特征、核心要义,采取要素分析的综合归纳法,在不同的历史性语境中体悟和把握戏仿含义的"变"与"不变",这无疑是论述的必要前提。我们将具体通过对戏仿发展演变中的"原点""转折点"和"关键点"的梳理和综合,达到对其概念、理论及实践总体发展脉络的大体认识。

一　古代戏仿理论溯源

根据玛格丽特·罗斯在《戏仿：古代、现代与后现代》一书中的考证,在公元前4世纪的古希腊,"parody"即被用以指称一类滑稽性地模仿史诗的作品。雅典城的赫格蒙当时以模仿和改造庄严的史诗而闻名一时,亚里士多德在《诗学》中称其为"首创戏拟诗的塔索斯人赫格蒙",并且在"模仿"艺术的谱系中提到赫格蒙这位"戏仿"作家,他认为赫格蒙描写的人物具有"比一般人坏"[①]的喜剧性。这是目前学界普遍认可的戏仿理论"原点"。公元1世纪时,古罗马教育学家兼修辞学家昆体良认为,戏仿"源于模仿他者的吟诵歌曲,随后在诗歌和散文的模仿中被滥用"[②]。历史上对于戏仿古代含义的描述都颇为简洁,但都突出了其"模仿性"的特点。

罗斯发现,1561年斯卡利杰使用"ridiculous"(荒谬)一词描述戏仿的滑稽性一面。古罗马的戏仿史诗作品较之庄严的史诗,地位相对低下。此时,戏仿继续被"降格",用以指称琐碎的、低级的、拙劣的滑稽讽刺作品。斯卡利杰对戏仿不高的评价和定位,直接影响到文艺复兴以后,在很长一段时间内,人们对戏仿仍然存有诸多偏见。约翰·江普(又译约翰·邓普,笔者注)将17世纪到20世纪中的滑稽模仿作品大致分为:"滑稽模仿、戏拟英雄体(又译休迪布拉斯式嘲讽)游戏诗文(又译谐仿文)、嘲弄模仿诗(又译模仿诗)四类。"[③] 此外,江普还单列出来滑稽模仿戏剧,这类戏剧在英国具有根深蒂固的传统。如谢里登的《批评家》,部分段落戏仿了莎翁的戏剧,嘲讽模仿莎翁的风尚。四类滑稽模仿作品之一的游戏诗文,其对应的英文是"parody",与戏仿来自同一词源。这类作品在18世纪流行一时,代表作品有菲尔丁的小说《夏美乐》(1741)、约翰·菲利普斯谐仿《失乐园》的短诗《奇妙的先令》(1701)等。游戏诗文在当时的英国社会很受欢迎,德高望重的批评家仍选用"庸俗"的字眼评价这类作品。究其原因,一方面是历史上留存下来的成见,另一方面也来自游戏诗文自身不伦不类的滑稽效果。约翰·江普的划分过于简单化,这四类滑稽模仿作品彼此之间的

---

① [古希腊]亚理斯多德:《诗学》,罗念生译,人民文学出版社2002年版,第7—8页。
② Margaret A. Rose, *Parody: Ancient, Modern and Postmodern*, Cambridge University Press, 1993, p.8.
③ [美] A.P. 欣奇利夫、菲利普·汤姆森、约翰·D. 江普:《荒诞·怪诞·滑稽》,杜争鸣、张长春等译,陕西人民出版社1989年版,第224页。北京昆仑出版社在1992年出版了文学批评术语丛书,其中第2辑收录了约翰·邓普《论滑稽模仿》一书,此书实际上是从上述三人合著的《荒诞·怪诞·滑稽》一书中将"滑稽"一章单辟成一本小册子,内容基本相同,因译者不同,译法稍有差别。

界限并不十分明显，滑稽模仿、戏拟英雄体、嘲弄模仿诗都可以划归为广义的戏仿作品范畴。由以上的阐述我们大致可以得出，戏仿最初源于对诗歌形式的滑稽模仿，历史悠久，产生初期偏重"模仿性"，"滑稽性"的因素大约在16世纪以后逐步融入。戏仿类作品"规格"不高，甚至部分带有贬义色彩。17世纪到20世纪，包含戏仿成分的滑稽讽刺类作品发展得比较成熟，已经能够划分出大致类别。

二 现代主义中戏仿理论的流变

随着现代主义文学艺术对修辞方法的重视和借鉴，"戏仿"逐渐被引入小说、诗歌或散文的创作中，地位及评价随之上升。20世纪以后，现代派小说理论家比较重视"戏仿"的创作方法，并将它与拙劣模仿、讽刺等方法区分开来，视之为具有独特功能和技巧的叙事方法及相关的叙述行为，或者是严肃的"元小说"或"互文性"的特殊形式。什克洛夫斯基、蒂尼亚诺夫等俄国形式主义理论家在对"戏仿"现象的研究方面各自有独到的见解。什克洛夫斯基最早为"戏仿"正名。斯泰恩在小说《项迪传》的叙述中，经常主动暴露自己的构想或评价他人的作品，具有"元小说"的性质。一般评论家视之为模仿作品，什克洛夫斯基却认为小说中的"戏仿"通过模仿小说的普遍规则和惯例从而使小说叙事技法本身得以暴露出来。这种"暴露性"叙事有别于以往现实主义作家力图掩盖叙述手法的做法，而是以最"自然""真实"的方式来反映世界的艺术方法。实际上，什克洛夫斯基将戏仿当作文学艺术获得"陌生化"效果的工具。[①] 此后，同属形式主义派别的托马舍夫斯基和蒂尼亚诺夫，分别从戏仿的暴露性叙事形式、戏仿创造的新形式对于推动文学史发展的作用等角度，深化和发展了什克洛夫斯基关于戏仿的理论探讨，并为后来的研究者拓宽了思路和角度。

佛克马、易布思夫妇在《二十世纪文学理论》中指出："欧洲各种新流派的文学理论中，几乎每个流派都从这一'形式主义'传统中得

---

① ［俄］维克托·什克洛夫斯基等：《俄国形式主义文论选》，方珊等译，生活·读书·新知三联书店1989年版，第7页。

到启示。"① 戏仿理论的发展深化也从"形式主义"那里得到重要的启示。以什克洛夫斯基为代表的俄国形式主义者，对戏仿的重新认知和肯定，在戏仿发展历史中具有承上启下的作用，是一个重要的"转折点"，并对以后巴赫金的文学研究产生了直接的影响。戏仿是贯穿了巴赫金小说和文化研究理论的一个重要概念，主要体现在三个方面。其一，巴赫金借鉴蒂尼亚诺夫关于戏仿双重平面结构的论述，在分析小说话语的双重指向问题时提出"戏仿体"的概念，"即针对言语的内容而发（这一点同一般的语言是一致的），又针对另一个语言（即他人的语言）而发"。② 戏仿体是特意"对话化"的混合体，存在着两种各自独立的声音和意识，因此具备"对话"的特点，两种不相融合的声音正是戏仿内在矛盾性的来源。其二，巴赫金将文化转型时期的对话理论概括为"语言杂多"，就是语言交流、传播过程中多元、多样化的复杂形态，包括了小说话语理论、西方语言文化史以及文体与形式，其中文体与形式中主要的话语策略就是戏仿。一方面，小说通过戏仿等手段，吸收融入各种类型的话语，呈现出语言杂多的面貌；另一方面，语言杂多经常发生在社会文化动荡和裂变的时期，戏仿相应具有历史性特点。其三，巴赫金在研究中世纪和文艺复兴时期的民间诙谐文化时，特意指出了戏仿的重要性：戏仿作品是民间诙谐文化的主要表现形式之一，它能以民间视角嘲讽官方生活，既建立二者之间的联系，又试图取消二者间的鸿沟与对立，从而揭示了戏仿中隐藏的意识形态色彩。巴赫金对戏仿的剖析和理解超出了以往论者对戏仿意图（嘲弄、戏谑）、戏仿形式（模仿、模仿对象）、戏仿内容等的界定，深入到了话语及意识形态的更深层面。

结构主义学者克里斯蒂娃继承和发展了巴赫金的"对话"理论，融合索绪尔的共时语言观，建立"互文性"理论，认为任何一个文本都与其他文本有着千丝万缕的联系。戏仿文本的双重结构决定了仿文本

---

① ［荷兰］佛克马、易布思：《二十世纪文学理论》，林书武等译，生活·读书·新知三联书店1988年版，第13页。
② ［俄］巴赫金：《巴赫金全集》第5卷，白春仁、顾亚铃译，河北教育出版社1998年版，第245页。

必须借鉴、改造和模仿源文本才能获得新的意义，戏仿因此具有"互文"的特点。法国学者吉拉尔·热奈特在《隐迹稿本》中提出了五种跨文本关系，进一步区分了互文和戏仿，互文是"一篇文本在另一篇文本中切实地出现"，[①] 而戏仿则是一种超文性，是"一篇文本从另一篇已然存在的文本中派生出来的关系"。[②] 从以上的梳理中可以看到，巴赫金从小说话语和日常生活话语中发现了戏仿的价值和意义，侧重挖掘戏仿的政治意义和文化意义。克里斯蒂娃和热奈特主要从文本之间的结构关系角度界定戏仿的"互文性"或"超文性"特点，侧重戏仿的叙事学意义。这些研究成果丰富和发展了戏仿理论，使之脱离了最初单一的"模仿性"或"滑稽性"定位。戏仿及其理论显得更加丰富化和立体化。戏仿从古代发展到现代，其概念中的两个核心"模仿"与"滑稽"在保持不变的同时，概念本身的界限是存在流动性的。流动性主要源自戏仿与生俱来的模仿性，普遍的模仿形成互文性系统，互文性系统的开放性决定了戏仿界限的流动性。

三 后现代主义中戏仿的论争

戏仿的理论和含义在"变"与"不变"中一直发展延续到了后现代社会，戏仿甚至成为后现代文学艺术中一种"猖獗"的文化现象，吸引人们的关注并引发广泛的争议。西蒙·登提斯持中立态度，他认为戏仿已经成为我们生活的一部分，从日常说话到戏剧、电影、电视和建筑中都能见到戏仿的踪迹，戏仿已经成为一种普遍的文化行为，并且具有"论辩"的性质。[③] 实质上，在戏仿的发展历程中，对它的界定和态度一直存在争议和不确定性，这一点到了后现代主义时期体现得尤为明显。"正""反"两方面的鲜明态度是我们重新审视戏仿的"关键点"。新马克思主义理论家弗雷德里克·詹姆逊（又译为杰姆逊、詹明信等，

---

① [法] 蒂费纳·萨莫瓦约：《互文性研究》，邵炜译，天津人民出版社2003年版，第19页。
② [法] 蒂费纳·萨莫瓦约：《互文性研究》，邵炜译，天津人民出版社2003年版，第21页。
③ Simon Dentith, *Parody*, London and New York Routledge Press, 2000.

笔者注）和特里·伊格尔顿总体上对后现代主义持批评或否定的态度，戏仿是后现代主义的一个重要特征，因此获得不少负面评价。詹姆逊在西方后工业社会的文化背景下指出，戏仿是晚期资本主义文化的一个重要特点。文化和美感的生产已经融入商品生产的"机械"过程中，"七拼八凑"炮制出一系列文化"产品"，而戏仿俨然成为文化产品的重要生产方式之一。后现代的艺术家们过度消解主体和精神，戏仿也丧失了原有"嘲弄式模仿"的使命，类似的"拼凑""剽窃"出现后，严肃、有效戏仿实践已经变得"不可能"。"戏仿利用了（现代助于作品）风格的独特性，并且夺取了它们的独特和怪异之处，造成了一种模拟原作的模仿。"① 它的"模拟性"在很大程度上造成文化产品无个性、无风格。詹姆逊将抨击戏仿的矛头一并指向拼凑、剽窃等后现代常用手段，拼凑是一种"空心的模仿"，剽窃是"失去了幽默感的戏仿"。与詹姆逊同为新左派理论家的英国学者特里·伊格尔顿，他将后现代主义视为一种文化形式，并指出"它的典型文化风格是游戏的，自我戏仿的，混合的，兼收并蓄的和反讽的"。② "自我戏仿"是后现代主义典型的文化风格之一，它一方面体现在各种文化形式之间的相互模仿和借鉴，形成广泛的"互文性"效应；另一方面，"自我戏仿"指的是戏仿艺术本身的"自我指涉性"，即艺术的虚构行为被有意地推至台前，具有一定的"元小说"特性。后现代主义文化的一系列典型风格，如游戏、戏仿、混合、反讽等，若从哲学角度来看，是避开了宏大的、封闭的概念和价值体系，是反本质主义、反总体性、反连续性的，这些都是伊格尔顿所批判的。

加拿大后现代主义理论家琳达·哈琴（又译为琳达·哈钦、琳达·哈切恩等）的戏仿观在总体上与詹姆逊和伊格尔顿形成鲜明的对比。戏仿是哈琴后现代主义诗学的核心范畴之一，哈琴对后现代主义戏仿格外推崇，认为它是后现代艺术的典型表征，几乎囊括了所有后现代主义的文化产物和实践活动。哈琴注意到，后现代主义之所以是一种自相矛

---

① [美] 詹明信：《晚期资本主义的文化逻辑》，陈清侨等译，生活·读书·新知三联书店1997年版，第400—401页。
② [英] 特里·伊格尔顿：《后现代主义的幻象》，华明译，商务印书馆2000年版，第1页。

盾的悖论，正是因为它的理论和美学实践都无法摆脱它所试图颠覆的体系。她试图用"悖谬"把握后现代诗学，而"悖谬"在艺术方面体现得尤为明显，尤其是文学和建筑方面，文学中最能体现这种悖谬的重要方面就是"戏仿"的运用。戏仿并没有像詹姆逊或伊格尔顿认为的那样，简单地逃避历史、消解历史，或仅仅玩弄或拼凑历史碎片，制造文化垃圾。它以独特方式对历史、文化、权利和话语进行解码和再编码，"双重赋码"的结构中潜藏着意识形态相关问题。哈琴的两部著作，《后现代主义诗学：历史·理论·小说》和《论戏仿：20世纪艺术形式的训导》都鲜明地体现了她的后现代主义"戏仿观"。哈琴对于后现代主义戏仿另辟蹊径的丰富解读，增加了戏仿自身的历史和意识形态维度，也为我们研究后现代主义文化的复杂现象开辟了一条澄明的道路。

我们通过以上对戏仿在西方发展历程的简要梳理和考察，大致厘清了戏仿在各个历史时期的概念界定和理论范畴。作为一个历史性概念，戏仿在发展中内涵和外延不断变化增殖。从赫格蒙笔下的模仿史诗，到巴赫金发现的小说话语中的"戏仿体"，克里斯蒂娃将戏仿视为一种"互文性"，再到詹姆逊所嗤之以鼻的"拼凑"式戏仿，还有被哈琴奉为"后现代主义完美形式"的戏仿，戏仿的边界是流动的。不过可以肯定的是，戏仿始终稳定"不变"的两个核心是：模仿性和滑稽性。戏仿的"模仿性"是一种普遍的"互文性"，必然涉及戏仿"前文本"的影响。戏仿的滑稽性与反讽、幽默、讽刺等因素相联系，不是简单地产生滑稽、讽刺等美学效果，滑稽性的深层往往形成了"反形式""反本质化"的叙述指向。戏仿内涵和外延的"变化"主要体现在两方面：一方面，戏仿逐渐从贬义词过渡到中性甚至是褒义词。随着现代主义到后现代主义时期，文学艺术中戏仿的大面积使用，戏仿叙事的"在场"得到了文学和评论界的青睐。另一方面，戏仿已经超出了最初诗歌中的单一修辞方法，逐渐在文学中形成了成熟的戏仿文体，并涵盖了广泛的文学艺术实践。戏仿的双重声音和双重结构、互文性特征、意识形态要素不断被挖掘出来。在此过程中，戏仿的外延不断被拓展，其内涵也不断在深入，戏仿从狭隘的修辞技巧走向开阔的文学体式。

第二节　戏仿的发生及其特征

一　从"模仿"到"戏仿"

从戏仿的构词来看，二者构成偏正短语，"戏"带有滑稽、戏谑色彩，构成性质，"仿"即模仿、模拟，代表本质，戏仿的核心之一即是模仿。戏仿在古希腊的词根意思为"重复曲"，"重复"必然包含模仿的意思。在西方，从古希腊时期就开始存在的模仿说，这是一种典型的再现说文艺观。在苏格拉底之前，希腊的思想家们认为文艺是模仿自然的，赫拉克利特就提出过艺术是模仿自然的，是以自然的面貌出现的观点。从苏格拉底开始，文艺观念出现了人文主义转向，突出了社会人生这一文艺模仿的对象。亚里士多德继承了苏格拉底的这一思想，并对模仿说做出了较为深入的论述。他认为文艺起源于模仿，"史诗和悲剧、喜剧和酒神颂以及大部分双管箫乐和竖琴乐——这一切实际上是模仿，只是有三点差别，即模仿所用的媒介不同，所取的对象不同，所采的方式不同"。[①] 中国古代的《易·系辞》中就有"观物取象"之说，代表了中国独有的模仿论。模仿是人类共有的艺术表现手段。东西方的"观物取象"和"模仿说"虽然各有其背景和含义，但都共同地强调文学作品与世界的不可分割的联系。文学不仅是对现实世界的"模仿"和再现，也是对其自身的"模仿"与再现。

综观戏仿在西方的发展历史，其中一个重要现象就是，最初在诗歌领域出现的戏仿，经过若干历史时期的发展，在现代主义、后现代主义时期却大量存在于小说之中。这种现象的出现，应该与西方文体发展历程密切相关。"西方的文学理论家经常把'史诗'（epic）看成是叙事文学的鼻祖，继之以中近世（中世纪）的'罗曼史'（传奇）（romance），发展到18和19世纪的长篇小说（novel）而蔚为大观，从而

[①] ［古希腊］亚理斯多德：《诗学》，罗念生译，人民文学出版社2002年版，第3页。

构成了一个经由'epic-romance-novel'一脉相承的主流叙事系统。"[①] 戏仿在西方文学中的发展大致也遵循了这个叙事系统。古希腊罗马时期，古典文学中模仿诗十分盛行。阿里斯托芬的剧作中就有模仿欧里庇得斯和其他作家的作品，其中最著名的作品是《蛙鼠之战》，讲述一只老鼠去青蛙家做客，青蛙图谋不轨被杀，奥林匹斯山上诸神介入战争的故事，这个故事是对古代神话战争的滑稽模仿。[②] 文艺复兴时期，塞万提斯创作出闻名于世的《堂吉诃德》，小说以戏仿的方式颠覆了当时流行一时的骑士小说。堂吉诃德沉溺于中世纪英雄传奇的美梦之中，他在现实中的形象和行为与骑士相去甚远，制造出一系列荒诞可笑的场景。小说尤其是长篇小说的兴盛和发展，为戏仿提供了实践的广阔土壤。西方现代主义和后现代主义潮流的出现赋予戏仿更为复杂的内容和形式，尤其是20世纪60年代以后，在后现代主义的文化实践中，戏仿已经溢出了小说的范畴，朝向建筑、音乐、美术、戏剧、影视发展。应该明确的是，戏仿经由最初的修辞技巧发展到现代主义、后现代主义阶段一种相对稳定的文体，还是基于小说这片广阔的"沃土"。

需要追问的是，在戏仿漫长的发展历程中，它一直处于"边缘化"的地位，为何到了现代尤其是后现代阶段，文学艺术已经不单模仿和再现除自身以外的世界，而转向模仿和再现自身？大面积出现的戏仿创作具有哪些可能性和必然性？这些问题不是本书的论述重点，但这能为我们理解中国新时期以来文学艺术中的戏仿现象提供重要的参照价值。中西方的文学传统，历来是以现实为依据的。现实不断地发展并超越文学的表达能力，文学创作则必须随之发展和深化。面对大量复杂的社会新现象、新问题，传统的意义变得含混而暧昧，因此出现一些反传统而行之的创作，比如文学中的戏仿现象，它是包含了反讽、嘲弄、拼凑等技术的"大杂烩"。戏仿模糊了现实与幻想之间的距离，并注入了思想上的荒诞意味、形式上的不协调、艺术上的滑稽幽默效果。1976年，美国后现代小说家约翰·巴斯发表名为"枯竭的文学"一文，认为文学

[①] [美]浦安迪：《中国叙事学》，北京大学出版社1998年版，第9页。
[②] [美]约翰·邓普：《论滑稽模仿》，项龙译，昆仑出版社1992年版，第52页。

几乎穷尽了某些可能性，某些形式也被用空，他发表此文旨在在后现代语境中寻求新的文学或小说的审美原则。巴斯认为戏仿扩大了后现代小说的艺术可能性，戏仿这类"故意模仿"区别于亚里士多德式的传统"模仿"，它虽然不直接再现生活，却是再现了已经是生活的再现。后现代主义作家们的有意识尝试和探索也让戏仿文体变成一种可能并趋于稳定。约翰·巴斯身体力行，创作出《烟草经济人》《马里兰姑娘》《羊童贾尔斯》等作品，巴尔塞姆的《白雪公主》、纳博科夫的《洛丽塔》、约翰·福尔斯的《法国中尉的女人》也都包含鲜明的戏仿色彩。戏仿作品并未失去"模仿"现实的维度，只是刻意增加了"喜剧"的因素，尽情暴露自己的"模仿"行为，达到对现实的质疑和消解。

二 从"滑稽"到"戏仿"

戏仿除了"模仿"的因素，还包含"滑稽"的意味。滑稽这个词源于意大利语，指通过模仿严肃的主题或者风格，故意制造出不协调的令人发笑的场景。从17世纪到20世纪，西方的滑稽模仿类文学繁荣发展，有滑稽讽刺剧、谐仿诗、戏仿小说等。在中国，滑稽的本义是一种盛酒器。"滑"者，泉水涌动的样子；"稽"者，持续不断的意思。司马迁取其中流畅的寓意，将善于言辞、机智巧辩的宫廷俳优视为"滑稽"性人物，并在《史记》中设《滑稽列传》，专门评价滑稽的文章。自此，"滑稽"便成为中国文学作品中的一种美学范畴。[①] 戏仿中包含"滑稽"成分，而与二者最为接近的是讽刺和幽默，在戏仿作品中，滑稽、讽刺和幽默往往是相互交织在一起的，若要截然区分开是很困难的。若抛开20世纪80年代以来，西方现代主义和后现代主义思潮涌入中国以后对小说创作的明显冲击和影响，单从中国本土的滑稽文学发展脉络来看，新时期以来文学艺术中出现的戏仿现象，其中蕴含的滑稽、戏谑因素，是有源头可循的。

王国维在《宋元戏曲史》中认为："后世戏剧，当自巫、优二者

[①] 范伯群：《中国通俗文学史》下卷，江苏教育出版社2010年版，第169页。

出。"①巫指古代女巫,觋指男巫。巫、觋均是以歌舞娱神的职业,常扮演鬼神,后渐变为优,即演员。巫通过模仿性的表演沟通人间和神界,表达了古代先民对神的敬畏和膜拜。先秦时期的俳优表演带有更多滑稽因素,俳优是古代诙谐滑稽表演形式的艺人。《史记·滑稽列传》中记载了优孟、优旃、淳于髡三位俳优善于调笑,利用滑稽讽刺功能对君王进行谏言的事。后来的唐代"弄参军"也就是"参军戏",其内容以滑稽调笑为主,宗教或鬼神都成了被模仿和被戏谑的对象。至宋代滑稽戏得到进一步发展,小说连同讲史的故事结构、傀儡戏和影戏的人物造型、舞队的形体动作、乐曲的成套唱腔,共同促进了宋杂剧的繁荣。宋杂剧保持了唐以来优戏的滑稽调笑风格,模仿多个人物和场景,形成完整的故事情节。近代以来戏曲中的插科打诨也得益于戏剧固有的滑稽戏谑因子。小说、诗歌历来与戏剧关系密切,不自觉间浸染了戏剧发展过程中的模仿、戏谑因素。中国古典文论中并无"戏仿"这一概念,但类似艺术创作手法的运用,在古典诗文中不乏例证。从唐代新乐府为一流拟古体诗作到宋元戏曲、话本小说中的历史演义故事,从清代以来民间盛行的红楼"续书"风潮到近代政治小说、言情小说、公案小说中的仿古故事形式,都带有一定模仿、戏拟的特点。刘康借助巴赫金对于小说话语的诗学研究发现:"中国小说史上的《西游记》、《儒林外史》、《老残游记》及晚清的讽刺暴露小说,当然是以戏拟占主导地位的讽刺小说线索。但《红楼梦》、《三国演义》、《金瓶梅》等小说中,戏拟亦是一个极端重要的话语特征。"②

在中国现代文学中,鲁迅的《故事新编》存在明显的戏仿特点。史料的历史性和叙述的现实性构成强烈的反讽场域,若用鲁迅的话说就是"油滑"。鲁迅笔下的"油滑"具有难以驾驭的复杂性,往往又与反讽、戏仿等交织在一起。鲁迅自己不满于"油滑",吊诡的是,他却在13年中都未放弃"油滑"的写作手法。从创作的实际效果来看,"油滑"并未削弱作品的思想性和批判性,却十分契合主题的表达。王瑶

---

① 王国维:《宋元戏曲史》,上海古籍出版社1998年版,第4页。
② 刘康:《对话的喧声——巴赫金的转型文化理论》,中国人民大学出版社1995年版,第170页。

将《故事新编》中"油滑"与民间戏曲和"二丑"艺术联系起来进行创造性的诠释和解读，颇具启发意义。鲁迅还有几首著名的"活剥诗"，大致属于幽默诗体的一种，又可称为"戏仿诗""套改诗"等。《我的失恋》戏仿了东汉张衡的《四愁诗》，《剥崔颢黄鹤楼诗吊大学生》则对崔颢《黄鹤楼》一诗进行"活剥"式戏拟。此外，沈从文的《慷慨的王子》、施蛰存的《将军底头》、凌淑华的《绣枕》、冯至的《仲尼之将丧》、王独清的《子畏于匡》等都是具有一定"戏仿"因素的作品。

如果说在现代文学的第一个和第二个十年间，我们能够从鲁迅、沈从文、施蛰存、冯至等作家的创作中寻觅到"戏仿"的踪迹，那么到了20世纪三四十年代，戏仿叙事基本淡出了文学创作的视野，与之相近的讽刺艺术在文学创作中繁荣发展。进入当代文学阶段，五六十年代占据文坛主流的是富有中国特色的"现实主义"创作原则。浅草沉钟社老将陈翔鹤在60年代初创作了历史小说《陶渊明写挽歌》《广陵散》，重述了历史人物陶渊明和嵇康的故事。小说在叙述及人物性格、形象塑造方面很有特色，曾引发历史小说创作的一个小高潮。作者坚持知识分子的"个人"话语叙述，并未一味迎合"时代精神"，却因在"共名"的时代发出"异端"的声音遭受迫害，小说创作的立意被上升为政治斗争的表述。不无讽刺意味的"曲笔"尚且如此，"文化大革命"时期肃杀的气氛更是让讽刺意味甚浓的"戏仿"自绝于文坛。

从以上对于戏仿发生学的考察来看，新时期以来大面积出现的"戏仿"现象并不是"横空出世"，也并非西方戏仿艺术的照搬或移植，它的产生具有一定的必然性。当已有的现实主义方法无法穷尽我们内心的图景以及解决复杂的新问题时，新的文体和方法就呼之欲出了。戏仿反其道而行之，对既有传统创作和写作惯例进行反讽式重写，进而产生了文体的激变，催生了戏仿文体。"戏仿更多注入了性质上的内省（荒诞），词语句法上的调式变化（冷嘲），故事与生活不协调编排（嘲弄），对传统形式与内容的普遍怀疑（非确定性）。"[①] 戏仿往往与讽

[①] 刘恪：《先锋小说技巧讲堂》，百花文艺出版社2007年版，第213页。

刺、谐谑、拼凑、仿写等方法联系在一起，并不是一个"纯粹"的意义范畴，而更像一个技术杂烩的"拼盘"。在这里有必要将戏仿与它的"近亲"稍作区别。一切重要的戏仿基本都具有讽刺或反讽的性质，反讽是言在此而意在彼，通常包含相反的潜台词，这类属于言语反讽。反讽有时指向更大的"社会"文本，构成语境反讽。仿写不具备戏仿的批评功能，原文本与仿写文本融为一种声音，没有形成对话性或双重文本。拼贴具有随意性的特点，是一种技术层面的手段，有意地拼贴也可能成为戏仿。

三 戏仿的特征及表现形式

在对戏仿概念、理论及创作的发展脉络的梳理中可以看到，戏仿作为文体在西方有一个清晰的发展线索，这对于分析探讨新时期以来文学艺术中的戏仿现象是很有帮助的。在学术界，戏仿或被认为是一种修辞技巧，或是创作原则，抑或是特殊的文体或文类。在历史上，巴赫金、热奈特、哈琴、弗莱等理论家对"戏仿"的界定都各自突出在历史变迁背景下，"戏仿"的某一方面或一类特性。戏仿的概念经过历史流变，变得含混复杂。戏仿的理论研究、立场和视角迥然有异。戏仿的创作实践存在多样性和差异性，这些状况无疑给本书的论述增加了言说的难度。为了使论题具有针对性和有效性，本书的论述将借鉴华莱士·马丁对"戏仿"的界定："戏仿本质上是一种文体现象——对一位作者或体裁的种种形式特点的夸张性模仿，其标志是文字上、结构上或主题上的不符。戏仿夸大种种特征以使之显而易见；它把不同的文体并置在一起，使用一种体裁的技巧去表现通常与另一种体裁相连的内容。"[①] 文体有狭义和广义之分，狭义的文体指"文学作品的话语体式"，"是揭示作品形式特征的概念"[②]。童庆炳给"文体"一个广义的界定："文体是指一定的话语秩序所形成的文本体式，它折射出作家、批评家独特的精神结构、体验方式、思维方式和其他社会历史、文化精神。"[③] 可见

[①] [美]华莱士·马丁：《当代叙事学》，伍晓明译，北京大学出版社2005年版，第183页。
[②] 陶东风：《文体演变及其文化意味》，云南人民出版社1993年版，第2页。
[③] 童庆炳：《文体与文体的创造》，云南人民出版社1994年版，第1页。

文体包含了多种复杂的因素：话语秩序、文本体式、作家主体、接受者及其所处的历史文化场域。本书所论述的戏仿文体，是从广义的"文体"出发，广泛借鉴语言学、叙事学和文化批评等研究方法，通过对新时期以来文学艺术中戏仿现象的研究，建立起对戏仿文体的综合研究模式。

综合诸多理论家对戏仿的界定和阐释，我们总结出戏仿三个方面特征，这些特征或者要素分别对应着"戏仿"理论的几重维度。其一，就文本角度而言，戏仿首先具有模仿性。戏仿的模仿对象是传统范式、经典文本，或者某种话语情境、创作风格等。戏仿的模仿不直接对应艾布拉姆斯所说的"世界"，而是对已有的"前文本"之模仿。小至某种具体词、创作风格，大到整个"历史"的宏大文本皆可以构成戏仿的模仿对象，因此戏仿文本是具有滑稽模仿性质的"复合文本"。其二，对于作者而言，戏仿创作具有前提性。戏仿的前提性由其与生俱来的"模仿性"决定，任何戏仿都存在"前文本"这个模仿的对象，戏仿是一种前提性的创作模式。一般来说，在文学史的创作模式中，一类是以现实主义为原则的文学创作，"再现"了现实生活场景；另一类则是神话、寓言式的创作，在想象和虚构中表达某种理想化的世界状态。戏仿创作既不遵循"现实"原则，也不拘泥于"想象"世界，它是突破了传统创作的一种"新型"写作模式，是作者基于"前文本"的重新创作。其三，戏仿能够制造出"差异性"，需要读者或批评者去发现。戏仿的差异性由其"模仿性"和"前提性"延展而来。哈琴在其著作《论戏仿：20世纪艺术形式的训导》中指出，"戏仿，在背景转换和意义反转的层面来说，是差异性的重复。主体文本和背景文本之间存在着一个批评的距离，通常以反讽为标志。然而，反讽可以表达戏谑，也可以有蔑视之意；也可以具有建设性，或者具有解构性。戏仿的反讽效果不是来自幽默，而是从读者对文本的介入程度中获得，读者在既有联系又有距离的文本之间'徜徉'"。[1] 因为戏仿文本和前文本共同存在，戏

---

[1] Linda Hutcheon, *A Theory of Parody: The Teachings of Twentieth-Century Art Forms*, Urbana and Chicago: University of Illinois Press, 2000, p.32.

仿内部会存在着两种声音和两种意识，两者既发生"对话"关系，又彼此对立不相容。戏仿的意义正来自于表层或深层的"差异性"，表层的讽刺、滑稽意味，话语和意识形态的深层的消解和颠覆力量，而读者和批评者正是"差异性"的发现者和理解者，因此戏仿对其接受者也提出了一定的要求。

根据胡全生的研究，戏仿大致有几种表现形式，即"模仿，颠覆或改造，借用，拼贴画（collage）和拼凑法（pastiche）"。① 模仿的对象可以是语气、风格、形式、文类等，并不是单纯的复制，而是掺入了滑稽或讽刺的因素。改造或借用都为我们判断戏仿提供了或显或隐的标记或线索，是戏仿最为直接的几种方式。拼贴画和拼凑法往往在影视、网络文化中运用较多，比如电影《大话西游》、网络小说《水煮三国》、《Q版语文》中随处可见的对"前文本"的拼凑与组合。詹姆逊在论述晚期资本主义文化时，特意区分了戏仿和拼凑法，认为拼凑法是"空心的模仿"，失去了戏仿的"隐秘动机"。本书将拼贴、拼凑等手法纳入戏仿的范畴，认为其是戏仿的一种"极端化"表现形式。在实际的文本操作过程中，这些形式可以单独出现，也可以同时出现，其效果和类型也是不同的。戏仿的这些表现形式是从"技术"层面划分出来的，在实际运用中，情况远复杂得多。戏仿通常与重写、反讽、隐喻、幽默等因素交织在一起，在语言和思维的深层又与历史、元意识、政治等要素发生联系。

四　历史、元小说与戏仿

戏仿不是简单的模仿，也并非单纯的搞笑或者滑稽。戏仿这一看似"内向型"的表达方式，勾连起由过去与现在、历史与政治构成的话语世界，以及话语外部的意义世界，因此戏仿不免与历史产生复杂的关系。"元小说"是20世纪60年代后在西方世界流行开来的，与"元史学""元语言""元修辞"等概念的时兴不无关系。"元"（meta）指对某个事物深层机制和规律的本质化研究，表明西方学者对既有的表述世

---

① 胡全生：《英美后现代主义小说叙述结构研究》，复旦大学出版社2002年版，第130—132页。

界和虚构世界的探究。"元小说"又被称为"超小说"或"元虚构",是关于小说的小说,关注小说的虚构身份及其创作过程的小说。元小说是以一种"反现实主义"的姿态来进行叙述的,它以其强烈的自反性和暴露性叙述破坏了小说产生"现实感"的主要条件。戏仿是元小说的重要手段之一,在元小说中占有相当比重。本小节旨在梳理戏仿与元小说、历史之间的关系,从而能够更好地把握戏仿的内在特点。

对于"元小说"这样的一种文学类型大致是先有实践创作,后有理论归纳的,批评家和研究者对具有相似创作特征的小说归纳研究后得出一种小说创作原则。美国作家威廉加斯在1970年发表的《小说和生活中的人物》一文中首次使用了"元小说"的术语,把具有"自我意识"的小说统称为"元小说"。戏仿是元小说的主要叙事方法,在西方后现代文学中,有一类戏仿式元小说,比如巴尔塞姆的《白雪公主》,是对格林童话《白雪公主》的颠覆性戏仿,他使用后现代主义手法扭曲再现了这个家喻户晓的童话故事,美丽的白雪公主、英俊的白马王子和善良的七个小矮人不复存在,取而代之的是一群生活在20世纪60年代纽约都市过着杂乱迷茫生活的男女青年,巴尔塞姆以肢解的句子和零碎的片段折射出人们精神世界的枯萎和现实世界的荒诞。约翰·巴斯的《烟草经纪人》借助埃比尼泽·库克在1708年写的同名诗歌以及美国马里兰档案馆的历史资料,向读者戳穿并重新制造了马里兰的历史,他以戏仿的形式颠倒历史,又不时杜撰人物和事件,这种带有强烈讽刺的滑稽模仿作品在当时文坛引起了不小争议。六年之后,巴斯再度推出一部戏仿之作《羊童贾尔斯》,是对"俄狄浦斯王"全文的滑稽模仿,表明了他有意识地实践戏仿文体并使之固定或成熟下来。

元小说因西方现代形式主义批评而受到重视,又在后现代主义小说潮流中发展壮大,对比西方元小说的发展历程,中国当代文学中元小说的产生并不是生搬硬套外国现代主义或后现代主义创作理论或实践的结果,而是自身历史文化发展的一种必然趋势。西方的现代主义和后现代主义思潮的介译引进对中国当代小说创作有一定影响,而中国当代元小说的产生也折射出当代文学中的某些后现代主义"表征"。当马原、洪峰、叶兆言等作家在作品中表现这种"自我意识"的时候,西方元小说作品或理论概念并没有介译到中国来。至20世纪80年代末期，赵毅衡、江宁康、殷企平①等学者陆续对元小说及其理论进行系统接受和研究。赵毅衡详细介绍了元小说的定义和特点，江宁康、殷企平从元小说的发展源流、结构特征、叙事手法，以及读者的反应和接受等方面进行了全面系统的研究。

《春秋繁露·玉英》云："故元者为万物之本"，作家们回到"元"初，对虚构和现实的关系提出疑问，把"自我意识"的注意力集中于虚构的位置上，重新检视现实主义的成规和惯例。这种叙事中的"自我意识"并非在新时期文学中横空出世，中国的"元"意识自古已有，赵毅衡曾指出："奇书《西游补》可以说是中国第一本元小说。翻转《西游记》固然已是戏仿，而书中论及层次观念，妙趣横生，发人深思。"② 杨义、高辛勇等学者认为《红楼梦》《聊斋志异》等古代小说也有元小说的因素。不过在新时期初期，文学理论或批评中并没有"元小说"的称谓，有不少批评家其实已经意识到了先锋小说的这种创作倾向，比如吴亮的《马原的叙事圈套》③一文主要是针对马原的元小说手法进行分析的，批评家只是没有找到更为合适的批评角度和语言。

新时期以来的元小说以质疑文学惯例为旨归，以暴露和戏仿等叙述形式为手段，使小说体现极端的"先锋"意识和精神。元小说打破的文学惯例或文学成规，实际上是长期以来形成的一种写作习惯或阅读习惯，或者作家和读者间形成的一种默契。这种惯性是"文学作品里常用的题材、体裁和艺术技巧。这种意义上的文学惯例可以是常见的人物类型、惯用的情节转折手法、格律形式和各种修辞手法和风格"。④ 元小说在意识方面的特点是具有自反性，有"自我意识"的叙述者可能

---

① 江宁康：《元小说：作者与文本的对话》，《外国文学评论》1994年第3期；赵毅衡：《后现代派小说的判别标准》，《外国文学评论》1993年第4期；殷企平：《元小说的背景和特征》，《杭州大学学报》1995年第3期。
② 赵毅衡：《礼教下延之后——中国文化批判诸问题》，上海文艺出版社2001年版，第203页。
③ 吴亮：《马原的叙事圈套》，《当代作家评论》1987年第3期。
④ ［美］艾布拉姆斯：《欧美文学术语词典》，朱金鹏、朱荔译，北京大学出版社1990年版，第60页。

将叙述过程中的构思、手法、惯例、规则故意暴露出来从而形成这种自反性。元小说也时常运用戏仿某些文类或文本最终达到情境反讽的高度。福勒认为戏仿的讽刺方式是"通过文体的方式间接地攻击其对象，它'引用'或间接提及它所揶揄的作品，并以取消或以颠覆的方式使用后者的典型手法"。[1]

  戏仿是元小说的重要手段之一，在元小说中占有相当比重，新时期及以后的元小说中，戏仿现象大量出现。按照赵毅衡的分类，有自我戏仿式元小说、文类戏仿式元小说、扩展性的戏仿式元小说等。[2] 王安忆的《锦绣谷之恋》、马原的《虚构》、王蒙的《一嚏千娇》属于自我戏仿式元小说。作家在叙述中有意地显露斧凿痕迹，形成一种"暴露性"叙事，叙述者也从通常隐蔽的叙述者位置跳上台面，成为"暴露的叙述者"。在这些戏仿式元小说里，戏仿、元小说和现实主义成规针锋相对，这种大故事里套中故事，中故事里套小故事的"中国套盒"式故事形式表现了小说的自由权利。作家的叙述与控制，在更高层面上对现实主义小说中的权威叙述声音、封闭的叙事结构形成反讽。晚生代作家李冯的《十六世纪的卖油郎》是典型的文类戏仿式元小说，是对明朝冯梦龙《醒世恒言》中《卖油郎独占花魁》和《警世通言》里《杜十娘怒沉百宝箱》两个传奇故事的综合戏仿与重写。余华在1988—1989年创作的《河边的错误》《古典爱情》和《鲜血梅花》可以看作对侦探小说、古典才子佳人小说和武侠小说等通俗文类的戏仿。小说借助各种通俗文类的外壳，以故事的荒诞不经和反文类、反常规的冲突来表达对世界和人生的理解和认识。苏童和格非的一些小说可以看成是扩展性的戏仿式元小说，当想象、意识、经验、感觉、历史、文化超越了语言符号构成的文本，它们构成了对"历史真实"的更高一层次上的戏仿与颠覆。苏童的《我的帝王生涯》利用妃子太监、御河、宫殿等一系列宫廷符号构筑了一段虚伪的历史沧桑，他用自己的方式拾起已成碎片的历史进行缝补缀合。格非的《褐色鸟群》《青黄》《迷舟》等小说用感

---

[1] 王先霈、王又平：《文学理论批评术语汇释》，高等教育出版社2006年版，第296页。
[2] 赵毅衡：《礼教下延之后——中国文化批判诸问题》，上海文艺出版社2001年版，第198—201页。

绪　论

觉和幻想制造出一个个非现实的现实，一段段没有历史的历史，小说反常规地扭曲了自然的经验世界。

元小说利用暴露和戏仿打破了原有的叙述成规和思维模式，把"写什么"的问题转化为"如何写"的问题，开拓启发了一种新的写作可能：如何用新的话语方式来表征世界的意义。从这个角度看，戏仿在中国80年代文坛出现与元小说兴起和发展有着密切的关系。

戏仿以话语或结构模仿等高度集中的形式，来表现主体与客体的冲突、表象和实质的错位，诉求与途径的矛盾，体现了叙事中的"差异性"，这是西方与中国戏仿的共同根基。元小说中的戏仿集中体现了叙述与真实、历史与小说之间虚构关系的巨大"差异性"：叙述者假意向人们告知产生逼真效果的过程和框架，使人们意识到他们所面对的是一个虚构的话语世界，一种现实的替代品，从而给予人们信任的"真实"以沉重的打击。也因此，元小说容易被贴上"反历史""无深度""缺乏指涉"等标签。鉴于此情况，加拿大著名文学理论家琳达·哈琴提出了"历史元小说"（又译为历史编纂元小说，笔者注）的概念，就是将"历史编纂学"与"元小说"结合起来，形成一类既具有自我意识、自我指涉的元小说特点，又穿插借用部分真实的历史人物或事件的小说形态，旨在进一步完善和发展传统的元小说。按照哈琴的理论归纳，马尔克斯的《百年孤独》，福尔斯的《法国中尉的女人》，伍尔夫的《卡桑德拉》，汤亭亭的《孙行者》《女勇士》等小说属于典型的"历史元小说"。这类小说具有清醒的自我认识，作家认识到所谓的历史、所创作的小说都是人为建构起来的。历史元小说借助历史和传统进行创作，又对历史和传统进行质疑，这样形成了悖论式的写作。戏仿正是历史元小说最重要的叙事技巧之一，能够实现对历史的"重访"。"这种对历史所进行的自我指涉的、带有戏仿意味的质疑导致人们开始怀疑在现代主义审美自主性和确定无疑的写实主义指涉下的假设。"[1]

---

[1] ［加］琳达·哈琴：《后现代主义诗学：历史·理论·小说》，李杨、李锋译，南京大学出版社2009年版，第225页。

王小波《青铜时代》中的三部小说《万寿寺》《红拂夜奔》《寻找无双》，刘震云的《故乡相处流传》，王安忆的《纪实与虚构》，莫言的《丰乳肥臀》，李锐的《旧址》，阎连科的《坚硬如水》，苏童的《一九三四年代的逃亡》等小说大致可以归入"历史元小说"范畴。这些小说与传统的热衷于语言实验、文本拼贴的元小说最大的不同在于，它们能够通过清醒的自我意识实现与历史语境的联结，不仅是形式方面的，也是内容方面的。历史可能被"杜撰""扭曲""剪辑"，甚至"湮没"，历史与文学的关系被重新定义。除了与历史发生密切联系，历史元小说大都采用通俗类的文学形式。《红拂夜奔》采用了模仿唐代传奇的故事模式，《纪实与虚构》有家族小说的影子，《旧址》不免使用了一些"推理"小说的手法。这些小说戏仿地运用了通俗文学和精英文学的传统，既利用了传统模式、文类，又在叙述中消解这些传统模式。

历史、元小说与戏仿之间的互动，彰显出传统的"再现说"和"模仿说"几乎统统被拒绝，历史被完全打开，向着现在和未来开放。没有任何的道德、政治、文学、历史价值观念是建立在单一真理基础上的，一切思想、一切历史、一切成规都有可能遭到质疑。

第三节　研究现状及研究思路

一　国外研究现状

在西方的各个时期，不难寻觅到戏仿作品的踪迹，不过戏仿及其研究在历史上一直处于"边缘化"地带。到了后现代主义时期，情况大为改观，文学艺术中的戏仿现象尤为突出，研究者纷纷聚焦"戏仿"这个文化热点。国外学者主要从历史、语用、文化、政治等方面对戏仿现象进行深入细致的研究。

从目前西方学者对于戏仿的研究成果来看，大致有整体研究和部分研究两类。整体研究中能细化为类型研究和专题研究。其中，美国学者约翰·江普对滑稽模仿作品的研究侧重类型分析。他将英国中世纪以后到20世纪这段时期内具有滑稽模仿特点的作品分为"升格"和"降

绪　论

格"两类,又沿着以上两种分类将滑稽讽刺作品分为四支,并对每一支流进行较为详细的分析论述,勾勒出英国中世纪至 20 世纪间具有滑稽模仿特点的作品的基本面貌。另一类论著是对戏仿进行专题研究,既有历时态的脉络梳理,又有共时性的深入剖析,突出了研究者各自的研究侧重点。玛格丽特·罗斯的《戏仿:古代、现代和后现代》基本是西方学术界最早且最为全面研究戏仿的专著。罗斯综合戏仿在古代、现代、近现代和后现代的词源学意义及其理论和应用,历时性阐述了戏仿的发展脉络。此外,罗斯从读者接受角度探讨了戏仿现象。读者对戏仿"前文本"的熟悉程度、阅读期待、接受心理都会有形无形地影响到戏仿的创作。加拿大女学者琳达·哈琴的《论戏仿:20 世纪艺术形式的训导》[1] 通过对戏仿的系统阐释,从根本上"扭转"了历史上对于戏仿的种种负面评价。哈琴主要从后现代主义文化和政治角度解读戏仿,认为戏仿的最终落脚点在政治方面,它不仅是后现代主义典型的美学形式,还是从事意识形态批评的重要手段。西蒙·邓提斯的《戏仿》[2] 与哈琴的著作几乎同时在世纪之交诞生。邓提斯认为戏仿已经成为当下人们日常生活的一部分,渗透进了日常语言、文学创作或者电影电视中等。戏仿与其对象之间的矛盾关系,导致它本身的创作既"保守"又具"颠覆性",它的关键作用在于与对象之间的"论辩"关系上。

相对于戏仿的整体研究,有些学者在其他相关研究领域中涉及了戏仿问题,本章第一节在梳理戏仿理论流变时已经涉及一部分。如法国学者蒂费纳·萨莫瓦约是在"互文性"的背景下,指出了戏仿、拼贴、引用、暗示一类的"互文"的具体表现方式,这些表现方式使得概念宽泛且含混的"互文性"有了具体的内容,并在理论层面对互文性加以明确。哈琴在加拿大后现代主义小说中,发现了戏仿中隐藏着的性别模式。她认为戏仿是一种解构手段,解构那种以男性为统治地位的文化。戏仿是进入哈琴诗学的一个关键词,她对文学、哲学、美学、建筑、电影、音乐等诸多领域戏仿现象的分析,构成对后现代主义的全方

---

[1] Linda Hutcheon, *A Theory of Parody—The Teachings of Twentieth-Century Art Forms*, Urbana and Chicago: University of Illinois Press, 2000.

[2] Simon Dentith, *Parody*, London and New York Routledge Press, 2000.

位立体透视。哈琴认为后现代主义具有强烈的戏仿性和自我指涉性,它既想根植在戏仿和指涉中,又试图避开所处的世界和历史,是一种悖谬的存在,也为我们全面认识和理解后现代主义提供了新的视点和思维方式。詹姆逊和伊格尔顿对后现代主义及其表现手法戏仿基本持否定态度,上文已有论述。

还需提及的是诺斯罗普·弗莱在原型批评中对戏仿的关注。弗莱在《批评的剖析》中将虚构型文学作品划分为五种基本模式,即神话、浪漫传奇、高模仿、低模仿、反讽与讽刺,并分别从悲剧和喜剧的角度研究这五种循环发展的模式。弗莱在分析作为原型意义理论中的魔怪形象时指出:"魔怪形象的重要主题之一便是戏谑性仿作(parody),即含蓄提示一些作品在按'现实生活'模仿,从而挖苦艺术的小题大做。"① 他列举福楼拜的《萨朗波》中对于婚姻和两性关系的"戏仿",艾略特长诗《荒原》对于《圣经》片段的"戏仿"来予以论证。他还提到传奇文学中存在着对生活理想化的戏仿作品,对上述几类基本模式如神话、传奇、高模仿(领袖故事)、低模仿(现实生活)的戏仿产生了反讽与讽刺,其中包含一定的喜剧性因素。反讽模式同时又向神话回流,形成新的神话故事和文体间的杂糅。弗莱的研究对我们有很大启发,因为每部戏仿作品都存在一个模仿"原型",神话、传奇、经典著作等,下文的论述中我们将会具体把新时期以来文学中的戏仿创作按照模仿"原型"进行分类研究。此外,弗莱指出戏谑性仿作的喜剧性因素也是本书涉及的一个重要方面。

二 国内研究现状

首先要提到的是戏仿理论在我国的传播和翻译情况。20世纪80年代以后,"后现代主义"思潮在文化界强力"登陆",戏仿作为后现代主义的一个鲜明表征自然与文化界发生紧密关系。从现有的资料来看,戏仿是随着后现代主义相关理论进入中国学者视野的。王岳川、尚水主

---

① [加]诺斯罗普·弗莱:《批评的剖析》,陈慧、袁宪军等译,百花文艺出版社2006年版,第208—209页。

绪 论

编的《后现代主义文化与美学》收录了美国理论家伊哈布·哈桑的《后现代景观中的多元论》一文，其中归纳出后现代主义的11种特征，第7种是"文类混杂（Hybridization），或者，体裁的变异模仿，包括滑稽性模仿诗文、谐摹诗文、仿作杂烩"。① 哈桑所指的滑稽性模仿诗文、谐摹诗文、仿作杂烩很大程度上与带有滑稽模仿色彩的戏仿作品重合。不过这类混杂的模仿作品在哈桑看来是低级和拙劣的，与詹姆逊、伊格尔顿对后现代主义戏仿的态度基本相同。琳达·哈琴一直致力于后现代主义文化的研究，她的《论戏仿：20世纪艺术形式的训导》（1985）、《后现代主义诗学》（1988）、《加拿大的后现代主义》（1988），先后被翻译到国内。《论戏仿》是戏仿研究的专题著作，其他两部著述在后现代主义背景下或多或少涉及了文学艺术中的戏仿问题。

国内的戏仿研究稍晚于西方思潮的传播和理论著作的译介，目前处于进行时态。研究成果大致分为两类，一类是对当代国内外具有戏仿特点的单篇或一类型作品的评论和研究，另一类是对戏仿现象的整体研究。本书兼顾整体研究和单篇或类型作品研究，梳理出戏仿研究中的几种理路。

其一，从叙事学角度切入，研究分析小说中戏仿的功能和价值意义。此类型的著作和文章最多。国内对于"何谓戏仿"的界定多集中在叙事学范畴，相关著作有胡全生的《英美后现代主义小说叙事结构研究》、王洪岳的《现代主义小说学》、祖国颂的《小说叙事学》等。② 刘恪、王洪岳则从叙事技巧角度界定戏仿的功能和意义。③ 近些年来，鲁迅研究界不断地在研究视角、理论工具或研究的深度广度方面寻求新的突破。青年学者郑家建以"新批评"式的文本细读为基础，以叙事学理论为工具，深入鲁迅文学的内部，从细微处发掘作品的独特美学特征。他的《戏拟——〈故事新编〉语言研究》④ 一文，深入分析了《故

---

① 王岳川、尚水：《后现代主义文化与美学》，北京大学出版社1992年版，第128页。
② 胡全生：《英美后现代主义小说叙事结构研究》，复旦大学出版社1993年版；王洪岳：《后现代主义小说学》，百花洲文艺出版社2004年版；祖国颂：《小说叙事学》，安徽大学出版社2003年版。
③ 刘恪：《先锋小说技巧讲堂》，百花文艺出版社2007年版，第213页；王洪岳：《反讽与戏仿——现代主义小说技巧论之一》，《创作评谭》2005年第4期。
④ 郑家建：《戏拟——〈故事新编〉语言研究》，《鲁迅研究月刊》1998年第12期。

事新编》中语言的"戏拟"特征,通过"戏拟"体悟和把握鲁迅晚年思想、心灵的律动。论述毫无"匠气",与鲁迅作品形成了深层的"精神对话",见解独到,极具新意。祝宇红通过"戏仿"考察现代"重写型"小说的语言技巧和风格特色,认为鲁迅的《故事新编》最能体现巴赫金所言的"戏仿体"的神韵。郝庆勇则在鲁迅晚年的一些杂文中发现了"戏仿"叙事特色。鲁迅在《王道诗话》和《"光明所到……"》两篇杂文中"戏仿"了胡适,背后隐藏的是文化与政治的批评。这类研究一定程度上参照借鉴了西方学者对于戏仿的研究,比如巴赫金在论述小说语言双重指向问题时提出的"戏仿体"概念,以及琳达·哈琴关于戏仿的政治讽喻功能的论述等。

另外,赵毅衡《非语义化凯旋——细读余华》[1]较早发现余华小说叙事中的戏仿因素及其颠覆性"力量"。赵宪章的《超文性戏仿文体解读》[2]以典型的小说文本和电影文本为例,剖析了戏仿的结构特点和生成机制。王爱松的《重写与戏仿:九十年代小说创作的新趋势》[3]从历时性角度评价了20世纪90年代小说叙事中流行的重写与戏仿手法。这些研究在理论探索和文本分析方面都有一定的突破与贡献。

其二,文体学研究的角度。文体学运用当代语言学理论和方法对文体进行研究,并随着语言学的发展变化而发展。郜元宝的《戏弄与谋杀:追忆乌托邦的一种语言策略——诡论王蒙》[4]一文中,郜元宝从语言入手,但不纯粹是语言学的研究,认为王蒙的语言通过对乌托邦语言的戏仿和反讽,达到拆解和破坏的目的,具有鲜明的意识形态色彩。张清华、程大志的《由语言通向历史——论作为"历史小说家"的王朔》[5],则从"语言与历史的关系"角度,解读出王朔小说

---

[1] 赵毅衡:《非语义化凯旋——细读余华》,《当代作家评论》1991年第2期。
[2] 赵宪章:《超文性戏仿文体解读》,《湖南师范大学社会科学学报》2004年第3期。
[3] 王爱松:《重写与戏仿:九十年代小说创作的新趋势》,《首都师范大学学报》2001年第1期。
[4] 郜元宝:《戏弄与谋杀:追忆乌托邦的一种语言策略——诡论王蒙》,《作家》1994年第2期。
[5] 张清华、程大志:《由语言通向历史——论作为"历史小说家"的王朔》,《山东社会科学》2004年第4期。

中语言的深层次的"历史"积淀。陶东风在王蒙的《狂欢的季节》中发现了与之80年代作品中截然不同的小说文体,小说中随心所欲的戏仿、拼贴、杂交等策略构建了一种新的诙谐文体,陶东风将之命名为"狂欢体"。① 王一川在《王蒙、张炜们的文体革命》一文以及《汉语形象美学引论》一书第五章"异物重组——立体语言"中,将"季节"系列的几部小说的新语体命名为"拟骚体","王蒙这里的语体特点自然不限于单纯戏拟'骚体'。例如,当这种叙述体讲究铺陈、润饰、韵节、文采时,又显得近乎'赋',但同样是戏拟或仿拟之作,即'拟赋体'"。② 无论是郜元宝所说的戏拟乌托邦语言,还是陶东风命名的"狂欢体",抑或是"拟骚体""拟赋体"的尝试性归纳,都是研究者借鉴中西文论从不同角度对小说语言总结和提炼的结果。但是,当我们试图以一种新的"语体"描述或概括某位作家的小说文体时,很可能将本来复杂的文体样式简单化、静态化,忽视了文体本身的杂糅性和动态性。再者,如《自由、戏仿及语言的魅力——评徐坤的小说创作》《颠覆与消解:王蒙的荒诞小说的话语戏仿》等文章,仍属于语言修辞研究,并没有很好地从语言深入到作家的文化观念中去进行研究。

其三,文化批评的角度。这一类研究将戏仿从小说领域扩大到电影、网络、戏剧等文化领域。当下流行的大众文化中,随处可见戏仿的"身影",作品众多,难免良莠不齐,要求研究者具有一定的甄别能力。较有代表性的文章有:《论大众消费语境之下中国影视的戏仿之风》《"戏仿"的喜剧性动因与创造性建构——以中国当代影视喜剧为例》《论恶搞行为在中国当代大众文化中的生存状态》,③ 戏仿不仅是一种文学实践,更是一种广义上的文化实践。戏仿以其滑稽模仿的方式变相

---

① 陶东风:《论王蒙的"狂欢体"写作》,《文学报》2000年8月3日第3版。
② 王一川:《汉语形象美学引论》,广东人民出版社1999年版,第181页。
③ 夏泽安:《论大众消费语境之下中国影视的戏仿之风》,《齐鲁艺苑》2007年第5期;修倜:《"戏仿"的喜剧性动因与创造性建构——以中国当代影视喜剧为例》,《南京师范大学文学院学报》2009年第4期;唐册:《论恶搞行为在中国当代大众文化中的生存状态》,《福建师范大学学报》(社会科学版)2007年第1期。

"重复"既有的文化观念和文学成规,在刻意的"模仿"中制造语义或情境的"差异性",从而催生了内在的批评意识,既具有一定"生长性",同时对于文化传统的重建也具有一定"建设性"。当下中国大众文化中的戏仿潮流正盛,研究中对戏仿与大众文化的深层关系的论述仍需进一步阐述。文化研究有其显著特点,它能从整体的历史文化语境中对某些文化现象进行深入的洞悉。但文化研究同时易忽略了文学自身,而让文学文本成为文化研究的"注脚"。亦存在研究的对象和边界不清晰的状况,这是应当在对戏仿进行文化研究时要避免的。

另外,近年来一些博士论文以戏仿为研究中心,或是在研究中对戏仿有重要的论述。刘康的《对话的喧声——巴赫金的转型文化理论》[①],在巴赫金的文化转型理论的研究基础上,对20世纪八九十年代部分小说进行分析,其中包含话语戏拟问题;林元富的《论伊什梅尔·里德后现代主义小说的戏仿艺术》[②],综合琳达·哈琴和詹姆逊对戏仿艺术的理论研究,对当代美国黑人作家伊什梅尔·里德的后现代主义戏仿艺术进行深入论述;陈后亮的博士论文《琳达·哈钦后现代主义诗学研究》[③]从整体上对琳达·哈琴后现代主义诗学进行研究,其中一章节专门评价分析哈琴的戏仿观。刘桂茹的论文《先锋与暧昧——中国当代文学的"戏仿"现象研究》[④]侧重从文艺美学的研究视角透视当代文学中的戏仿现象。

新近,学者妥建清发现马克思戏仿论不同于巴赫金、后现代戏仿论者的独特的思想哲学和革命历史价值。他认为,相对于文学、文化研究领域对戏仿研究的深入和系统性,马克思有关历史的戏仿论并未受到学界重视。马克思的戏仿论一方面表现出马克思美学浪漫主义的特点;另一方面,马克思以此历史中的戏仿为历史理性主义赋魅。"马克思不仅

[①] 刘康:《对话的喧声——巴赫金的转型文化理论》,人民大学出版社1995年版,第170页。
[②] 林元富:《论伊什梅尔·里德后现代主义小说的戏仿艺术》,厦门大学出版社2008年版。
[③] 陈后亮:《琳达·哈钦后现代主义诗学研究》,博士学位论文,山东大学,2011年。
[④] 刘桂茹:《先锋与暧昧——中国当代文学的"戏仿"现象研究》,博士学位论文,福建师范大学,2011年。

绪　论

以戏仿论来嘲讽1848—1851年的新法国革命为历史贬值的革命，扬弃了黑格尔建基于理性拱心石之上的'历史的重复'的说法，而且还从新、旧法国革命历史记忆的意图指涉、资产阶级社会的代制以及现代传播媒介等诸多方面，深度反思戏仿所表征的唯美—颓废审美风格的文化成因，以此确证历史唯物主义观念的合理性，并且藉此跨界性的戏仿论为历史理性主义赋魅。"[①] 他的论文视角新颖，具有思想革命史的深度，是现阶段研究戏仿论的重要突破和收获。

我们不难发现，戏仿正在成为文学和文化研究的热点。一方面，我们国家在进入20世纪90年代以后，社会文化发展状况与西方的后现代主义社会及其理论描述有某种相似或契合。作家的创作实践、学者的关注和讨论，无形中将戏仿研究推向前台。另一方面，大众文化蓬勃发展，其成果庞大驳杂，戏仿在其中扮演了重要"角色"，俨然成为大众文化的"关键词"之一。我们可以借助巴赫金、詹姆逊或哈琴等人关于戏仿的论述，对当下一些文学或文化状况进行甄别和阐释，也是十分必要和有益的。

"戏仿"理论在某种意义上说是"舶来品"，中国相关研究起步较晚。较之欧美国家学术界对戏仿研究的系统和深入，具体到中国当代文论研究范围来看，首先，戏仿的概念使用比较含混，语言修辞界常用戏拟，文学艺术界常用戏仿。文学界认为作为修辞方法的戏拟，其琐碎的技巧分析弱化了文本的整体艺术关照，修辞界却认为文学界的戏仿研究淡化了学术的科学性，两个学科间的对话因缺少一个讨论问题的共同语码和平台而受阻。从二者共同的词源parody来看，本书不妨将二者统归入"戏仿"文体的广义界定中，具体可细化为"语言戏仿"或"文类戏仿"。其次，戏仿是一个难以全面而确切论述的文体模式或文化现象，国内对于戏仿"本体论"的研究缺乏系统性和全面性。"戏仿"并不是孤立的现象，文学、艺术或影视中戏仿现象的大量涌现，必有其深刻的社会文化背景和一定的哲学理论根源。戏仿的理论性和实践性之间的互动关系也应该得到更深入的挖掘与阐释。再次，戏仿叙事和戏仿话

[①] 妥建清：《马克思的戏仿论探蠡》，《文学评论》2019年第1期。

语一定程度上与意识形态紧密相连,其自身拥有明显的"后现代"艺术特性,戏仿也是文化转型期"狂欢化"的主要策略,渗透到了小说话语的深层组织。戏仿不仅是反叛、抗争,而且将其转换成荒诞、可笑与无稽的表象,其间的意识形态性灼然可见,如何把握和挖掘戏仿所体现的复杂性,有待进一步深入研究和探讨。本书将在具体的分析论述中推进和深化上述相关问题的研究。此外,文学艺术中的戏仿在耗尽颠覆、解构、狂欢的激情之后可能遭遇到审美规范和思想内涵方面的困境,在此意义上,戏仿不仅仅是语言或文本的表达形式问题,还关乎思想及价值指向的问题,这些都是需要作家和研究者特别注意的。

三 研究思路与方法

在当代文学和文化语境中,对"戏仿"的形式、功能、意义、审美的探讨大致从以下几个层面进入。

1. 中国当代戏仿叙事的源起与泛化。"戏仿"在新时期文学阶段的出现并不是偶然的,而是与政治、时代、文化等诸多因素相关联。文学中的"戏仿"现象既复杂又暧昧,它是在怎样的文化及文本的现实背景下"现身"新时期的文坛,又如何经历了"泛化"的过程,这些问题需要本着"回到历史本身"的态度做深入探讨。

2. 语言修辞层面。戏仿首先是作为文学创作中的一种特殊语言修辞技巧而存在的,其具体表达方式伴随不同语境而发生。在语言戏仿的类型中,小至局部的语言修辞技巧,如对某种特殊语气、词语、句式的戏仿,大到对某位作家的语言风格或者一个时代的总体话语特征的戏仿,语言戏仿呈现出不同的类型,每一种类型具有不同的精神和意义指向。

3. 文体结构层面。本书在这部分所探讨的戏仿从局部的语言修辞层面上升到整个文本结构层面,戏仿成为文本的形式特点、结构原则,并且浸透到小说的叙述立意、叙述情境中。当文学创作呈现出戏仿的结构原则时,有许多不同的类型,如神话传说的戏仿、通俗文类的戏仿、经典叙述模式的戏仿、官史文本的戏仿等,并体现出新"故事新编"的文体结构模式。

4. 文化层面。这是戏仿文体存在和发展的基础条件，特定的社会历史背景为文体提供了丰富深刻的文化场域，并对作家主体的精神结构、思维方式、情感体验产生了重要的影响。戏仿在经历了新时期之初"先锋"性探索实践之后，在20世纪90年代走向成熟和多元化，进入21世纪后俨然成为"大众文化"的关键词。本书将从大众文化视角探讨戏仿的存在与价值。本书对于新时期以来文学艺术中戏仿的论述将沿着上述几重维度展开，基本遵循从叙事语言到文本结构再到文化层面的逻辑分析体系。

从以上对于戏仿研究现状的梳理来看，几种思路和角度各有优缺点。叙事学的角度虽然能较深入揭示戏仿作品中的叙事特色，但易忽视作家的心理机制。文体学或文化学的研究方法也各有侧重。基于此，本书广泛吸纳叙事学、语言学、文化研究、新批评等方法，对中国当代文学艺术中的戏仿实践进行全方位、多角度的透视和研究。

第一章　中国当代戏仿的源起和泛化

　　研究中国当代文学中的戏仿问题，不仅因为戏仿已经成为当下文学领域的重要现象，同时也因为戏仿是西方文化资源与中国当代历史文化交融渗透的重要结果。戏仿创作主要针对业已存在的文学文本、语言风格、文化现象等，进行模仿性的反讽式重写。中国当代戏仿主要以小说为形式载体，展现了一种新兴的文学创作模式，与现代文学中的戏仿资源、幽默讽刺艺术有着重要的承续关系。因此，讨论新时期戏仿问题的源起和泛化，一个重要前提是论述中国传统文学中幽默、讽刺形式与当代文学中戏仿之间的关联性。

　　当我们在讨论新时期戏仿的背景和生成、戏仿的推进与分化时，包含了时间与空间两个向度。在时间上，自现代文学阶段以来，戏仿在不同历史时期或显或隐地出现，新时期三十余年是戏仿在时间链条上的重要环节。在空间上，戏仿拓展了一片富有鲜明特色的艺术空间，通过主题重写、多重故事、夸大讽刺等方法获得了存在的空间，并融入大众文化的潮流中。20世纪80年代中后期，"先锋文学"中较为集中出现了"戏仿"的叙事现象。90年代后，面对商品经济的发展以及文学自身的发展要求，戏仿不得不走出"纯文学"的狭小空间，在更为复杂的文化环境中寻求突破。21世纪后，戏仿逐渐汇入大众文化的潮流，显示出一定的退变的征兆。戏仿是在怎样的文化及现实背景下"现身"新时期的文坛，又如何经历了"泛化"的过程？这些问题需要本着"回到历史本身"的态度做深入探讨。

第一节　当代戏仿叙事的源起

在对新时期戏仿产生的历史背景的理解和把握上，我们应当从20世纪特有的历史和文化语境中去探寻。中国现代文学创作中的戏仿现象、幽默讽刺文学的发展，对于考察研究新时期以来文学中的戏仿现象具有很好的参照和借鉴作用。

一　现代文学中的戏仿与讽刺

戏仿通过直接或间接利用它所揶揄的对象，这个对象可能是某种话语模式、文学成规或价值观念，达到讽刺、否定、批评或消解对象的目的。戏仿是一种歪曲的、具有破坏力的模仿，着力暴露对象矫饰、虚伪、陈旧、荒诞等弱点。讽刺是利用比喻、夸张、变形等方法，针对对象的弱点、缺陷进行揭露、批评或攻击。从这个意义上来说，戏仿文本的主导性意图与讽刺类文本的主导性意图在边界上有部分的重合关系。换言之，戏仿具有讽刺类文本的直接的讽刺功能，我们不妨将戏仿视作从讽刺艺术中发展而来的变异形态，它是具有模仿性、滑稽性的讽刺艺术。但戏仿不单单是语言、体裁、态度方面的讽刺，更表达了一种讽刺精神。传统的讽刺艺术都有一个"正义"的基础，暗含着理性主义的价值观，代表了客观性和社会性。讽刺的目的是暴露罪恶，减灭罪恶，维护社会应有的秩序、规范、真理、道德等标准。戏仿从表面上看，具备讽刺的功能，不过戏仿借助了讽刺或滑稽消解了所谓的"正义"的内容范畴，宣布了文本的意义的不确定性。戏仿实践在消解中产生更多的政治或社会指向，部分戏仿最终指向虚无和荒诞。戏仿与讽刺既有意图方面的重合、包容，戏仿又将讽刺的思想情感和思维方式推向更抽象的层面。因此，我们在对戏仿产生历史背景的把握上，需要同时关注讽刺艺术的发展变化。

中国文坛历来不乏讽刺作品和讽刺精神。鲁迅在《中国小说史略》中指出，晋唐时期已有"寓讥弹于稗史"，明朝人情小说的描写多有

"讽刺之切",《西游补》《钟馗捉鬼传》等小说已有"抨击""婉曲"的体现。至清代吴敬梓的《儒林外史》问世,鲁迅称其:"乃秉持公心,指摘时弊,机锋所向,尤在士林。其文又戚而能谐,婉而多讽:于是说部中乃始有足称讽刺之书。"①《儒林外史》描写了封建科举制度下众多儒林士子的悲剧性命运,描摹了吃人的封建礼教、腐朽的科举制度以及一些人情世态,生动地展示了一副"儒林百丑图",又辐射出封建科举时代的黑暗现实。鲁迅直言《儒林外史》是鲜见的"公心讽世之书"。小说的讽刺角度、讽刺技法,以及朴素幽默的语言独树一帜,成为中国讽刺文学中的一个鲜明坐标。

在现代文学三十年中,讽刺文学是很重要的一支脉络。《阿Q正传》是现代文学史中最具代表性的讽刺幽默作品。20世纪20年代乡土作家以鲁迅为范本,以诙谐的风格书写病态社会中的风土人性,如徐钦文的《鼻涕阿二》、蹇先艾的《水葬》和王鲁彦的《阿长贱骨头》等。叶绍钧的《潘先生在难中》《感同身受》《一包东西》等小说体现了"婉而多讽"的特点,讽刺意味更加的委婉、含蓄。丁西林则开创了讽刺喜剧之先河,《一只马蜂》《亲爱的丈夫》《三块钱国币》等讽刺喜剧借助剧中人物形象,表达对黑暗现实、卑劣行径的不满和暗讽。30年代,老舍和京派作家还有左联的一些青年作家,纷纷致力于讽刺艺术的创作。这一时期出现了不少优秀的讽刺作品,老舍的《老张的哲学》《赵子曰》,张天翼的《华威先生》,钱钟书的《围城》,萧红的《马伯乐》等,旧派小说家张恨水创作出《八十一梦》《五子登科》等社会讽刺小说。文学的发展往往烙上时代的印记,严峻的现实能够磨砺讽刺的刀刃。作家们身处黑暗时代,分布在国统区、解放区等特殊地域,他们对从城市到农村,从官僚、奸商到知识分子、市井小民的人和事感同身受,这使得讽刺艺术具有了时代统一性,即暴露和揭示社会和人性的丑恶现象。

鲁迅的小说或杂文具有稳定而深刻的戏仿和讽刺意蕴,而在当时,作为修辞的"戏仿"并不常见,这类创作的自觉只是个别的,学界也

---

① 鲁迅:《鲁迅全集》第9卷,人民文学出版社2005年版,第228页。

没有形成对它的理论认识。在中国现代文学中，包含戏仿因素的作品主要散布在鲁迅的一些小说和杂文当中。《狂人日记》将用语迂腐庸常的序言置于整篇白话文小说之首，本身就颇具讽刺意味。从整体看它是对文言文体例下序言这种文类的语言戏仿，暗含了不慎恭维又不大敬重的成分。从语言细节来看，这种戏仿又混合掺杂进了几种话语风格或类型，比如"今隐其名"体现了隐含的讲述者恪守"为尊者讳耻，为贤者讳过，为亲者讳疾"的儒家伦理，实际上，他一面宣称为朋友"隐"，一面摆出一副正襟危坐的姿态窥探朋友的隐私。《故事新编》八篇中的语言戏仿现象尤为明显，《补天》中的小东西会说"折天柱、绝地维，我后亦殂落"类似《尚书》拗口晦涩的古语；《奔月》中的冯蒙说出"你真是白来了一百多回"的现代白话语言；《理水》中文化山上的学者要么说："Ｏ·Ｋ！""Ｏ·Ｋ！"的外来语，要么说着蹩脚的"中式"英语拟声词："好杜有图、古貌林"。这种随处可见的对各种语言类型的戏仿带有明显的"油滑"色彩，而《故事新编》中的油滑、语言戏仿、反语等往往是交织渗透在一起，很难截然区分开来，是一种别致的讽刺，与《儒林外史》中的传统讽刺不同，它具有深刻的现代性与复杂性。

戏仿的表达形式透视出鲁迅独特的思考和理解世界的方式，产生不同寻常的批判力量，闪现锐利的思想光芒。《知识即罪恶》《王道诗话》《"光明所到……"》等鲁迅中后期创作的杂文，利用了戏仿手法，撕破说谎者的嘴脸，使"知识即罪恶"观点的论者，秉持"实验主义"哲学、宣称"人权"的胡适等人的说法其谬自现。在当时的历史语境中，鲁迅在文学创作中所使用的戏仿、隐喻或象征等修辞或叙事方法，已经不单单是利于表达思想情感的文学艺术的形式问题。这些文本所包含的是文学与政治、时代与情感、生命与道德等多重意义空间。

即使在20世纪30年代一度文禁森严的境况下，鲁迅仍然能够通过巧妙的"戏仿"，在话语的间隙中揭示人性的本质和历史的真相。鲁迅先生在1935年5月写下《什么是"讽刺"——答文学社问》[①] 一文，

---

① 鲁迅：《鲁迅全集》第6卷，人民文学出版社2005年版，第340页。

他强调讽刺的生命是真实,事情越平常、普遍,更合乎讽刺,推崇果戈里"含泪的笑"的方式。越是琐碎的平凡生活,越能书写近乎无事的悲剧,悲剧中越发能体现真实的灵魂和讽刺艺术。鲁迅是现代文学中的讽刺艺术大师,讽刺艺术见诸他的小说、杂文、诗歌、散文诗中。鲁迅的讽刺往往是同油滑、戏仿、反讽等因素交织在一起,闪现着智慧和幽默的火花。

此外,施蛰存的《将军底头》《石秀》《鸠摩罗什》《李师师》,沈从文的《慷慨的王子》,冯至的《仲尼之将丧》,凌淑华的《绣枕》,王独清的《子畏于匡》,都具有一定的戏仿痕迹。施蛰存借助弗洛伊德相关精神分析理论对一些历史人物和故事进行了戏仿式重写,对所谓的军纪纲法(《将军底头》)、人伦道义(《石秀》)、帝王美女(《李师师》)进行了无情嘲讽。《慷慨的王子》利用了"故事套盒"的结构,故事中的珠宝商人重述太子须大拿的故事,多采用四字的拟古文体,不免看出是对旧有经典的有意模仿。这类小说大都取材于历史题材,常被划入历史小说范畴,拟古、仿古的形式和意图比较明显,讽刺意味稍显薄弱,若从戏仿的角度而言,并不是很成熟的戏仿作品。

在现代文学中,戏仿仅是个别现象,零散地分布在极少数的作品中,而讽刺作品则相对丰富很多,这不仅与社会时代语境息息相关,也与艺术手段自身以及文学创作者有关。一方面,面对黑暗的社会现实,讽刺艺术较之戏仿更能直接地揭露丑恶、针砭时弊,具有现实的针对性和实效性。另一方面,戏仿较之讽刺对作家的要求更高,J. A. 库登指出,"大部分的戏仿作品出自才华横溢的作家之手,而一般作家视之为不重要的艺术手法"。[①] 鲁迅是现代乃至当代文学中少有能娴熟、精妙运用戏仿的作家。如果对戏仿运用不当,就会变成拙劣的讽刺模仿作品,或是陷入仿古、拟古窠臼中,沦为前文本的影子。抗战爆发后,在面对家国存亡的关键时期,戏仿基本淡出文学视野,让位于与之相近的讽刺艺术。

---

① J. A. Cuddon, C. E. Preston, *Dictionary of Literary Terms and Literary Theory*, Penguin UK Press, 2004, p. 640.

在抗战初期，国统区的文学界曾有过关于"暴露与讽刺"的论争。1938年4月，张天翼发表短篇小说《华威先生》，矛头直指抗战阵营中的阴暗面，由此引发关于"暴露与讽刺"的论争。起初的讨论集中在讽刺是否会影响抗战形象或削弱抗战信心的问题方面，之后的讨论聚焦现实主义"暴露与讽刺"方法的如何使用方面，以及"真实性与倾向性统一的问题"。[①] 这场论辩的结果是肯定现实主义方法，肯定"暴露与讽刺"的必要性。茅盾还提出暴露黑暗需要遵循的典型化方法，注意感情判断和倾向性。周扬也肯定"暴露与讽刺"的必要性，指出应避免民族悲观情绪。关于"暴露与讽刺"问题的讨论不仅深化了文艺界对现实主义的认识，也推动了文艺创作的发展。这其中，沙汀的长篇讽刺小说《淘金记》令人称道。小说的背景设置在四川一个乡镇上，一批当地恶棍趁战乱之际，大发国难财，极大破坏了战争大后方的安定团结。小说从一个侧面反映出封建乡镇的落后与愚昧，同时抨击国民党基层政权的腐朽与黑暗。作者从世俗生活、人物形象中寻找喜剧性冲突，从而将现实主义的讽刺艺术推进并深化。老舍的《残雾》、陈白尘的《升官图》、宋之的《微尘》等作品在现实主义讽刺艺术方面做出了有益探索。

1940年前后，大批知识分子聚集延安。1941年，担任《解放日报》文艺副刊主编的丁玲经博古允许，发表短论《我们需要杂文》[②]，呼吁发扬鲁迅精神，不仅可以利用杂文批判揭露敌人的黑暗，也可以开展革命队伍内部的自我批评和自由论争，杂文同时可以反对革命内部的封建主义斗争。接着，默涵发表《假如莫里哀复活》，指出莫里哀的讽刺艺术至今没有消亡，引发了对果戈里讽刺艺术的定位和讨论。罗烽的《还是在杂文的时代》提倡杂文应当批评解放区涌现的封建毒流。相关文章有魏东明的《果戈里的悲剧》、杨思仲的《关于果戈里》等。理论的建设与传播带动了解放区讽刺文艺的发展。丁玲相继写下《在医院中》《我在霞村的时候》和《三八节有感》，对解放区仍然存在的封建

---

① 温儒敏：《新文学现实主义的流变》，北京大学出版社1988年版，第171页。
② 丁玲：《我们需要杂文》，《解放日报》1941年10月23日。

意识、官僚主义提出委婉批评，也对革命秩序中存在的性别不平等问题提出质疑。莫耶的小说《丽萍的烦恼》讽刺无爱婚姻，还有《延安生活素描》《小广播》等一些小说都暴露了延安生活中的种种问题。《解放日报》《谷雨》《文艺月报》等刊物发表大量的时评杂文，反映延安生活缺点的墙报《轻骑兵》《矢与的》，以及华君武、蔡若虹等人的讽刺漫画遍地开花，并在延安美协的讽刺画展上集中展出。在40年代的解放区，讽刺文艺一度掀起一阵小高潮。

1942年5月，毛泽东在《在延安文艺座谈会上的讲话》（以下简称《讲话》）中提及讽刺时说："讽刺是永远需要的。但是有几种讽刺：有对付敌人的，有对付同盟者的，有对付自己队伍的，态度各有不同。我们并不一般地反对讽刺，但是必须废除讽刺的乱用。"① 在讲话前三个月，毛泽东在参观延安美协讽刺画展时，不满于华君武等人把局部的、个别的矛盾上升到总体矛盾，指出对人民群众要多鼓励，少讽刺。毛泽东所倡导的讽刺艺术明显带有阶级性，是为了无产阶级革命斗争的需要，在《讲话》里更加明确文艺活动在政治文化层面展开，为夺取和巩固政权服务。这样一来，文艺创作活动中留给作家发挥的批评空间明显缩减，讽刺性艺术受到极大抑制，并被宣传、颂扬等主题代替。艾青、丁玲等人热情赞颂延安劳动模范事迹的文艺作品即是例证。艾青亲自调研，拜访劳模吴满有，听取他对诗稿的意见。后来《吴满有》这首长诗发表在1943年3月9日的《解放日报》上。丁玲在《解放日报》上的一篇文章中提到《吴满有》这首诗，指出吴满有的勤劳质朴、踏实肯干在边区劳动人民中反响强烈。丁玲还在《讲话》后陆续写出《袁广发》《民间艺人李卜》等小说，热情颂扬劳动人民。1944年出版的描写劳模生活的秧歌书，以及歌颂劳模的秧歌队下乡演出，都体现了《讲话》后延安文艺运动的一个新方向。

《讲话》还提出将"写光明为主"作为社会主义现实主义的一个基本原则。《讲话》指出，旧时代的作家因为看不到光明，所以暴露黑

---

① 毛泽东：《在延安文艺座谈会上的讲话》，《毛泽东选集》（第三卷），人民出版社1991年版，第872页。

暗。新时代的作家应该效仿苏联文学，多写光明，即使反映工作中的缺点，也是光明的陪衬。作品中多展现解放区的光明，越能坚定革命信念，鼓舞革命者的信心。事实上，在1942年以后，解放区就很少出现揭示生活矛盾和阴暗面的作品，丁玲的《在医院中》《三八节有感》这样深刻揭示革命进程中复杂问题的文学作品，一直被视为异端，有违《讲话》精神，并在文艺座谈会上受到批判。在整风运动后，歌颂领袖、歌颂英雄、歌颂革命成为文艺活动中的普遍主题。

《讲话》及其所确立的文学规范短时间内被延安的知识分子们所接受，不仅因为毛泽东的领袖气质、个人魅力具有极大的号召性和凝聚力，更因为毛泽东的思想和话语契合了民族政治、经济、文化独立，构建民族的、科学的、大众的文化的理想和诉求，获得知识分子的强烈认同。赵树理的小说创作，无论是早期的《小二黑结婚》《李有才板话》还是进入社会主义时期创作的《锻炼锻炼》，都基本延续并实践了《讲话》中对于"讽刺"艺术的理论建构。他运用对比、比喻、夸张、素描漫画等手法和幽默诙谐的语言丰富了小说创作中的讽刺艺术，并将讽刺纳入现实主义的轨道，给讽刺烙上了时代和阶级的印记。

从以上的论述来看，抗战之初，在面临家国存亡的重要关头，讽刺小说应运而生，体现了强烈的政治性和责任感，主要是揭露黑暗和社会批判。在"文艺为政治服务"的解放区，《讲话》精神成为指导文艺创作的精神圭臬，讽刺艺术被烙上鲜明的阶级印记，并大力为无产阶级革命服务，具有鲜明的政治倾向性。"写光明为主"等口号的提出，在一定程度上限制了讽刺艺术的发展。讽刺手法通常较为单一，讽刺的美学效果也比较平面化，讽刺艺术的社会批评功能和艺术反思能力大踏步后退。与前两个十年现实主义文学作品相比，解放区文学对生活和革命中矛盾的揭示不够深刻，对现实生活深度、广度方面的反映都有较大的局限性。

二 "十七年"与"文化大革命"文学中的讽刺

新中国成立后"十七年"文学是解放区文学的延续，但是此时的共产党已经成为执政党，对于文化、文学的领导已经进入具体的实践阶段，文化建设已经是社会主义事业的有机组成部分，因此所面临的情况更为复杂。

1949年7月，中华全国第一次文艺工作者代表大会在北京召开，周恩来做了《政治报告》，高度评价国统区和解放区的文艺工作者，强调文艺斗争原则和文艺队伍建设问题。周扬发表题为"新的人民的文艺"的报告，指出文艺应当以毛泽东思想为指引，写重大题材和重要人物，强调文艺的大众化。茅盾、郭沫若等人的报告也都是结合《讲话》精神阐明今后国家的文艺方针与任务的。新中国成立之初，文学与社会、时代保持紧密的同构关系，文艺政策的制定者和管理者，从毛泽东到作协各任领导，也都是从"一体化"的高度关照文艺的发展动态。从批判电影《武训传》、批判萧也牧的小说《我们夫妇之间》，到推进新民歌运动、提倡政治抒情诗大都立足于此，文学创作的审美和趣味一定程度上被"规训"。《铁道游击队》《敌后武工队》《林海雪原》《烈火金刚》这类革命历史题材小说，具有文化的统一性，即在民间传奇故事中塑造民族性。《红岩》《红日》《欧阳海之歌》中的英雄人物形象是经过严格过滤，根据道德理想要求塑造出来的，容不得半点玷污和讽刺。"十七年"现实主义题材的喜剧电影，也是明确歌颂，反对讽刺的。

1954年，《文艺报》刊发苏联作家马克夏克谈论诗歌创作的文章。马克夏克指出，讽刺诗应该具备两个条件，"第一，应该是大胆的，像我们战斗中的军人一样；第二，应该是既具体又典型的，……要尖锐而讽刺"。[①] 如果在选择讽刺内部缺点时，应该选择"官僚主义、文牍主义等等的典型加以揭露"。另一位苏联作家奥维奇金，他的"干预生活"文学主张在苏联得到呼应和认可。1954年，奥维奇金随团访问中国，刘宾雁担任俄语翻译，刘宾雁之后翻译介绍了奥维奇金的观点和著作，这些外部条件直接影响和催生了中国文坛"干预生活"主张的提出。1956年，中国文论界提出"干预生活"的主张，是对"歌颂与暴露"禁区的一次突围，也是"双百方针"一项积极成果。刘白羽、马

---

① ［苏联］马克夏克：《马克夏克谈诗》，《文艺报》1954年第2号。

烽、康濯等人纷纷撰文，呼吁作家大胆揭露生活中的矛盾。刘白羽在《在斗争中表现英雄性格》[①]一文中认为，文学应回到现实，明确反对"表面的歌颂"。马烽在《不能绕开矛盾走小路》[②]一文中呼吁，文学应该"从尖锐的斗争描写新的人物"。康濯在《不能粉饰生活，回避矛盾》[③]一文中直言作家应该勇敢地"干预生活"。在理论的干预和影响下，一些"干预生活"的作品绽放开来。王蒙的《组织部里新来的年轻人》、李国文的《改选》、刘绍棠的《西苑草》、刘宾雁的《在桥梁工地上》等小说大胆"干预"生活，反映出官僚主义、教条主义，或其他方面的社会问题。其中，秦兆阳以《人民文学》主编的身份为《在桥梁工地上》写了编者按，称赞它是"尖锐地提出问题的、批评性和讽刺性的特写"。[④] 王蒙的《组织部里新来的年轻人》与丁玲的《在医院中》在人物、情节、主题设置上异曲同工。林震和知识女青年陆萍一样"闯入"组织部、医院这样的现实空间，同时与现实空间保持一定的疏离，这样自然形成一个有效的批判角度和支点。青年知识分子与现实环境的差异构成了隐形的批评。不过面对所处的文学环境，作家还是有保留地在小说中作出妥协，林震敲开书记的门，要求得到指导和鼓励，陆萍也在老同志的教导下融入集体，投身革命。

"十七年"文学中的讽刺艺术基本延续了延安文艺模式中关于"暴露和讽刺"问题的探讨，同时受到苏俄文学理论中"干预生活"潮流的影响。虽然在"双百方针"的提倡下，有一些作品揭示了生活的矛盾，涉及人情、人性等敏感话题，如邓友梅的《在悬崖上》、宗璞的《红豆》、丰村的《一个离婚案件》等，但总体而言，作家的个人情感体、个人化叙述仍受到"挤压"，创作受到意识形态教条化的影响。就人物形象塑造而言，梁生宝、朱老忠、欧阳海、江姐等形象在闪现着英雄光辉的同时，也暴露出概念化、公式化的倾向。"十七年"文学整体的文学创作是受到压抑的，无论是在显性、隐性层面都留下时代的深刻

[①] 刘白羽：《在斗争中表现英雄性格》，《文艺报》1956年第3号。
[②] 马烽：《不能绕开矛盾走小路》，《文艺报》1956年第3号。
[③] 康濯：《不能粉饰生活，回避矛盾》，《文艺报》1956年第3号。
[④] 刘宾雁：《在桥梁工地上》，《人民文学》1956年第4期。

印记。讽刺艺术并没有突破自身的发展，基本还是局限在阶级性和政治倾向性之中，作家会不自觉地向文艺政策作出妥协。

"文化大革命"时期的文学将极"左"文艺路线扩大到极端化，最终演化为文艺思潮。"文化大革命"时期，政治文化代替了所有文化形态，革命样板戏也成为唯一"合法"的文艺形态。1966年，江青连同林彪一起炮制了《林彪同志委托江青同志召开的部队文艺工作座谈会纪要》（以下简称《纪要》）。《纪要》全盘否定过去的文艺成果，提出开辟新文艺，搞好样板戏，努力塑造工农兵形象，采取革命现实主义和革命浪漫主义相结合的方法，创作出为人民服务的文艺作品。《纪要》提出的"塑造工农兵英雄人物"的根本任务，延续了《讲话》精神和要求，同时彻底地放弃了"家务事""儿女情"等"小资产阶级"情调的表现内容。《红灯记》《芦荡火种》《红色娘子军》《奇袭白虎团》《洪湖赤卫队》等后来呈现的样板戏形态，是根据1964年文化部举办的京剧现代戏演出中的37个剧目加工改编而成的，集中体现了自延安时期以来人民文艺路线的文化成果。1968年，于会泳第一次提出了"三个突出"①的人物塑造原则，后经姚文元的润色，最终形成了无产阶级文艺必须遵循的一条铁律，即"三突出"原则。随着样板戏在全国的推广，它几乎成了整个"文化大革命"期间唯一一条文艺创作准则，也间接变成政治斗争和迫害的工具。"文化大革命"时期，在一些公开发表的文本中，个人书写让位于集体创作。《虹南作战史》由"三结合"创作组创作，《南京长江大桥》出自南京长江大桥写作组，还出现了清明、立夏等模糊了个人属性的创作署名。即便是独立的个人创作，怎么写，写什么的问题也是不由作家本人决定的，频频发生因文罹祸的事件让作家们噤若寒蝉。

"文化大革命"文学是政论化色彩占据主导，是严肃的，反幽默的，思维和话语是封闭的、排他性的。高度紧张的政治文化气氛已经不适合运用讽刺，即使存在，那也是针对众矢之的的"反面角色"的冷嘲热讽。"文化大革命"文学普遍采用"集体"性的叙述方式，话语主

---

① 于会泳：《让文艺舞台永远成为宣传毛泽东思想的阵地》，《文汇报》1968年5月23日。

体及其"自我意识"缺席。作家包括批评家作为审美主体被封杀。

"文化大革命"结束后，社会气候逐渐"回暖"，在经历了六七十年代的文学和文化贫困后，80年代的文学叙事面临多种选择和探索。压抑和断裂的愈久，蓄积和反弹的能量、空间就愈大。当社会氛围较为宽松，思想文化较能够自由发展时，诸如讽刺、戏仿、反讽、隐喻等文学表达方式越是能够有发展的空间。

第二节 当代戏仿的生成条件

戏仿作为一种修辞技巧，曾在中国现代文学中短暂出现，又在新时期文坛"现身"，这一现象绝非偶然，相对自由宽松的文化氛围为戏仿提供了生发的空间，文学自身也在寻找发展与突破。另外，作家的自觉意识、西方外来思潮的影响等诸多因素，都是我们综合审度新时期戏仿生成问题的关键点。

一 相对宽松的历史语境

文艺创作不仅是个体的创造性活动，也根植于一定的社会、历史环境当中。巴人曾在一篇谈及讽刺的文艺短论中说："成其为讽刺文学的，不是作者的主观，而是社会现实本身。"[1] 时代社会本身会为讽刺文学的发展与繁荣提供充分条件，尤其在某些专制时期的末期，讽刺艺术尤为发达。沙俄专制结束后，契诃夫、果戈里创作出大量讽刺著作，中国晚清时期出现的一些著名官场谴责小说，如《官场现形记》《二十年目睹之怪现状》，等等。20世纪80年代初，讽刺艺术的活跃显然与文化氛围的改善有很大关系。陈森的《稀有作家庄重别传》，以辛辣的笔触描绘了一个历经十年浩劫的时代小丑形象。马识途的《五粮液奇遇记》讲述几瓶"名酒"在几个官僚中几经倒手的故事，反映了官场徇私舞弊的现象。谌荣小说《真真假假》描绘了在高压政治下一群心

---

[1] 巴人：《巴人文艺论集》，人民文学出版社1984年版，第21页。

灵扭曲的知识分子群像，《关于猪仔过冬问题》讽刺市委领导的封建思想和官僚作风。王蒙的《说客盈门》《买买提处长轶事》，陆文夫的《围墙》《万元户》，董玉振的《精明人的苦恼》，高晓生的《鱼钓》等作品显示出新时期初期讽刺小说的生命力。

对于戏仿而言，它不仅仅限于对某些特定对象的讽刺，它要与戏仿的对象拉开一定的批评距离，较之讽刺，戏仿在情感和理性的深度和广度上走得更远一些。在1979年到1980年间，王蒙接连发表了《布礼》《蝴蝶》《说客盈门》《买买提处长轶事》《风筝飘带》等小说，其中语言戏仿的现象十分明显。小说《布礼》中，钟亦成的一首诗歌《冬小麦自述》受到大肆批驳，评论者认为"必须从政治斗争的全局加以分析，切不可掉以轻心，被披着羊皮的豺狼、化装成美女的毒蛇所蒙骗"。[①] 结果就是轰轰烈烈的政治运动被"复制"到诗歌批评中，对政治化语言的戏仿表明政治思维已经渗透到文艺研究者意识的深层。《蝴蝶》中对专制话语的讽刺性戏仿也十分明显。张思远在29岁时便穿上干部服，青年有为，过度膨胀的权利感、优越感造成他不可一世的心态，"……我们要禁毒禁娼，立刻'土膏店'与妓院寿终正寝。我们要什么就有什么。我们不要什么，就没有了什么"。[②]"要什么"与"有什么"之间反映的已不是因果关系而是权和利的关系，而专制话语就是权力的外在表征，既体现出张思远思想蜕变的征兆，也反映了"文化大革命"中高度专制且过度膨胀的权利关系的弊病。

新时期初期，文学中讽刺和戏仿现象的存在，从一个侧面体现了时代语境的相对宽松。1984年12月29日至翌年1月5日，中国作协第四次全国代表大会在北京召开，胡启立代表大会致贺词，其中提到，创作必须是自由的，"作家必须用自己的头脑来思维，有选择题材、主题和艺术表现方法的充分自由，有抒发自己的感情、激情和表达自己的思想的充分自由"，而且对于创作自由来说，"党和国家要提供必要条件"。[③] 中央以这样的方式明确表示文艺政策的松动，其意是不言自明的。一方

[①] 王蒙：《王蒙文集》第3卷，华艺出版社1993年版，第3页。
[②] 王蒙：《王蒙文集》第3卷，华艺出版社1993年版，第77页。
[③] 胡启立：《在作家协会第四次会员代表大会上的祝词》，《小说评论》1985年第2期。

面，我们的社会或文坛允许一些讽刺的、批评的声音存在，作家的创作个性和情感得到尊重，文学修辞与叙事趋向丰富和多元；另一方面，历史的发展促进了语言修辞的演变，一些曾经流行一时的政治辞令被"误用"在80年代的语境中，反讽之意随即产生。正如布鲁克斯对反讽的定义："反讽是语境对陈述语的一个明显歪曲"，[①] 并承受语境的压力。政治话语和日常话语之间的缝隙和隔阂为戏仿和反讽的产生提供了更多的素材，如王蒙的《名医梁有志传奇》《一嚏千娇》，王朔的《顽主》《我是你爸爸》等。在新时期以来的戏仿创作中，对政治话语的戏仿和调侃成为戏仿话语的一个很重要的类型，下文将有详细论述。

统观新时期前半期，"伤痕文学"悲怆沉痛，"反思文学"凝重阻滞，"改革文学"生气勃发，声势浩大的"寻根文学"执着于文学的民族性追寻，这一时期内，文学中的戏仿、讽刺运用并不是很广泛，也没有充足的生发空间。整个社会尤其是文学创作的主体，没有立即克服内心的恐惧，走出"文化大革命"的阴霾。"伤痕""反思"和"改革"文学中所传达的情感，无论是血泪的控诉、沉痛的思考或是道德的激情，无不映射出"劫后余生"的感慨与探索。

"伤痕文学"一方面适应了人们对于十年"文化大革命"浩劫的情感共鸣与宣泄，同时契合了政治、权力阶层对于"文化大革命"的政治批判需要。这类创作在艺术上是比较粗糙的，对于苦难和屈辱的控诉构成了叙述的基调。情感宣泄式的控诉是缓和、抹平，甚至愈合"伤痕"的重要途径。《班主任》结尾，"请抱着解决实际问题、治疗我们祖国健壮躯体上的局部痈疽的态度，同我们的张老师一起，来考虑考虑如何教育、转变宋宝琦这类青少年吧！"《醒来吧，弟弟》中姐姐的心理独白，"治愈这部分受了伤的心灵，恢复他们对真理的信仰，该是多么紧迫、多么崇高的任务"。这样发自肺腑的呼唤和情感流露在今天看来依然令人动容，"口号"式、模式化的叙述试图树立起真诚的信心和希望，构筑起宏伟的国家想象。"伤痕文学"的局限性显而易见，注重政治性而轻视艺术性，情感宣泄大于理性分析，呈现"文化大革命"的历史悲剧，却没有深入

---

① 赵毅衡：《新批评文集》，中国社会科学出版社1988年版，第333页。

分析悲剧的原因，即使剖析也很难脱离传统文化中的"忠奸模式"。

由情感控诉趋向理性分析，是"伤痕文学"式微后进入"反思文学"的一个逻辑必然，尽管二者的界限并非泾渭分明。"反思文学"力图在更广阔的时空范围中探寻十年浩劫的深刻根源，它不一味地将矛头指向社会、政治原因，同时反观悲剧亲历者自身，从集体到个人、从政治到人性，对历史进行立体化的反思和关照。因此，"反思文学"所体现出来的历史纵深感加强了，反思的视野、力度都拓宽并深化。整体而言，"伤痕文学"和"反思文学"在创作的观念、方法、叙事方面仍未完全摆脱"文革文学"的影响，但在小说叙事方面，较之"伤痕文学"控诉式的叙述，"反思文学"的表现方式相对丰富一些，已经包含了戏仿叙事、反讽叙事的因素，尤其是戏仿式或反讽式的语言向权威的政治形态的"元语言"发出挑战，将其挪用或化用在日常生活中，语境的错位导致其正统的、高度意识形态化的价值体系的破坏。戴厚英的《人啊，人！》、高晓声的《"漏斗户"主》、冯骥才的《啊！》等一些小说中已经运用了反讽式的叙述语言或历史事件揭示现实和人生的荒诞。张贤亮的《灵与肉》、古华的《芙蓉镇》更是在对历史的反讽空间中，以许灵均、胡玉音等反讽式命运的人物控诉"文化大革命"对人性的扭曲和摧残。"伤痕文学"到"反思文学"经历了由控诉叙述向反讽叙述的转变，这些细微处的变化表明了新时期文学叙事内部涌动着的反抗力量——敢于冒犯甚至破坏既有的叙事模式、叙事成规或者专制性"元话语"，戏仿或反讽则是实现对"文化大革命"叙事批判的有效手段和途径。

总体说来，新时期初期社会氛围的宽松自由，作家们努力避开旧有意识形态的"规训"，寻求文学艺术的自由发展，这些都为戏仿的产生和发展提供了时空条件。80年代中期后，欧美等西方文艺思潮涌入国门，中国一度出现了"方法热"，结构主义、新历史主义、女性主义等理论的出现，为文学艺术的发展提供了多元的价值选择和发展空间，戏仿也借助这股"自由之风"迅速发展起来。

二　创作主体意识的自觉

在新时期戏仿生成的过程中，作家主体反讽意识的萌发和自觉对推动戏仿叙事的生成和发展起到关键性作用。任何形式的戏仿中必然包含反讽的因素，反讽将讽刺艺术提升到一个更高的层次。D.C.米克在《论反讽》中指出，反讽"既有表面又有深度，既暧昧又透明"。① 根据米克的研究，反讽的不同存在形态具有一定的层次性。言语反讽具有直接的讽刺功能，批判的锋芒毕露无遗，幽默色彩显而易见。情境反讽比言语反讽更深入一步，锋芒更为隐晦，往往体现出悲剧或喜剧性，引发深刻的思想或宏观的历史。情境反讽中的作家主体发挥空间更大，能通过对细节、场景、意象的拆解组合表达对悖谬、荒诞现实的理解。最高层面的反讽是米克所界定的总体反讽，具有形而上的哲学诉求。罗蒂的《偶然、反讽与团结》、克尔凯郭尔的《论反讽概念》等著作用大量笔墨讨论反讽的哲学意义。我们所讨论的作家主体反讽意识的萌发，是指作家在面临现实生活以及自我困境时所拥有的生存态度和理性思考。一般来说，新时期小说文本所体现出来的反讽意识主要在言语反讽和情境反讽的层面。下文要论述的是反讽意识是如何进入到新时期作家主体的创作中的。

西方的现代社会在被宣告"上帝死了"后陷入新时代的混乱，产生了严重的精神危机，信仰和心灵无处皈依。在经历了两次世界大战后，人们的肉体和精神遭受双重的压迫和戕害，理性和思想被摧毁，虚无的情绪和对于存在的荒诞体验弥漫开来。新时期的中国刚刚从"文化大革命"的浩劫中走出来，经历过这段黑暗时期的人们，肉体和精神受到的伤害不言而喻。不过在新时期，我们没有像西方社会一样面对"上帝之死"恐慌，我们所面对的是圣人走下神坛，元话语体系轰然崩塌的情境。"文化大革命"时期对政治偶像的尊崇膜拜、对元话语的毋庸置疑，对于"最高指示"的无条件服从达到了极致，这是与现代性的启蒙思想相悖的。新时期如五四新文化运动一样，肩负着将人们从封建主义和蒙昧主义桎梏中解放出来的"启蒙"历史重任。"人的启蒙，人的觉醒，人道主义，人性复归……都围绕这感性血肉的个体从作为理性异化的神的践踏蹂躏下要求解放出来的主题旋转。"②"文化大革命"

---

① ［英］D.C.米克：《论反讽》，周发祥译，昆仑出版社1992年版，第7页。
② 李泽厚：《中国现代思想史论》，东方出版社1997年版，第209页。

时期的极"左"思潮，它的非理性、独尊性极大地破坏了社会的思想价值体系乃至日常话语体系，留下一片精神"废墟"。

80年代初，作家们敏感地捕捉并表达了普遍的对于存在的荒诞感，反讽的姿态恰是创作主体用以对抗荒诞现实的叙事策略和处世态度。宗璞的《我是谁》《蜗居》中的荒诞感直接来自现实生活巨大的政治变革带给人身心的异化和扭曲，更具有现实情怀和理想追求。韩少功的《归去来》《蓝盖子》超越了对"文化大革命"苦难的清算与批判，从民族的集体意识层面深入审视。王蒙的《冬天的话题》《莫须有事件》，陈村的《美女岛》，谌容的《减去十岁》，梁晓声的《浮城》都充满了荒诞式的体验以及反讽式的叙述。

新时期的中期，中国文坛出现了两股反差巨大的潮流。一股是"现代派"小说，另一股则是声势壮大的"寻根"文学，此时创作主体的反讽意识趋于自觉与成熟。1985年，刘索拉的小说《你别无选择》发表，被认为是真正的"现代派"小说。徐星的《无主题变奏》，残雪的《山上色小屋》《黄泥街》《苍老的浮云》《突围表演》，徐晓鹤的《院长和他的疯子们》《疯子们和他们的院长》《标本》《达哥》等作品也同时被认作"现代派"。刘索拉、徐星着力塑造一批游离于主流社会、追求自我和个性的叛逆青年形象。人们很容易将其与塞林格的《麦田守望者》、海勒的《第二十二条军规》等小说建立起主体方面的关联。走出"文化大革命"阴霾的年轻人，在现代化的进程中以狂乱迷离而富有浪漫的心理情绪追求人性与自由精神。小说叙事中不乏谐谑、荒诞、变形的艺术手法。残雪和徐晓鹤的部分小说则介入了政治文化，深刻揭示了极权政治造成的精神创伤，对于主流话语的戏仿和反讽洞穿了政治无意识中的语言暴力。残雪的中篇小说《黄泥街》和长篇小说《突围表演》的突出特点就是对"文革话语"的变形戏仿，她将"文化大革命"的"元话语"置于非理性的荒诞环境中，在保持"元话语"的正统威严性的同时，将它们各个击碎，同时传达出深刻的冲突与焦虑。1986年，残雪的处女小说《黄泥街》发表，小说宛如一朵"恶之花"，生长在人性的试验田中，生长在阴冷、恐惧的地狱边缘，对"丑陋、卑鄙、肮脏"的复制几乎奠定了她后来小说的基调。武汉确实有个地方叫黄泥街，以前是集中卖书的。小说中有着明显"文化大革命"背景的黄泥街诡异且肮脏，街上的人都无所事事，做着白日梦。其中的一个故事脉络是，一群人考证王四麻子这个"阶级敌人"有无的问题。每个人的陈述都自相矛盾，最后根本就无法确认王四麻子有无其人，但还要宣称"弄个水落石出"。对"理性"话语的挪用和戏仿不禁让人想起样板戏《海港》中"由于阶级敌人今天的一连串破坏，一定要查个水落石出"。小说中还充斥着"就在我们这些人里面有人养着猫头鹰"，"蝙蝠一案必须查清！"等一些对"元话语"的滑稽模仿，揭示了"元话语"对"个人话语"强迫的虚妄，残雪以对"文化大革命"话语的痛苦追忆和戏仿来抵抗"文化大革命"话语的暴力震惊。《突围表演》里的五香街是一个吃人的、罪恶的迷宫，即使除去了"文化大革命"的背景，人人都沉浸在聒噪、诽谤的话语暴力中，互相指责，处在无穷的猜忌和疑虑中，莫须有的"通奸"事件也被高调陈述探讨，残雪以这种荒谬的、戏仿的、变形的方式表达出来，颠覆了所谓的现代性话语，揭示了虚伪理性遮掩真实性的无望。现代派的另一名干将徐晓鹤的《疯子和他们的院长》《那天晚上发生的事》《标本》《达哥》等小说，通过对极权话语的戏仿，揭示了语言暴力给人们心灵带来的创伤。

"寻根"文学在追寻民族历史的深层意义时表现出了主体隐蔽的荒诞意识，是对历史和现实的感受和把握方式。而这种荒诞意识往往借助对历史场景的描写、对乡土文化衰颓的伤感或是纵横捭阖、汪洋恣肆的语言来传达。莫言小说《红高粱》中有一段话："我曾经对高密东北乡极端热爱，曾对高密东北乡极端仇恨，长大后努力学习马克思主义，我终于悟到：高密东北乡无疑是地球上最美丽最丑陋，最超脱最世俗、最圣洁最龌龊、最英雄好汉最王八蛋最能喝酒最能爱的地方。"[①] 这段文字让我们体会到了什么是罗兰·巴特所说的"能指的狂欢"。他将若干对词义相反的词语根据主观臆想组合在一起，一连使用8个极端的形容词"最"，刻意形成语言高密度的重复强调。这段话可以看作对崇高化革命话语的浪漫主义戏仿，小说借助这种极度夸张和变形的狂欢化语言

[①] 莫言：《红高粱家族》，上海文艺出版社2008年版，第2页。

重建了一个想象中的革命与暴力的现实。固有语言中的宏大、浮夸和矫饰被拆卸下来，显示出原本狰狞的面目。莫言的《红蝗》《幽默与趣味》表现了由非理性的怪诞和魔幻的现实杂糅而成的荒诞世界。韩少功的《爸爸爸》《女女女》表明了当代知识分子的精神困境，他们不满于现代文明而寻求原始文明，又在其中发现了传统的劣根性，于是在传统与现实中摇摆不定无法立足。神秘的地域色彩和虚实相间的描写，加之拉美魔幻主义的影响，使得"寻根"文学中的荒诞意味丰富多彩。

新时期以后，统一价值的分崩离析以及普遍性意识的衰落无疑与生存困境和悖论语境的产生具有内在联系。荒诞感由与主体相关的悖论所引发，进而形成反讽的意识起点，戏仿的反讽效果往往就来自对悖论存在的荒诞体悟和反讽式表达。串联起散落在文学创作中的戏仿因子，我们发现新时期文学中的戏仿生成与作家主体的反讽及荒诞意识的萌发和成熟具有同步性。当反讽的气候和荒诞的体验感逐渐弥漫开来，叙事主体有意识、有限度地触碰意识形态的禁忌或是向权威的叙事成规发起了挑战。

三　西方后现代思潮影响

新时期戏仿的兴起不仅与文化氛围的改善、主导意识形态对文学影响力的弱化、文学自身要求变革的力量以及创作主体的意识增强相关，西方外来思潮，尤其是后现代主义思想的影响尤为显著。"后现代主义"思潮进入中国，最初与20世纪80年代中期美国理论家弗·杰姆逊在北京大学的讲学直接相关，多数的中国批评家和读者都是从杰姆逊的演讲录[①]中获得关于后现代主义的印象和概念。"后现代主义"在中国的登陆与发展最初也是"水土不服"的，既有面对西方后现代主义、殖民主义等种种话语的身份尴尬，又时常与中国传统文化中的遗绪纠缠不清，更何况80年代的中国学界正热衷于现代性的启蒙主题。"作为八十年代思想界的另一分流趋向，'后现代思潮'借助西方学界内部对东

---

① 1985年9—12月，美国杜克大学学者弗·杰姆逊在北京大学开设当代西方文化理论专题讲座，后由唐小兵翻译整理结集成册《后现代主义与文化理论》，由陕西师范大学出版社于1987年出版。

第一章　中国当代戏仿的源起和泛化

方进行'他者'式想象的批判而崛起的。"① 1989年后，分流了的不同知识群体陷入深度焦虑并努力寻求学术复兴的愿望。随着中国现代化进程的推进，尤其是进入90年代以后，现代化的启蒙理论显然无法为日益复杂的社会文化状况提供更为全面和充分的理论解释，后现代主义理论在西方与中国的语境错位中，在历史与现实的语境转换中取得了"正当性"，寻求到了广阔的发展空间。

后现代主义文化思潮的发展无疑是90年代以来中国文化进程中的重要环节，也是社会转型期有效的政治、文化实践之一。后现代主义进入中国的历史文化语境，经过选择、过滤、变形，情况并未简单化而是更加复杂化了。中国的后现代主义与转型时期社会政治、经济、文化等密切相关，又以反叛现代主义的"异质性"状态而存在，体现出多元化、胶合性的特点。面对中国文化的复杂语境，西方后现代主义的引入和多元化发展已经不能用某种绝对化的、体系化的模式去限定，以便用来阐释中国社会、文化问题。中国社会对于"后现代主义"的传播、命名和实践的热情逐渐成就了多元化的文化现实。对"后现代主义"的狂热命名似乎成了一种潮流，一些先锋的、边缘性的小说、电影、歌曲创作都被贴上"后现代"的标签。如卡林内斯库描述的："恶魔现代性已寿终正寝，它的葬礼乃狂野欢庆的时刻。几乎在一夜之间，小小的前缀'后'成了解放行语中备享荣宠的修饰语。仅仅是'后于……而来'就是一种激动人心的特权，它一视同仁地顺应任何对它提出要求的人，一切都值得以'后'开头——后现代，后历史，后人等等。"② 先锋派的小说、孟京辉的先锋戏剧、崔健的摇滚音乐、姜文关于"文化大革命"记忆的电影，《大话西游》《武林外传》等影视作品，还有鸟巢、水立方、央视大楼这些追求矛盾性和复杂性的新新建筑，杂芜的艺术实践无不折射出社会生活中的某些后现代主义特征。这里潜藏的、备受争议又被搁置的问题是，我们究竟在多大程度上拥有了后现代主义及其文化？我们能够通

---

① 杨念群：《"后现代"思潮在中国——兼论其与20世纪90年代各种思潮的复杂关系》，《开放时代》2003年第3期。

② ［美］马泰·卡林内斯库：《现代性的五副面孔——现代主义、先锋派、颓废、媚俗艺术、后现代主义》，顾爱彬、李瑞华译，商务印书馆2002年版，第289页。

过生活实践和艺术实践体察到后现代主义的存在与魅力,外来的思想文化因子遇到中国肥沃的土壤得以孕育成长。全球化时代的到来使得后现代主义的情境日益逼近,生活实践和艺术实践不可避免地带上后现代主义的影子。

特里·伊格尔顿在其著作《后现代主义的幻象》的中译本里专门有《致中国读者》的一段序言,他指出:"'后现代主义'同时是一种文化,一种理论,一种普遍敏感性和一个历史时期。从文化上说……它远比现代主义更加愿意接受流行的,商业的,民主的和大众消费的市场。它的典型文化风格是游戏的,自我戏仿的,混合的,兼收并蓄的和反讽的。"① 伊格尔顿指出了"自我戏仿"是后现代主义典型文化风格之一,文学、戏剧、影视、音乐、建筑等艺术领域的"自我戏仿"无不带有后现代思维的典型特征,如避开绝对价值或是宏大封闭的概念体系,而走向怀疑的、开放的、相对主义的和多元化的空间。

戏仿是西方后现代主义常用的文体策略,也是一种文化策略。中国20世纪八九十年代乃至21世纪以来文学艺术中大量的"戏仿"实践,不免受到西方后现代主义思潮的影响。陈晓明指出,我们所处的历史时刻为"当代叙述学提示了诗意祈祷、滑稽模仿,抒情与反讽等一系列感觉方式,修辞方式和表达方式——这种方式使中国当代文学(特别是先锋派文学)最大可能切近后现代主义"。② 作为文学及文化"魔镜"的戏仿,以其特定的角度和思维方式折射出中国社会生活和艺术实践中的一些后现代主义因素。

第三节 新时期以来戏仿的泛化过程

戏仿本身是一个随历史而变迁的文学范畴,它并不是一个永久性的文学要素。玛格丽特·罗斯和登提斯在对戏仿的历时性研究方面具有代

---

① [英]特里·伊格尔顿:《后现代主义的幻象》,华明译,商务印书馆2000年版,第1页。
② 陈晓明:《无边的挑战——中国先锋文学的后现代性》,广西师范大学出版社2004年版,第32页。

表性，较之西方对戏仿问题历时性研究的深入，我国现有的戏仿研究中"历史原则"在一定程度上显得薄弱和缺失，这容易使戏仿陷入盘根错节的概念和性质"纠纷"中。

戏仿在新时期以来的三十多年的发展中有一条比较明晰的脉络，尤其在八九十年代的社会及文化转型期表现得更为活跃，其内容和形式也更加多样和复杂。戏仿首先是在先锋小说中大量出现的，扮演了先锋文学抵抗政治意识形态的角色，体现了先锋文学的"纯文学"诉求。但戏仿的运用无法避免地指向了某种意识形态体系或者话语，使得其陷入一种"去政治化的政治"的悖论形态当中。进入90年代后，除了在文学修辞方面的发展，戏仿逐渐过渡并发展为一种思维方式和生存态度，是作家面对自我与世界关系时的一面"镜子"。戏仿类的作品表现方式更加多元化，戏仿与政治、历史、人性的复杂关系得到更深入的体现，形成多元杂陈的局面。21世纪后，戏仿逐渐向大众文化妥协，成为大众文化中一个重要"关键词"。戏仿加入到日常生活表层化的进程中，与网络文化强势合流，并与拼贴、恶搞之类的手段共同参与到文学和文化的大"生产"之中，显现出退变的征兆。

一 先锋文学中的戏仿

80年代前期，文学的内涵还是被限定在文学与政治的二元结构中。伤痕文学、反思文学、寻根派等文学潮流的话语体系并未脱离社会主义现实主义的体制。先锋文学的出现表明了其"非政治化"的纯文学诉求，实质上是强调了文学的"文学性"并用以抵抗"政治性"的一种策略。[①]

戏仿是先锋文学中重要的修辞策略，承担了形式主义实验的"革命性"任务。一切文类形式、话语体系、文学成规都可以以"戏仿"形式重新进行"解码"和"编码"。戏仿在先锋文学中是以反对元叙事和元话语的强劲姿态出现的，先锋派的作家注重形式方面的探索，有意避开意识形态的敏感神经。

新时期伊始，小说创作以恢复和深化"现实主义传统"的方式迈

---

① 李陀、李静：《漫说"纯文学"——李陀访谈录》，《上海文学》2001年第3期。

出了复苏的第一步。伤痕文学、反思文学、改革文学、寻根文学等小说创作潮流轮番登场，它们基本是就内容而言划分的文学类型。"先锋派"小说或曰"新潮小说"的出现，使当代小说从内容题旨向叙事形式、精神题旨和文化象征方面发展过渡。赵毅衡借助罗曼·雅各布森对元语言"评注性"的理解，指出自"五四"小说到新潮小说，整个中国现代小说以来的小说大多是"评注性"[①]的。作品中加入了指导性和解释性的思想和态度，使读者对作品的理解指向某一种单向度的确切的解释。实际上，"评注性"背后有深层的文化规训或主流意识形态的制约，延安时期的宣传文学或歌颂文学和"十七年"文学体现得比较鲜明和集中。70年代末至80年代上半期出现的伤痕文学悲天悯人、反思文学抑郁沉重、改革文学英气勃发，包括后来的寻根文学，它们都注入了某些"评注性"因素，顺应了时代和社会的需要。这些文学流派尝试突破传统的文学规范或是政治话语的束缚，以自身的方式弥合与意识形态的缝隙，却大都没有突破"体制"的困囿。

1985年是思想爆发的一年，文学、电影、美术、音乐等领域都出现了新奇灿烂的成果。文学界的"寻根文学"势头正劲，创作实践和理论批评齐头并进，将对"根性"的寻找扩大到整个文化的视野中，已经预示出文学"评注性"的逐渐解体。1985年前后出现的"新潮小说"更是拒绝被"评注"或"诠释"。李洁非在研究新时期前后两个阶段的文学状况时，认为"这个基点仍是叙事方式——新时期小说在1984年一分为二的确切界限，就是作家在叙事方式上出现了断裂"。[②]叙事方式的"断裂"从文学作品本身就可以体现出来。文学创作有一个明显的从"写什么"到"如何写"的转向。"写什么"通常是与现实主义的创作方法相联系，也包含一定政治意识形态的因素，"如何写"将叙述话语和叙述形式推到前台，抛却了政治因素转而关注小说自身的发展和创造，集中体现了小说文体意识的自觉与自律。先锋文学在文学观念、叙事形式、审美方式等方面突出了对审美现代性的追求，并且有

[①] 赵毅衡：《礼教下延之后——中国文化批判诸问题》，上海文艺出版社2001年版，第175页。

[②] 李洁非：《新时期小说的两个阶段及其比较》，《文学评论》1989年第3期。

意识地回避文学的启蒙目的、意识形态功用，转向寻求文学自身的审美自足，营造纯粹的文学空间，鲜明地体现了"纯文学"的诉求。当然，不存在完全脱离时代语境的"纯文学"空间，"纯文学"概念是针对革命叙事话语、现实主义叙事成规等提出来的，代表了对于文学自身发展的一种美好设想，也成为90年代抵抗商业文化的一块精神净土。

高举"形式主义"大旗的先锋文学，试图以"纯文学"的姿态切断与传统文学的联系。作为先锋文学重要修辞策略的戏仿，因其具有典型的"互文性"，以其明显的模仿形式打破了以往相对静态和封闭的文本，通过对语言、文本的模仿和颠覆，形成话语内、文本间的指涉关系。戏仿的意义正来自表层或深层的"差异性"，表层具有讽刺、滑稽意味，话语和意识形态的深层蕴含消解和颠覆力量。这样，作为修辞的戏仿汇入了先锋文学"纯文学"想象进程中，对严肃的主题和话语进行解构和反讽，消解了历史理性和主题，同时体现出一定的讽刺、幽默等美学特质。戏仿作为一种修辞方法，它自身具备的要素契合并满足了先锋文学的"纯文学"理念和诉求。

在20世纪80年代，文学承载了诸多社会想象的功能。进入90年代后，大众文化迅速兴起，改变了中国传统文化的格局。电视、电影、互联网等电子媒介的普及对传统的纸质文学阅读模式构成强烈冲击，文学期刊的传播范围被极大压缩并被推向市场，很多纯文学期刊如《昆仑》《天津文学》等停刊或改旗易帜。新兴的网络文化蓬勃发展，在流行性、时效性、图文性和吸引力方面较之传统阅读方式和传播媒体更加突出，获得了大众的普遍认可。先锋文学建构起来的"纯文学"殿堂还是处在一个相对精英的位置，对作家和阅读者都提出了一定的要求，其形式的新颖、内容的抽象往往给读者造成一定阅读障碍。当八九十年代之交，社会面临转型，社会结构悄然发生改变时，纯文学这座"希腊小庙"显然不能满足知识分子的雄心壮志，也未能抵御住商业文化的侵袭，"纯文学"的理想在反思和质疑声中破灭了，先锋作家纷纷转型，回到了与现实主义妥协的道路上。

先锋文学的创作实践表明了中国当代文学中"纯文学"诉求的一种结果，先锋小说家们借鉴西方现代主义的观念和技巧，将自身的文学创作悬置在一个脱离了传统文化语境和社会现实语境的"现实"中，而在这种"现实"中，时间或地点往往是空缺的，语言或形式的"革命"尤为突出，成功阻断了文学与现实的交流与联系。贺桂梅指出："先锋小说由于始终将自己结构在'现实主义'的对立面上，因此，它并非如自己想的那样'自由'和'解放'，而是将'反现实主义'作为了文学的非意识形态化过程中的意识形态。"[①] 这样看来，作为先锋修辞的戏仿并不是表面化地颠覆一些文本或者话语形态，而是具有强烈的政治意味。戏仿的背后有着复杂的因素，诸如政治性、文学成规、现代性等。随着先锋文学的式微，作为修辞的戏仿也遇到了发展的困境，当然这不仅仅是戏仿文学策略本身遇到的危机，戏仿也陷入了"去政治化"的政治悖论当中。不过，随着社会的转型，在新的时代文化语境中，戏仿将面临新的机遇和挑战。

二 多元杂陈的戏仿"大观"

大众文化的兴起，是我们国家改革开放和经济发展的必然产物，90年代后逐渐进入文化界的视野。大众文化给中国文化的格局带来一定的冲击和影响，同时意识形态体制在市场经济的冲击下逐渐弱化和分离。随着大众化、世俗化趋势的出现，社会文化出现两种力量的对比：精英阶层与更广泛的社会群体进行竞争，努力不被边缘化，而大众文化受到精英阶层的质疑和排斥，同时努力地参与到社会文化生活中。90年代的文坛，在诸种合力下产生了多元化的言说主体，戏仿文学也呈现出多元杂陈的局面。

谈论90年代文学创作中的戏仿，必定绕不开王朔。理解王朔，首先要通过他的语言，王朔几乎在每一篇小说中都为主人公提供一种"饶舌"的情境，这种"王朔式"调侃制造出轻松、幽默又荒诞不经的氛围。王朔写作只面对语言而不是面对自身或者世界，如同汪曾祺说的，写小说就是写语言。在王朔这里，语言已经脱离修辞的层面上升到本质化的高度，语言不仅是形式，更是内容，二者已经有机地融为一

---

① 贺桂梅：《先锋小说的知识谱系与意识形态》，《文艺研究》2005年第10期。

体。理解王朔，还需要穿透他的语言进入小说文本的历史情境，尽管小说文本中的历史情境可能是一种"想象的革命"或是他通过语言游戏复制出来的某种深刻的文化记忆。

文化转型时代的语言、文化离心力造成了向心力和权威神话的解体。语言作为一种历史遗留物，既沉淀了人类的历史和文明进程，也可能折射出反理性的狂欢精神。巴赫金在对拉伯雷与中世纪和文艺复兴时期的民间文化分析时发现了狂欢节及狂欢文化的重要意义。在中世纪和文艺复兴时期，人们从民间自发涌向节日的广场肆意嬉笑怒骂，已经混淆了官方语言和口语、俚语，官员和市民等的界限，狂欢节及文化涉及精英文化、大众文化与民间文化三者之间的关系，而王朔的小说的话语正是指向意识形态话语、知识分子精英话语、大众日常用语三者的。巴赫金在对陀思妥耶夫斯基诗学研究中追溯了狂欢节中语言的历史渊源，并指出戏仿和梅尼普讽刺体构成了狂欢语言的主体。从这点来看，王朔在社会转型期的小说创作的确有着类似"狂欢节"的意味，戏仿和讽刺构成了王朔小说话语的主体。

王朔小说绝不是单纯的戏仿、讽刺游戏，他刻意制造出的"政治波普"来源于民间社会对权威力量的惧怕和躲避，"以下犯上"的戏仿叙事策略并不直接指向权威，而转向语言自身的受虐——自我贬损、自我调侃，这种暧昧不清的"戏仿"似乎很难被"定性"或者"问责"，因为王朔已经"悬置"了历史和道德。王朔并不直接批评政治，而是讽刺它的语言和那些严肃地讲这种语言的人。这是王朔的高明狡黠之处，他悄然地离开了传统作家的位置，不再以启蒙者、先行者自居，他无须捍卫什么褒扬什么，他放下身段放低姿态嘲人嘲己，本着"我是流氓我怕谁"的态度对待一切，采取玩弄语言的迂回策略而不直接触及社会和政治的敏感面。王朔以"无知"作为护身符，以"痞气"面对一系列权威话语，无情褪去那层"皇帝的新装"，将貌似庄严、伟大的事物拉下圣坛。王朔小说中的戏仿与讽刺带有极其个人化的情感因素，肆无忌惮的语言指向了个人生命的狂欢体验。

对政治话语的戏仿是王蒙小说语言的一大特色，这不仅是作家自身历史经验的重要内容，也是政治意识形态通过作家折射出的政治文化生态景观。80年代初期，从文坛"复出""归来"的王蒙相继创作《布礼》《蝴蝶》《买买提处长轶事》等小说，已经显露出对政治戏仿的热情。90年代创作的"季节系列"四部小说《恋爱的季节》《失态的季节》《踌躇的季节》《狂欢的季节》，仍旧延续了王蒙一贯的政治戏仿热情和才能。

王蒙小说的各种"杂语"就镶嵌在他的"政治小说"中，而这其中大部分都是讲述"右派"的人物和故事，如《蝴蝶》中的张思远、《布礼》中的钟亦成、《失态的季节》中的钱文等。同时代的张贤亮、从维熙、鲁彦周等曾经的"右派分子"创作出《绿化树》《男人的一半是女人》《大墙下的红玉兰》《天云山传奇》等一系列小说，这些作家和作品构成了"右派叙述"的广阔语言环境和政治意识形态的"超语言"环境。"'右派叙述'以其历史表现的深度广度的压缩换取了新时期文坛的空前和谐：主流意识形态话语、作家的个体精神诉求与读者阶层的阅读期待之间再度实现政治联姻。"[1] 王蒙在主流意识形态话语和个体精神诉求间找到了有效的平衡点，绝大程度上得益于他对意识形态话语过人的戏仿才能，而在20世纪五六十年代的中国，主流意识形态和政治基本可以画上等号，这也是王蒙的政治小说得以存在的重要前提。

20世纪50年代后，政治逐渐成为人们日常生活的核心内容。1957年"反右"的斗争开始后，事态便愈演愈烈，这本身就是意识形态被强调、强化后的必然结果。卡尔·曼海姆在《意识形态与乌托邦》中认为，意识形态是在政治对抗中，统治阶级的一方从自身利益出发形成的一种思想状况和知识体系，统治阶级掩盖了事实并将这种思想或知识固定下来。而"一种思想状况与它所处的现实状况不一致，则这种状况就是乌托邦"，[2] 乌托邦处于反对派的一方，反对现有的秩序，于是，意识形态就与乌托邦构成了正反关系，换言之也就是两种政治形态或话语形态的对立共存关系，因为乌托邦精神首先表现为话语的乌托邦。王

---

[1] 黄善明：《令人心酸的"忠诚"——论王蒙笔下的"右派叙述"》，《当代作家评论》2007年第2期。
[2] [德]卡尔·曼海姆：《意识形态与乌托邦》，上海三联书店2011年版，第192页。

蒙小说的内部正体现了这两种话语的对抗共存关系,语言内部的离心力与向心力两种力量的抗衡,表现了政治与意识形态冲突,他通过对当时复杂的、喧哗的各种意识形态领域话语的戏仿完成对特定时代意识形态的再现和消解,而在两种话语力量的对峙中,王蒙故意成为"缺席的在场者",他先让各种意识形态话语登堂入室,集体出席精彩纷呈的语言盛宴,它们自我表现,自行被揭穿,用不了太久便开始互相纠缠、拆台、对抗,乌托邦语言在混乱和消耗之际代表作者的意愿悄然登场,添上最后一根"稻草",当所有的意识形态话语被"压垮",乌托邦语言就在语言自行展示和自我消耗的过程中取得了胜利,并获得宣泄的快感。戏仿不只是一种技巧,也不仅是表达方式的问题,更多情况下,戏仿穿越了政治的禁忌和话语的迷障,由此开辟出进入话语中心地带的路径。王蒙力图通过作品本真地"还原"再现特殊的历史时期,以及在当时强大政治话语背景下被压抑和被损害的人的精神状态,在肯定意识形态话语的前提下,旁敲侧击地对其进行反讽或消解。他或正话反说,大话小说,严肃用语庸俗了说,造成语境的时空错位,或通过极力的夸张和铺陈实现对某种意识形态的调侃和反讽,形成"杂语喧哗"的场面。

90年代兴起的新写实小说滤去了革命的激情,重返对日常生活的关照,这也是从语言开始的。新写实的作家们把政治话语融入日常生活语言和情境之中,制造出了话语间的断裂和语境的巨大反差。池莉、方方、刘震云、刘恒等新写实作家,挪用和戏仿了革命年代无处不在的政治话语,比如"同仇敌忾""上下一心"(《有了快感你就喊》),"贫下中农打老婆""工人阶级能同意吗?"(《贫嘴张大民的幸福生活》),"老三篇""上纲上线"(《怀念声名狼藉的日子》)等。如果是在特殊的革命年代,这类阶级话语丝毫不反常,但将这些话语放置在90年代的语境中,就会出现强烈的讽刺意味,显得滑稽可笑。政治话语的巨大惯性一直延续到商业文化的语境中,即使政治话语业已失效,仍残存在人们的"语言无意识"中。

新历史主义从先锋小说那里承续了对历史叙述或历史话语的怀疑态度,他们对历史"真实"不同程度的虚构消解了元历史或元叙事,那么对历史的叙述就变得无章可循,历史变成任人打扮的小姑娘。新历史主义的小说家们回避对历史做出本质化、规律化的承诺。新历史主义小说时常出现的戏仿和其体现出来的"历史"观念带有某些"后现代主义"的特征,比如文本的"游戏性"、历史组合的"任意性"、语言的"延异性"等。"当历史、文化、社会被视为一个超越了言语符号的大文本时,新历史主义小说对官史文本的颠覆就是一种更高层次的戏仿。"① 刘震云的《故乡天下黄花》《温故一九四二》以平民视角和熟知的历史材料重述已经被定论的历史,挑战"官史"的历史记录。苏童的《我的帝王生涯》利用妃子太监、御河、宫殿等一系列宫廷符号构筑了一段虚伪的历史沧桑,他用自己的方式拾起已成碎片的历史进行缝补缀合。格非的《褐色鸟群》《青黄》《迷舟》等小说用感觉和幻想制造出一个个非现实的现实,一段段没有历史的历史,小说反常规地扭曲了自然的经验世界。

在90年代的文学创作中,戏仿类作品表现出作家们对小说叙事艺术的积极探索,蔚为大观,远不止上文所列举的情况。王小波、毕飞宇、李冯、徐坤、东西、须兰、李浩、述平等人的戏仿创作各具特色,卫慧、棉棉、陈染等女性作家的作品中出现了戏仿与拼贴的印记。他们有意识地规避意识形态的一些规则与要求,摒弃了绝对化的小说创作观念。他们大都采取开放式的创作路径,不会为了某种观念去写作,更不会为非此即彼的生活所困囿,让小说回归到一种松弛、自由、世俗化的状态。所以我们看到,在90年代的文学文本中,类似的知识谱系已经悄然消失,文学"统一"的标准发生裂变,呈现"众声喧哗"的特点。90年代中后期,随着电子媒介的发达,戏仿逐渐从文学中"出走",尝试着与其他文化媒体结合,周星驰的电影《大话西游》的出现,刮起一股对经典无厘头式戏仿的风潮。流行歌曲、美术作品、影视、戏剧创作中时常闪现戏仿的身影。鉴于下文将有对戏仿创作的详细分类讨论,这里不再赘述。

---

① 黄发有:《准个体时代的写作——20世纪90年代中国小说研究》,上海三联书店2002年版,第349页。

戏仿是西方当代作家重要的策略之一，巴尔萨姆、伊什梅尔、霍克斯等作家都采用过戏仿的方法创作出优秀的文学作品。中国作家在90年代的戏仿创作，与西方有类似的地方，比如多采用对经典名著、神话传说、通俗文类的戏仿与重构，或是对政治话语、流行用语的戏仿，借此表达作家对于历史、文化的理解和认知。作家同时愈发认识到文学虚构的本质，他们便另辟蹊径寻求文学发展的多种路径。在诸多戏仿作品中，能融入作家个人对历史、权利、人性的创造性解释的作品并不多见，一些戏仿作品未能突破原作的"影子"而流于模仿或逗趣的形式游戏，这些都是需要注意的。

三 大众文化"关键词"

大众文化是一个特定的意义范畴，主要指兴起在当代都市的、与现代工业生产及市场经济发展相适应的一种文化的形态，它以全球化的电子传媒为介质，由消费意识形态做引导，有自己的一套运作方式，并且有大众的广泛参与。大众文化与官方的主流文化、学界精英文化是相互区别的，同时也有异于传统社会中的民间文化、通俗文化等形态，它具有明显的流行性、消费性和娱乐化等特点。

随着市场经济的繁荣与发展，中国社会仿佛一夜之间进入消费时代，大众文化的种子也随之播撒开来。90年代文学创作的一个突出的特点是，各类的创作都汇聚在一个世俗化、大众化的平台上面。都市题材的小说、欲望化书写、新写实小说、新历史主义小说等形成多元杂陈的局面，意识形态体制在市场经济的冲击下逐渐弱化和分离。如果说，戏仿一度契合并满足了先锋文学的"纯文学"理念和诉求，那么在进入90年代后，在大众文化语境下的"准个体时代的写作"[①]中，戏仿创作蔓延开来，分布广泛，情况复杂，很难用一个中心词语概括。作家的文学观念和文化心态实际上是滞后于大众文化的发展的，这一点，王朔在《我看大众文化、港台文化及其他》一文中提及，文学创作、文

---

① 黄发有：《准个体时代的写作——20世纪90年代中国小说研究》，上海三联书店2002年版。

化活动仍是少数人的精神性活动，而非工业性质的。90年代中的戏仿创作虽然受到大众文化一定的影响，却并没有向大众文化完全妥协。而20世纪末到21世纪初的十余年间，随着大众文化与网络媒体的强势结合，随着大众文化消费心理模式的转变，戏仿、恶搞、媚俗俨然成为大众文化的重要"关键词"。

戏仿的大行其道，与大众文化消费的心理模式有相当大的关系。消费一方面实现了物质层面的使用价值，精神层面的"消费"则表现为话语权利的诉求。戏仿已经从文体发展演变成一种"戏仿思维"，渗透到人们的日常生活中，聊天、调侃、嘲讽中不无"戏仿"的影子。戏仿在此时显现出一定的文化变异征兆——"大话文化""恶搞文化"日渐盛行，伴随着网络技术的成熟和娱乐文化的泛滥，大众文化中的戏仿极易失去价值和精神核心，仅仅成为制造娱乐的工具。

巴赫金在研究民间文化时发现了其双重特性：一方面肯定官方文化，另一方面又质疑否定官方文化，具有否定和再生的特征，这种特性也大量存在于中世纪与文艺复兴时期的戏仿语言和文学作品之中。中世纪和文艺复兴时期民间文化中的戏仿是双向度的，并且能体现出大众文化与官方文化之间的微妙且复杂的关系。大众文化中，以娱乐为目的的戏仿是单向度地模仿、贬低、消费前文本，既没有否定功能，也没有文本再生功能，所以失去了戏仿原初的意义。

无论是"大话"文本、网络小说，或是"恶搞"行为、语言"嫁接"现象，隐藏在戏仿、仿写、拼贴后面的是大众文化与话语秩序、经典作品之间的权利关系变化。经典文本、话语秩序不再是神圣不可动摇的，这从一个侧面反映出新一代年轻人的文化心态，一切皆可以戏仿、篡改、嘲弄，不存在绝对的经典、权威或偶像，这也是一种较为极端且矛盾的态度。一方面这种态度指向了反叛和消解，表达了对话语权利的诉求，另一方面这种反叛是隐藏在戏仿或拼贴之后的"隐语"，并没有确切的反叛对象，而最终指向了虚无。

大众文化领域的研究学者约翰·费斯克指出，大众文化趋向于"过度"，"一方面，这种过度性指的是意义挣脱控制，挣脱意识形态规范的控制或是特定文本的要求。另一方面，指语义的泛滥，过度的符号表演的是主流意识形态,然后超越并摆脱它。过度包含戏仿的因素,戏仿能使我们嘲笑常规,逃脱意识形态的侵袭,从而使传统规范自相矛盾"。① 大众文化中的过度性使之容易被斥为"浅白""粗鄙"或"通俗""煽情"。因为大众文本是面对各种社会关系而敞开的,是直接"展现"而非"隐藏"式的文本,文本的"内在"没有被过多渲染和诉说,因此显得"浅白",不过"浅白"在文本中留下不少裂隙与空间,使"生产者式"读者得以填入他们的社会体验,从而建立文本与体验之间的联系。浅白中也包含了戏仿的因素,戏仿原文本与戏仿文本之间存在的裂隙和空间,建立了文本与读者之间的体验。过度性与浅白性两种特征为大众文化创造了丰富的资源,而两种特征中包含的戏仿因素也会为大众文化的生产与消费环节起到"增色"和促进作用。

大众文化的暧昧与多义,为其赢得了一个相对独立的话语空间。作为大众文化重要关键词的"戏仿",积极寻找文化中的"大目标"或"小裂隙"进行着"降格"或"填充"的开心游戏。利用戏仿策略"制造"出来的"大话文本""恶搞文本"语言"嫁接"现象都或多或少具备大众文化商品性、流行性、类型化、娱乐性、日常化等特性,难免存在这样或那样的问题,如机械复制出来的粗糙文本、媚俗泛滥的"恶搞",畸形的语言"果实"等。

文化学者费斯克指出:"在大众文化中,文本仅仅是商品,因此,它们很少是精巧的(为了维持低廉的生产成本),它们是不完整的和不充足的,除非它们进入大众的日常生活之后。它们是被不怀敬意地使用的资源,不是受赞赏与尊重的对象。"② 当我们批评和指责大众文化中的文本,认为它们是粗糙的、贫乏的、不完整的,那么,批评和指责的背后必然隐藏着一个先验的假设:大众文化的文本自身,应该是精细的、充分的、完整的,同时应该被欣赏与尊重。大众文化中的"戏仿"文本或"戏仿"话语相比于"精英文学"中的"戏仿"文本或话语,更具有日常性和民

---

① [美]约翰·费斯克:《理解大众文化》,王晓珏、宋伟杰译,中央编译出版社2001年版,第140页。
② [美]约翰·费斯克:《理解大众文化》,王晓珏、宋伟杰译,中央编译出版社2001年版,第149页。

间性，因此相对粗糙和不完善，更注重当下性或即时性。主要流行于东北三省和内蒙古部分地区的民间走唱类艺术"二人转"，经过数十年的发展，形成了一整套的文化产业链条，一跃成为能够代表东北地域文化特色的传统民间艺术。作为大众文化的一种特殊表现形态，"二人转"具有很强的地域色彩和"原生态"特征，小沈阳、小黄飞等业界知名演员不惜丑化自己，凭借着对某些著名人物的语言、动作，某些焦点事件，或流行歌曲等的滑稽模仿和插诨打科的逗趣表演来娱乐大众。"二人转"杂糅了小品、曲艺、杂耍等表演方式，有即兴演出和发挥的空间，追求即时性的娱乐快感，回避意义的建构，其文本是比较粗糙的。

尼尔·波兹曼在《娱乐至死》中说过："有两种方法可以让文化精神枯萎，一种是奥威尔式的——文化成为一个监狱，另一种是赫胥黎式的——文化成为一场滑稽戏。"① 奥威尔关于文化成为监狱的寓言似乎离我们很遥远，赫胥黎式的文化反思却一定程度上在现实生活中体现出来。散文、诗歌、戏剧、绘画等艺术门类退居大众文化的次要地位，以互联网和电视为媒介的言情剧、肥皂剧、广告、流行歌曲等新兴的娱乐活动占据主流。互联网上的恶搞事件层出不穷，经典著作或艺术品的"复制品"公然出现在大众视野中，毫无审美价值或思想情感的"口水歌"泛滥，一切都为了娱乐和搞笑，文化舞台几乎时时上演精彩的"滑稽戏"。大众文化中的文本被当作商品贩卖，同时也可能贩卖出文化的终极意义。

---

① ［美］尼尔·波兹曼：《娱乐至死》，章艳译，广西师范大学出版社2011年版，第162页。

第二章　中国当代语言戏仿类型研究

新时期以来，文学创作中存在着大量语言戏仿现象。本章主要从语言修辞的角度，对新时期以来文学中的语言戏仿现象进行类型化研究。索绪尔在其著作《普通语言学教程》中指出语言符号的任意性原则，"能指和所指的联系是任意的，或者，因为我们所说的符号是指能指和所指相连结所产生的整体，我们可以更简单地说：语言符号是任意的"。[①] 按照索绪尔的研究，能指与所指并无天然的或必然的联系，二者的关联带有偶然性和任意性。戏仿所基于的语言学理论是，打破和拆散文本或语言已经存在的能指与所指的固定关系，把拆分出来的能指与另一个所指组合起来，从而产生新的文本或语言。语言戏仿则言在此而意在彼，其特点是语言和真实意义之间的错位、脱节以及由此造成的间离、反讽效果。

研究不只关注语言戏仿本身，还将对语言的研究和分析纳入文本架构以及作家的精神结构中，充分发掘与阐释语言的叙事功能、审美功能和文化功能。在此基础上，将语言戏仿形态归入现代至当代"语言观念变革"的进程和背景中进行分析，以期触摸到语言观念发生变革、语言形态发生变异过程中的部分历史真实，阐释一度在小说中扮演重要话语策略的戏仿与文化转型时期之间的内在关联，剖析其喜剧性和杂语性特质。

---

① ［瑞士］索绪尔：《普通语言学教程》，高名凯译，商务印书馆1996年版，第102页。

第一节　语言戏仿类型分析

构成语言戏仿，需要两个重要条件。一方面是语言所处的语境的转移或转换，由此改变了语言的意义指向。巴赫金指出："每一种语言都是一个置身于具体语境的存在，并且与这一语境保持着铁定的逻辑关系和指物述事的语义关系。但是，当把一种语言从一种语境转移到另一种语境时，不仅语言形式而且语言背后的'客体'和'意义'都可能发生变异。"[①] 刘震云的小说《故乡相处流传》中，作者有意制造一种不真实的历史情境，古代人的口中竟然蹦出现代人的用语，慈禧太后要和老情人六指私会，六指却不辞而别了，慈禧太后知道后神情漠然地说了句："天要下雨，娘要嫁人，随他去吧。"语境的错位产生新奇的陌生化效果，延伸了普通语言的表达力。语言戏仿还有一个重要前提就是，在对别的话语风格进行模仿后要产生新的立场和意境，因为作者借他人的语言说话，"赋予他人语言一种意向，并且同原来的意义完全相反。隐匿在他人语言中的第二个声音，在里面同原来的主人相抵牾，发生了冲突，并迫使他人语言服务于完全相反的目的"。[②] 所以，新的话语、新的意境往往带有讽刺意味。

本书借鉴巴赫金对小说戏仿形态的分类，结合中国当代文学中戏仿语言的特征，将语言戏仿的类型大致归为三种：第一种是对社会典型话语的戏仿，比如政治话语、毛主席语录或箴言、流行用语等。第二种是针对特定人物或类型、风格话语的戏仿，如对知识分子阶层话语的戏仿，对某种专业术语如历史学术语、词典体话语方式的戏仿等。第三种则是混合了前两种语言戏仿类型，形成语言杂糅的综合戏仿，这种戏仿不局限于某个人的语言风格或某些社会典型的话语，而是将种种语言风

---

① [俄] 巴赫金：《巴赫金全集》第5卷，白春仁、顾亚铃译，河北教育出版社1998年版，第242页。

② [俄] 巴赫金：《巴赫金全集》第5卷，白春仁、顾亚铃译，河北教育出版社1998年版，第256页。

格杂糅综合在一起进行戏仿。以上语言戏仿现象的分类，是为了研究论述上的方便而区别开来，在实际的文本叙述中，各种单一或复杂类型的语言戏仿往往是在同一语境中出现的，它们之间也有交织、重叠之处，会互相呼应、彼此渗透。

任何一种语言戏仿都是由表层的语言现象和深层次的作家主体经验结构组成的双层语言空间。任何一个作家的语言表达方式都源于他对外部世界的独特的感受力和思想认识，语言背后蕴藏着作家的思想、情感、体验。对文学语言的层层剖析不应该只停留在技术层面，或者将语言形式内部丰富的内涵简单理解为词汇学、语义学或修辞学，应当要深入到对作家艺术性的创作和阐释中去，从语言切入作家的经验和情感世界，这样，语言所承担的叙事功能、审美功能和文化功能才能得到充分的发掘与阐释。

新时期以来文学中的语言戏仿形态多种多样，既有含沙射影的指涉，也有嬉戏打闹的调侃；有放肆狂欢的倾泻，亦有不厌其烦的堆砌铺排。下面将对语言戏仿进行类型化分析研究。

一 社会典型政治话语的戏仿

1."文化大革命"话语

"文化大革命"话语是"文化大革命"时期高压政治的产物，以大字报为主要载体，以红卫兵、造反派为话语主体。从《炮打司令部——我的一张大字报》开始，"文化大革命"话语经过红卫兵、造反派的传播与扩散，逐渐上升为全民语言。"文化大革命"期间，几乎所有的人都熟悉"打倒""批斗""永世不得翻身""资产阶级反动派"之类的口号，"文化大革命"话语充斥在日常生活中，充斥在人们的思想中，这导致"文化大革命"语言走向了一个极致。"文化大革命"语言无论从显性还是隐性层面来看，都是语言的暴力，语言暴力的极端化一定程度上促成了行动的暴力。"文化大革命"话语形成了一个怪圈，它表面上是高度统一的，其实话语主体和话语权利是分离的。"文化大革命"话语最突出的一个特点是集体话语，准确地说是一种非个人化的权利话语。"文化大革命"时期有一套典型的思想方式和话语方式，比如爱情观方面，必须选择能结为无产阶级战友的、符合革命接班人条件的对象，阶级要素、革命要素压倒个人情感因素。在话语方式上，一切以毛主席语录为准则，"早请示，晚汇报"，生活工作中遇到问题，一本红宝书是万能的，"毛主席教育我们……"毋庸讳言，"文化大革命"话语是语言的暴力，它作为一种语言现实，同时暗藏着鲜明的二元对立逻辑，工农兵话语等同于革命话语，而知识分子话语则等同于封建阶级、资产阶级话语或修正主义，话语间稍有纰漏，便会被戴上各种"帽子"，上纲上线。"文化大革命"十年，假神圣、假崇高的宏大话语给人们的身体和心灵带来了巨大威胁和恐惧，以至于"四人帮"被粉碎后的一段时期内，人们仍然对"文化大革命"话语心有余悸。

王蒙对"文化大革命"有着更为切肤的体验。他的身上有着复杂的社会政治、文化艺术背景的投射，所以我们看到一个"多面"的王蒙，他既有面对革命"纯粹"的绝对忠诚的政治信念和立场，又有面对矛盾选择后显现的"杂色"的表达方式。王蒙的存在方式和话语表达逐渐"从纯粹到杂色"。[①] 深谙中国政治环境的他，睿智地穿梭在文化的深层裂隙中。政治话语构成王蒙小说的话语底色，这不仅是作家自身历史经验的重要内容，也是政治意识形态通过作家折射出的政治文化生态景观。就整个新时期文学而言，王蒙首开戏仿"文化大革命"语言的先河。

《买买提处长轶事》里，"文化大革命"话语被植入婚礼仪式中，"新式婚礼果然如期举行了。又是讲话，又是照相，又是唱《东方红》和《大海航行靠舵手》，又念要开追悼会寄托我们的哀思和有个美国人要回美国去……"[②] 王蒙将政治话语从原有的语境剥离出来植入到新婚典礼的语境中，通过讽刺性模仿嘲弄神圣和庄严。

《风筝飘带》中，佳原和素素两人好上了，素素所在的饭馆大到主任，小到干事都向她发出忠告，"无产阶级的爱情产生于共同的信仰、观点、政治思想上的一致。长期地、细致地互相了解。要严肃，慎重，

---

① 孙郁：《王蒙：从纯粹到杂色》，《当代作家评论》1997 年第 6 期。
② 王蒙：《王蒙文集》第 4 卷，华艺出版社 1993 年版，第 259 页。

认真。要绷紧弦，带着敌情观念。选择爱人要按照无产阶级革命接班人的五项条件"。① 当素素和佳原在一栋新落成的高楼里躲避风雪时，许多抄着擀面杖、锅铲和铁锨的人把通道团团围住，对他们俩进行审问："你们哪个单位的？姓名、原名、曾用名……你们带着户口本、工作证、介绍信了吗？你们为什么不呆在家里，为什么不和父母在一起，不和领导在一起，不和广大的人民群众在一起？"② 这两段话是对权威的"文化大革命"话语的滑稽模仿，"文化大革命"时期有一套典型的思想方式和话语方式，它影响着人们的思想和行为，甚至包括对爱情、婚姻的选择。第一段话中，素素的领导和同事们都以"无产阶级"的爱情观、择偶观的标准劝诫她，要有共同的革命理想和信仰、要分清革命中的敌我力量，要符合革命接班人的条件。这些教条的说辞上纲上线，完全不顾青年人真实的情感。第二段中，王蒙把这些典型的"文化大革命"话语运用在"热心"群众对青年人自由恋爱的粗暴干涉上，揭示了这种教条思想和语言的僵化，不合时宜。华莱士·马丁说："滑稽模仿作者不可能完完全全地消除原作的'严肃'意义，而且甚至还有可能同情它。"③ 这种公然以"正统"名义存在的话语，压制了个体的思想和肉体，王蒙小说的语言深层暗含着作者的人性关怀，既悲叹"被意识形态化了"的群众，又希望看到青年人有选择和主动争取自己幸福和未来生活的权利，有能力冲破"极左"思潮的阴影。

王蒙在主流意识形态话语和个体精神诉求间找到了有效的平衡点，在很大程度上得益于他对意识形态话语过人的戏仿才能，而在20世纪五六十年代的中国，主流意识形态和政治基本可以画上等号，这也是王蒙的政治小说得以存在的重要前提。语言作为一种历史遗留物，既沉淀了人类的历史和文明进程，也可能折射出反理性的狂欢精神。

80年代中期后，戏仿在先锋文学中大量出现。这与作家的情感经历、记忆创伤有直接关系。莫言、残雪、徐晓鹤、余华、格非等作家的

---

① 王蒙：《王蒙文集》第4卷，华艺出版社1993年版，第278页。
② 王蒙：《王蒙文集》第4卷，华艺出版社1993年版，第284页。
③ [美]华莱士·马丁：《当代叙事学》，伍晓明译，北京大学出版社2005年版，第180—181页。

一些作品中无不透露出"文化大革命"话语及其历史暴力所造成的精神创伤。戏仿语言折射出一段逝去的"历史"。从更深的层面来看，先锋文学以戏仿、反讽或隐喻的方式更加迫近产生"文化大革命"话语历史形态和文化形态的根基，揭示并瓦解"文化大革命"的话语系统，颠覆了"文化大革命"文学的"非理性"主体。

在莫言的小说中，"文化大革命"习语的戏仿让陈旧的话语模式自行解构，也是无意识中以毫不节制的话语挪用抵抗元话语暴力的"以暴抗暴。"小说《酒国》整体上是对侦探小说的戏仿，讲述侦查员丁钩儿受上级指派奔赴酒国查处官员吃婴孩宴一案的过程。从局部语言看，婴孩宴上的谄媚吹捧有对"文化大革命"习语、颂词的戏仿式"误用"甚至"滥用"，"那里的一山一水一草一木都唤起我们对金部长的敬仰，一种多么亲切的情感啊。想想吧，就是从这穷困破败的村庄里，冉冉升起一颗照耀酒国的酒星"。[①]《透明的红萝卜》中，小石匠和刘副主任的对话十分有趣，小石匠为了维护黑孩，说："刘副主任，刘太阳，社会主义优越性嘛，人人都要吃饭。黑孩家三代贫农，社会主义不管他谁管他？"刘副主任开始一大段训话，"为了农业学大寨，水利是农业的命脉，八字宪法水是一法，没有水的农业就像没有娘的孩子，有了娘，这个娘也没有奶子，有了奶子，这个奶子也是个瞎奶子，没有奶水，孩子活不了，活不了也象那个瘦猴"。[②] 这一段半通不通的训示，刘副主任的故作"严肃性"，暴露了意识形态话语的虚假性和游戏性，戏仿瓦解了"制度化"的话语方式及其核心价值。小说《十三步》用荒诞的艺术手法描写知识分子的现实生活，反映了日常生活中的悖谬现象。小说中常用语言的冗长和恶化消解了"理性"话语的统治和权威，使得它们腐朽的模式自行消解。例如，"她身上流动着一半俄罗斯血液，在中国共产党和苏联共产党尚未闹翻脸之前，这简直是一种骄傲"。[③]

在余华那里，"文化大革命"的记忆或话语一定程度上被"引征"和"误用"了。《一九八六》中的那个小学老师受到了"文化大革命"

[①] 莫言：《酒国》，上海文艺出版社2008年版，第31页。
[②] 莫言：《透明的红萝卜》，《中国作家》1985年第2期。
[③] 莫言：《十三步》，作家出版社2012年版，第178页。

迫害流浪 20 多年回乡的时候已经是个疯子了，他喜欢钻研刑法，幻想着对人群施行，最后将各种酷刑指向自身。多次自残的举动伴随着"心满意足"和"哈哈大笑"，戏仿的话语力图掩饰恐怖和荒诞。《往事与刑法》中对"车裂、腰斩、阉割"等各类传统刑法的描写似乎隐含了"文化大革命"话语严肃而标准的风格，他将酷刑和暴力隐喻化，最终喷涌出令人恐惧的、战栗的、无意识的精神创伤记忆。

徐晓鹤的"疯子系列小说"《疯子和他们的院长》以及《院长和他的疯子们》，将"文化大革命"话语嵌入对荒诞现实的讲述中，由此我们感受到"文化大革命"元话语的腐朽气息。面对社会生活和心理的普遍现实状况，先锋派的作家们只能通过谵妄式的叙述和疯癫错乱的人物主体显示与元话语的分裂。于是我们看到院长组织了一次声势浩大的疯子"东征"运动，具备"良好"素质的疯子们走向"五湖四海"。

残雪的《黄泥街》《突围表演》同样在对"文化大革命"话语的痛苦戏仿中抵抗话语的暴力，强调了直接传达意识形态的话语方式与历史现实的严重不协调。可以将余华、残雪、徐晓鹤等体现"疯子"精神变异的作品与鲁迅的《狂人日记》加以比较。《狂人日记》小序中就指出狂人是一个"迫害狂"患者，他以"启蒙者"的姿态和话语居高临下，实则从别人的隐私中取乐。狂人摒弃了社会群体话语，在自我妄想中企图建立自我的话语霸权，将一切纳入自我为中心的总体性当中。而余华笔下自戕的疯子，残雪文中的疯子、王四麻子、X 女士，徐晓鹤描写的疯子们、农民等人物主体，已经在非理性的话语冲突中总体性崩溃和瓦解，叙述本身陷入主体缺失、理性缺失的荒诞中。这些文本对于元话语的无休止戏仿，耗尽了讽刺的能量。

相对于先锋文学的作家，王朔对"文化大革命"时期的话语结构的戏仿在一定程度上体现了反理性的狂欢精神。如果说王蒙式的戏仿和调侃含有复杂的况味，有明确的政治倾向，既包含一个饱经沧桑的知识分子的反思和自嘲，也指向某种意识形态，是一种把革命激情带入叙述的语言"热症"，那么王朔式的调侃更具有玩世不恭的"痞"气和嬉戏的态度，对于历史无任何责任，对于现实不必承担任何风险，因此显得更为轻松自如，自娱又娱人。

作家选择一种写作方式和写作态度与他的出身和经历密切相关。王朔生于 1958 年,"文化大革命"开始的时候他还是个二年级的小学生,家住北京的军区大院,算是根红苗正的干部子弟或是革命气氛熏陶下的"红小兵"。从他儿童视角去看的"文化大革命"可能更多是孩子的革命英雄梦、热闹好玩的游戏,留下的是片段式的、模糊的印象,这反倒遮蔽了某些真实的状况。所以王朔在小说中处理关于"文化大革命"记忆时,总是怀揣着"想象的革命精神",用想象进行非历史化的叙述。他笔下的男女主人公抛弃沉重精神负担轻装上阵,于观、马青、杨重、张明等"顽主",有理由过着"阳光灿烂般"的生活。某种程度上讲,王朔是"文化大革命"的缺席者,也没有关于"文化大革命"的创伤记忆,所以他的小说很难有《芙蓉镇》《天云山传奇》《我的菩提树》中亲历者的切肤之痛。但王朔又始终"在场",他在多年后仍对"文化大革命"念念不忘,作品中不时调侃"文化大革命"色彩的话语。特殊的经历恰好造就了王朔,他摆脱了"写实"的层面,转向"写虚",以都市颓废、游戏为主题的"痞子文学",调侃式语言大受欢迎,在"文学失却了轰动效应"的八九十年代,王朔成了一道独特的文化景观。王朔的小说在北京方言基础上,巧妙地对"文化大革命"语言、意识形态语言进行改装和戏仿,作品不仅表现出地道的京腔,同时具有幽默化和生活化的色彩。《你不是一个俗人》中,于观说:"在这个问题上我们不搞三六九等。你想啊,往往是最不值得捧的人最需要捧,这牵涉到一个为什么人的问题。也就是说,凡是群众需要的,就是我们乐意奉送的。"[1] 上述辞令经过王朔油腔滑调的处理之后,暴露出佯装和虚伪的情感。

相对于"十七年"文学对日常生活的疏离,90 年代兴起的新写实小说滤去了革命的激情,重返对日常生活的关照,这首先也是从语言开始的。新写实小说几乎和王朔及"王朔热"同时出现在文坛,彼此间不能说没有一丁点影响。新写实小说除了醉心于平凡世俗生活的描写,仍然保留了一些类似于王蒙或者王朔式的对"文化大革命"话语的戏

---

[1] 王朔:《王朔文集》谐谑卷,华艺出版社 1992 年版,第 162 页。

仿语言。在刘恒的小说《贫嘴张大民的幸福生活》中，勺子在家里痛打老婆张二民，姐夫张大民数落他："贫下中农爱打老婆，这我知道。可是你跑到工人阶级家里来打老婆，这合适吗？你也不问问，我们工人阶级同意吗？想打人，上了街看谁不顺眼，你打谁不行，干吗躲在屋里打自己的老婆呀？工人阶级一专政，往死里打你一顿，你受的了吗？"①方方的《白梦》中老头子的亲家酒喝到兴头上，抱怨起当初自己在地方上工作时政策的多变："满以为当了左派，可别人说你右，赶紧左一点，可又有人说你太左。一辈子左左右右调整个没完。亲家说他现在连左右手都常常弄混。"②《怀念声名狼藉的日子》讲述了"文化大革命"时期知识青年下乡的故事。池莉挪用和戏仿了当时无处不在的政治话语，关山对知识女青年豆芽菜的猥亵表现为"老三篇"，豆芽菜就连穿一条裤子也被上纲上线，被与"革命""无产阶级"等意识形态词语紧密相连。《有了快感你就喊》中，应对黄新蕾的习惯性流产成了全家人"同仇敌忾""上下一心""决不妥协"的"革命理想"。新写实的作家们把政治话语融入日常生活语言和情境之中，制造出了话语间的断裂和语境的巨大反差，反讽的效果指向政治话语本身。这是一种政治"后遗症"，而语言的被"污染"就是这种政治"后遗症"的明显病症，也成为语言"异化"的一种特殊形态。

毕飞宇的小说《玉米》背景设置在了"文化大革命"时期的农村，整个叙述基调是幽默的，小说的幽默往往来自对那个时代流行话语的戏仿。支部书记王连方的老婆一怀孕就扶着树干、捂着肚子干呕，十几年来一直如此，被批评为"空洞""没有立场，没有观点"。《玉秀》这样叙说公社革委会副主任郭家兴的儿子郭左："郭家兴玉米他们一下班，郭左又沉默了。像他的老子一样，一脸的方针，一脸的政策，一脸的组织性、纪律性，一脸的会议精神，难得开一次口。"③郭左的表情都写满了"方针""政策""会议精神"，"文化大革命"话语充斥在世界的每一个角落，并在人的思想意识甚至外在表情上烙上深刻印记，强

---

① 刘恒：《刘恒自选集》，现代出版社2005年版，第249页。
② 方方：《白梦》，江苏文艺出版社1995年版，第19页。
③ 毕飞宇：《玉米》，重庆大学出版社2011年版，第135页。

烈的时代气息扑面而来。阎连科的短篇小说《革命浪漫主义》讲述某部队的连长到了32岁还未婚,给连长介绍对象,成了上至团委、政委,下到官兵们的一项"革命"任务。指导员帮着连长写情书、寄照片、编谎话,年轻漂亮的姑娘终于来到部队,明白了实情,却抵抗不住五百多名士兵的庄严一跪,三天便下嫁连长。小说的语言风格很接近《坚硬如水》,在有意戏仿"文化大革命"时期的腔调。当营长劝说漂亮姑娘一定要嫁给粗鲁但对革命绝对专一的连长时,不惜列举邱少云、董存瑞的光荣事迹,将婚姻爱情等同于战场作战、为革命献身的荒唐逻辑折射出革命时代的非理性情感。不过,过于膨胀和狂欢的语言一定程度上造成戏仿的意义流失。

2. 伟人语录或箴言

这里的伟人语录特指《毛主席语录》以及毛主席在各种重要讲话中的箴言名句。《毛主席语录》是20世纪60年代广为流传的"红宝书"。1960年,在中央军委扩大会议上,林彪强调毛泽东思想的重要性,应放在首位进行学习,推动了全党全军积极学习毛泽东思想和著作的热潮。《解放军报》每天刊登一条毛主席语录,后来编纂成册,称"毛主席语录",最终收录427条语录,共计8000余字。从1964年《毛主席语录》初版,到1970年林彪野心败露后"活学活用毛泽东思想"消退的数年间,语录已经渗透到人们的日常生活中,从军政干部到普通百姓,人手一本。这本"红宝书"已经成为指导革命、指导生活的箴言宝典。当新时期以来的作家,将语录这类政治语言植入非政治的语境中,往往产生巨大的反讽意味。

王朔说过:"我的小说靠两路活儿,一路是侃,一路是玩。"[①] "侃"是调侃谐谑的语言,"玩"一方面是王朔自己宣称的"玩文学"的态度,也指他小说中刻画的一系列顽主形象。其实"侃"和"玩"是互为表里的,调侃式的语言是"玩"文学或顽主们的外在语言形态。调侃的特点就是将各种语言,严肃的与戏谑的、优雅的与粗鄙的、政治的与市井的放在同一水平线,同一语境中,高雅庄重的词被"降格",市

[①] 王朔:《王朔最新作品集》,漓江出版社2000年版,第165页。

井俚语被"升格",达到"亵渎神圣,庄谐混杂"的目的。调侃在王朔那里不仅是一种话语行为,也是一种生存行为,甚至不是表达手段,而就是目的。王朔小说中的调侃,往往是通过戏仿来实现的。对伟人语录和领袖讲话等宏大的政治话语或政治事件的戏仿,是王朔小说中一个鲜明语言特点。

王朔以"无知"作为护身符,以"痞气"面对一系列权威话语,无情褪去那层"皇帝的新装",将貌似庄严、伟大的事物拉下圣坛。伟人语录和领袖讲话时常成为王朔的模仿对象。《我是你爸爸》中马林生教育儿子马锐说:"历史上又有多少英雄豪杰,本来属于挺身而出甘冒天下之大不韪结果成了独夫民贼……一个人做点好事并不难,难得是一辈子做好事——关键是夹起尾巴做人。"① 破折号前的一句话摘自《毛主席语录》,是毛主席评价雷锋同志从小事做起、坚持终生的坚韧革命精神,并号召全体人民"向雷锋同志学习",后半句语气突然逆转,消解了一句顶一万句的毛主席语录,滑稽地冒犯了官方言辞的严肃性和神圣性。

《一点正经没有》把毛主席对白求恩的评价转嫁到对自己的评价上:"现在我已经成了毛主席所说的那三种人,一个脱离了低级趣味的人,一个高尚的人,一个有益于人民的人。"当主人公"我"被小将们拉去万人大会上阐述文学观时,他说:"我主张文学为工农兵服务(台下一片嘘声),也就是说为工农兵玩文学(笑声四起,夹着口哨)。"②

毛主席在1942年《在延安文艺座谈会上的讲话》(后文简称《讲话》)中,提出了"文艺为工农兵服务"的最高指示,确定了文学的"工农兵方向"。这是我国文学艺术发展的指明灯,深刻影响了此后几十年文学艺术的发展方向。"文化大革命"伊始,知识分子的思想权利被禁锢,他们也逐渐淡出话语中心,工农兵逐渐取代知识分子成为文学话语的主体。一个明显的悖论是,知识分子从辛亥革命开始就是革命话语的有力实践者,工农兵远不及知识分子熟悉这种革命话语,而在

---

① 王朔:《王朔文集》矫情卷,华艺出版社1992年版,第350页。
② 王朔:《王朔文集》谐谑卷,华艺出版社1992年版,第111页。

《讲话》的引导下，知识分子要完成对工农兵革命思想、话语实践的启发，通过被启发者对自身进行再教育和再改造。王朔以大不敬的"玩"文学的态度调侃"工农兵"和正统的文艺政策，在人物、语境的错位中消解和颠覆了原有的话语秩序和等级。

《给我顶住》有一段"我"和关山平讨论追女孩的绝招："'具体步骤呢？''敌进你退，敌退你进，敌驻你扰，敌疲你打。'前排座的一个女同志扑哧一笑，回过头横我一眼：'什么乱七八糟的？''这不是我说的，《诱妞大全》上就这么写的。''你还得机智灵活，英勇顽强，屡战屡败，屡败屡战。'"[①]毛主席的游击战策略在恋爱中派上用场，读者非但不觉得有恶意诋毁之意，反倒为革命策略的"现代性转换"会心一笑。

《故乡相处流传》中，朱元璋带领数万之众进行大迁徙。为了鼓舞士气，朱元璋带头，一边背诵毛主席语录，一边继续前进，"个人服从组织，少数服从多数，全体服从皇上"。集体的力量是伟大的，当个人融入了集体，服从了组织安排，将获得更大的力量，大家身上果然又有了一股劲头，巨大精神力量令人感慨。

东西小说《耳光响亮》中对于"文化大革命"历史的叙述借助了不少"戏仿"式语言，如革命语录、经典仪式、场景的仿用、拟用。东西笔下的"戏仿"不同于王朔小说中利用情境误植的方式对革命话语的"戏仿"，进而产生消解或颠覆的快感，也不同于先锋派小说中语言戏仿传达出来的某种话语暴力以及政治性悲剧。东西小说关于"文化大革命"历史的呈现，自然地镶嵌了"文化大革命"式的话语或思维方式，而不是通过扭曲或断裂的姿态展示出来的，真诚而自然且富有生活气息。《耳光响亮》里父亲失踪后，母亲提议全家举手"表决"父亲是活是死，要求三个孩子表明立场，在获得二比一的结果后，又举手表决是否要去寻找父亲。东西有意模仿了中国政治生活中的选举或表明意见的"经典"场景。当哥哥姐姐被母亲分别安排去寻找父亲和报案时，最小的弟弟要独自看家，母亲不但用邱少云、黄继光、董存瑞的英雄事迹鼓励他，还说："如果你真的害怕，你就不停地念毛主席的语

---

① 王朔：《王朔文集》挚情卷，华艺出版社1992年版，第457页。

录：下定决心，不怕牺牲；排除万难，去争取胜利。在毛主席语录鼓舞下，我向母亲坚强地点了点头。我说人在阵地在，我在家在，妈妈你放心。母亲说好样的。"① 具有强烈意识形态色彩的"文化大革命"话语，此时却为经历重大变革的家庭带来强大的精神资源。姐姐牛红梅在得知强奸自己的宁门牙被枪决后，一度陷入失语状态，她面对突如其来的结果不知所措，她竟然唱起了《东方红》《洪湖水浪打浪》《九九艳阳天》，又滔滔不绝地以诗歌形式"朗诵"出宁门牙的罪行。小说对当代民歌、"窦娥冤"式的控诉的戏仿已经溢出了人们正常的心理体验或反应模式，所有可见不可见、可表达不可表达的情绪已然在话语中喷薄而出。小说中的冯奇才说："东风吹战鼓擂，这个世界谁怕谁。"哥哥牛青松说："卑鄙是卑鄙者的证件，高尚是高尚者的招牌。"语言戏仿的无所顾忌已同生活本身一样粗糙不平。而毛主席的经典名言并未改变姐姐牛红梅的悲剧命运，"文化大革命"的结束也未能使牛红梅的命运出现转机，她反倒在命运的泥潭中越陷越深。可能在东西的意识深层，"文化大革命"历史和"文化大革命"后的历史并无本质性的断裂或是差别，而悲剧性的生存处境却是一直存在的。

文学作品中对曾经的伟人和他的语录箴言的戏仿，并不是为了表达尊重，也非对这些语录箴言进行批评。作家只是将性质意义不同的语言并置在一起，混淆了能指和所指。这类现象在王朔的小说中表现得尤为明显，作品中一些"不正经"的戏仿与调侃，是指向了"极左"意识形态的，也指向了某些不能令人满意的社会状况。从社会心理层面而言，戏仿的方式是呼应并且顺应了读者们的历史体验和心理诉求的，是能够被大众广泛接受甚至喜爱的。

二 对某阶层或流行语言的戏仿

1. 知识分子阶层

有时，王朔借"顽主"之口对知识分子阶层的话语进行戏仿。《顽主》中的几个小痞子开了家"替人解难、替人解闷、替人受过"的

---

① 东西：《耳光响亮》，华文出版社2004年版，第14页。

"三T"公司,其中一个"顽主"杨重接待一位失恋的女售货员刘美萍,与她谈心聊天,有了以下一段对话:

> 杨:腺体分泌和体重有关系吗?
> 刘:当然有关系,世上万物谁和谁没关系?……
> 杨:这就是辩证法吧?比较朴素的
> 刘:我也不知道是不是,我只知道凡是有个理儿,打个喷嚏不也有人写了几十万字的论文,得了博士。
> 杨:有这么回事,这论文我们上学时传阅过。人家不叫喷嚏,这是粗俗的叫法儿,人家叫"鼻粘膜受到刺激而起的一种猛烈带声的喷气现象。"①

这段对话很有意思,小痞子在替人解忧的聊天中故作深沉有学问,不时从嘴巴里蹦出一些专业术语,把医学知识、哲学术语等知识分子精英话语拉下马做"降格"处理。各门类语言之间的互相套用往往令人会心一笑,这是语言与语境误植后产生的滑稽效果。

对于知识分子辛辣的戏仿与调侃最为典型的,当属徐坤。徐坤是以学者和女性的双重身份出现在当代文坛的。身为评论家、文学研究者,她最初是以学者角色参与文学创作的,她的创作是典型的"文人小说",关注的对象大都是身处其中的知识分子群体,折射出学院派知识分子特有的文化精英意识。而90年代以后,当大众文化逐渐形成一种强势文化,知识分子不得不走下文学圣殿,失去了话语优势,甚至褪去所谓的"精英"光环。身为"局内人"的徐坤深有感触,她也秉持着对待知识分子体裁时"举重若轻"的原则,以游戏的方式追问现实存在,商业大潮下的文化人该如何面对营养过剩而精神贫瘠的窘境。女性性别身份并未成为制约徐坤创作的因素,她更为自由潇洒地游走在自我和他者之间。她的才情、学识,她的狂放、无忌投射到小说中,在90年代的文化景观中呈现出别样风采,从《白话》《先锋》到《梵歌》

---

① 王朔:《王朔文集》谐谑卷,华艺出版社1992年版,第8页。

《热狗》《含情脉脉水悠悠》，汪洋恣肆的语言游戏构成一出出滑稽剧，勾画出知识分子群像图，描绘出他们尴尬的境况与命运。

徐坤的创作立足于戏仿，尤其是话语的戏仿，戏仿已经渗透到了作者的体验、思考和叙述中，无处不在的戏谑性语言连缀着小说的故事情节，显现出一种自由舒展的状态。徐坤的创作并不具有明显的阶段性，体裁选择根据自己的偏好和经验，对戏仿的娴熟运用使小说给人以信手拈来之感，不预设人物，不局限情节，这种旷达与自由是作者经过长期积累和思考，受到灵感触发后表现出的游刃有余。徐坤创作小说并非为了流行，她作品的文化意义在于以"游戏者"的姿态除去知识分子的外壳和文化殿堂的神圣面纱，以调侃一切、戏仿一切的态度面对现实的批判。

徐坤的文风同时具有王蒙和王朔两位作家的影子。不同的是，王朔是从普通小市民的立场进行戏仿与调侃，王蒙、徐坤两人基本都是站在知识分子的立场。王蒙对徐坤尤为欣赏，并为她第一本文集作序，他们二者都叙述知识分子如何走下"圣坛"，告别之前的"政治神话"，而徐坤对于知识分子"堕落"的揭示更为干脆和彻底。在徐坤游戏味浓重的文本中，与其说在她明修栈道、暗度陈仓的语言中孕育着一种文化消解的力量，不如说这种异化的、杂拌的戏仿式话语正是她面对现实、理解现实、批判现实的一种话语表征。徐坤小说中话语戏仿是对特定人物或类型、风格话语的戏仿。如对知识分子阶层话语的戏仿，对某种专业术语如历史学术语、词典体话语方式的戏仿等，其代表作《先锋》中俯首皆是这样的例子。

> 据不完全统计，那一年批发和零售的主义有：结构主义（结构主义和建构主义统归这一类），兽道主义（人道主义和狗道主义同属这一门）；存在主义（包括不存在主义）；正弗洛伊德主义（以及反弗洛伊德主义）；旧权威主义（以及新权威主义）；前现代主义及其后现代主义，上形而下主义和下形而上主义。[①]

[①] 徐坤：《狗日的足球》，中国青年出版社2001年版，第91页。

此段仿语是对那些不顾国情、生吞活剥、照搬西方文化理论诸多"主义"的批评家们的滑稽性讽刺。我们惊讶于作者的拼贴艺术和戏仿才能,闪现着诙谐的智慧。这些"主义"被批评家们囫囵吞枣地引进中国,严重"消化不良",于是产生了不伦不类的各种"主义"。一连串的变形专业词暗讽那些所谓的先锋艺术家并未理解先锋精神的实质,甚至连皮毛都没有摸清的状态。

《中华大百科全书·文艺卷·H类》记载,H:后;后先锋;后写虚主义;后卫画派:成立于九十年代中期。代表人物:鸡皮、鸭皮、屁特、撒旦。代表作:《啊,我那遥远的红卫兵时代》,《人与牛》,《行走》,《活着》。影响或贡献:煎炒烹炸俱佳,呈后卫状,做波普科,是现代主义想现实主义的复归,错位以后的断肢再植重新对位。在发展捍卫传统绘画语言方面担当起最坚实的后卫。[①]

这一段叙述则是对词典的体例进行的滑稽模仿,对"后卫画派"的名词解释混合了美术、文学、烹饪、体育等学科门类的专业术语,从学科分类、字母排序,到对词语的专业解释、优缺点和形状的分析,消解了辞典体权威、宏大的话语,

对"后卫画派"的解释套用貌似端正的辞典体例,语言背后深藏着对这种华而不实、赚取噱头的"伪先锋"的艺术派别不动声色的揭露和讽刺。

如果说以上所举的例子还保有一种矜持的"雅致",以下的例子是以"俗"的方式达到消而解之的"后"效果。《梵歌》就搭建起一个"胡闹台"来,对历史大为不敬。韩愈拿出一纸流传后世的《谏迎佛骨表》向女皇武则天进言:"女皇陛下万岁万万岁,佛骨舍利是不该去迎的呀!如今那帮做和尚的,光吃饭不干活,不保家来不卫国……"武则天的面首兼任白马寺住持的薛怀义赶忙在一边施加"糖衣炮弹":

[①] 徐坤:《狗日的足球》,中国青年出版社2001年版,第127页。

"My 达令，亲爱的，不要听信他一派胡言！韩退之这人一向以知识分子中的精英自居，狂傲不羁，把谁都不放在眼里。"①历史成了任人打扮的小姑娘，韩愈的名篇在文学博士的笔下变成大俗的数来宝。古代人会说现代话，甚至夹杂了英文，严肃的历史竟然变成皇帝和臣子之间插诨打科的闹剧，真假虚实难辨，权力、欲望的纠葛中众生相显露无遗，含沙射影的譬喻体现了徐坤对生存本质的深刻理解。《斯人》中，德国人在评论中国足球比赛时竟是一段"性说足球"，大俗之中却无造作之嫌，行文用语流畅且合逻辑常理，戏谑调侃中颇有深意。《呓语》中岳母刺字的忠君爱国行为被匪夷所思地曲解为母亲为了儿子的前程所施的苦肉计，这是对封建文化的一种深层解构。《白话》里的批评家、博士、编辑经常把文科术语和日常语言张冠李戴，戏谑和游戏中，他们安身立命的所谓的"知识"业已失效，也粉碎了他们任何的自怜与自恋的余地。如此种种，徐坤自由地调动历史、文化片段进行戏仿式组合，勾勒出在光怪陆离、充满欲望和浮躁的年代，文化人和文化界内部发生的溃变。

　　王蒙先生说徐坤"虽为女流，实为大'砍'"，②她甚至被冠以"女王朔""女顽主"的名号。徐坤之于王朔，二者确有相似的表象和姿态，都利用语言构造一个貌似戏谑和狂欢的场景。徐坤笔下的知识分子很像王朔笔下描绘的那群顽主们，只不过，王朔为了流行而制造小说，他的出场是大众文化的一次集体狂欢，他所调侃的与其说是主流意识形态，不如说是指向了大众的世俗生活意识形态，他以语言的游戏复制了社会历史现实，唤起了大众的文化记忆，实质上也是一种精神的"反叛"，这种反叛同时带来巨大的压力，王朔以"痞侃"的方式将其释放出来。徐坤制造小说并非为了流行，她作品的文化意义在于以"游戏者"的姿态除去知识分子的外壳和文化殿堂的神圣面纱，将有价值的东西"雅侃"给人看，她的作品始终有一股潜在的文化表达，这是一位女学人、女作家以自己的方式争取话语权力的一种尝试和突围。

----

①　徐坤：《狗日的足球》，中国青年出版社 2001 年版，第 141 页。
②　王蒙：《后的以后是小说》，《读书》1995 年第 3 期。

徐坤对历史、对古人、对今人的调侃，让人自然联想起鲁迅《故事新编》来。

《补天》中的小东西会说："折天柱、绝地维，我后亦殂落"类似《尚书》拗口晦涩的古语；《奔月》中的冯蒙说出："你真是白来了一百多回"的现代白话语言；《理水》中文化山上的学者要么说："O·K！""O·K！"的外来语，要么说着蹩脚的"中式"英语拟声词："好杜有图、古貌林"。《出关》中生活在老子时代的账房先生一面说着莫名其妙的："来笃话啥西，俺实直头听弗懂"的吴地方言，一面居然冒出"提拔新作家"的惊人之语。这种随处可见的对各种语言类型的戏仿带有明显的"油滑"色彩，而《故事新编》中的油滑、语言戏仿、反语等往往是交织渗透在一起的，是一种别致的讽刺。小说或借古人之口，说今人之言，或将今日的名词送还古代。古语、白话、象声词、外来语、地方方言被施以各种形式的扭曲变形而后以"陌生化"形式展现，这种看似不经意的巧妙的"油滑"和"插诨打科"正是鲁迅理解社会、历史和文化的一种方式，同时体现出作家主体心灵的复杂性和深刻性。张承志说过："读《故事新编》会有一种生理的感觉，它绝不是愉快的。"[1]《故事新编》的八篇小说阅读起来并不轻松，小说对所谓的"历史"赋予了一种怪诞有趣的戏仿形式，充满戏谑讽刺的意味。在稍显晦涩和陌生感的语言中，我们甚至能强烈感觉到鲁迅晚年对于存在的孤独和荒诞之感。郑家建在研究《故事新编》的语言时指出："选择戏拟的方式，就成为鲁迅此时创作的最成功途径：一方面，保持'拟'于'戏'之中，使得自己与旧文本语言保持着适当的，可调节的位置，即在'新'编中没有丧失'故'事的意味。另一方面，借助'戏'，即作家的主体思想、情感、态度的积极投射、渗透，使'拟'变得生动起来，使得'故'事中充满'新'的气息、新的意味和新的生命。"[2]鲁迅利用戏仿，找到了人与社会，话语与思想之间的裂隙和褶皱，启发我们重新审视社会及人性的复杂。

---

[1] 张承志：《荒芜英雄路》，中信出版社2008年版，第83页。
[2] 郑家建：《历史向自由的诗意敞开——〈故事新编〉诗学研究》，上海三联书店2005年版，第35页。

张贤亮的小说《男人的一半是女人》发表在 1985 年第 5 期的《收获》杂志上。这篇小说在当时出现可谓"石破天惊",虽然国家已经放松文艺政策,号召作家自由创作,不受任何限制,但在当时,小说正面书写性爱,仍是令人侧目的。小说描写了一个叫章永璘的右派分子,对他在劳改过程中失去性能力和恢复性能力的故事进行了讲述。章永璘在一次抗洪救灾中表现神勇,并且恢复了男性的正常机能。于是,章永璘听到了历史的热切呼唤,他内心澎湃着一个声音:"我要走了","我要到广阔的天地间去看看!"启示录般的话语显然触发了知识分子对正义的求索,"到广阔的空间去看看"变成了一个具有象征意义的事件。章永璘身上不无知识分子那种启蒙的使命感、道德的完善感,话语间流露出"精英"的意识。当然,这类由知识分子精英话语构筑起来的对历史的想象和憧憬,遭到了作家不无惆怅的戏仿与反讽,获得了重新审视知识分子卑怯灵魂的合法性。

2. 流氓市井阶层

《顽主》中的马青走上街叫嚣"谁他妈敢惹我?"一个粗壮的汉子走上前来,马青赶忙改口"那谁他妈敢惹我俩?"王朔及他笔下"顽主"的狡黠暴露无遗,顽主总能认清局面,把握火候,遇到弱者,一顿欺负嘲笑,遇到强者,立即服软拉拢,就像阿 Q 一样。王彬彬对王朔、王蒙所表现出来的"过于聪明"表示担忧,他们太有现实感,过于识时务。王蒙《躲避崇高》中这样评价王朔,"他不像有多少学问,但智商满高,十分机智,敢砍敢抢,而又适当搂着——不往枪口上碰……"[①]王蒙毫不掩饰对于王朔的欣赏和肯定,两位作家惯常用的戏仿与调侃、作品透露出的油滑与机智都是有相似相通之处的。

《故乡相处流传》中的曹丞相被做了"降格"化的处理,曹操与袁绍为了一个沈姓小寡妇闹翻了,曹操心里窝火:"哎,真为一个小×寡妇去打仗吗?哎?那是希腊,那是罗马,我这里是中国。这不符合中国国情哩。有道是,能屈能伸是条龙,一根筋到底是条虫。我们是龙,还

---

① 王蒙:《躲避崇高》,《读书》1993 年第 1 期。

是虫，考验就在这里了。"① 他又谩骂："袁绍这鸡巴玩意儿，简直比刘表还坏，姓袁的没有好人！"骂完了，曹操又在犹豫要不要为了沈姓小寡妇交战："活着还是死去，交战还是不交战，妈拉个×，成问题了哩！"堂堂曹丞相三句话不离粗俗的市井流氓腔调，所有的重要政治游戏不过是几个历史人物之间的游戏，没有规则，没有道德，失去了最后的底线。当朱元璋将人民成功迁徙到了延津，便挂上横幅庆祝成功，比起士兵连小羊都"操"了的袁绍军队，朱元璋军队二十万大军"不操处女和小羊"，堪称军纪严明。流氓阶层的语言和思维被随心所欲嫁接给历史人物，历史都仿佛成为提线木偶任人摆弄，历史被连根拔起并被进行了后现代式的重新洗牌，只剩下轰然倒塌的历史碎片和记忆，一切都归于荒诞和无意义。

3. 官方话语或论调

语言艺术的魅力来自不同话语之间的融汇、质疑、戏仿、反驳、讽刺等，语言背后都存在着一定的政治和文化立场。官方话语或官方论调代表了一种特定的话语情态，无论是政府组织、官方工作报告、政治外交辞令、动员号召等，都是具有严肃性、正统性的。

《千万别把我当人》中，中赛委秘书长赵宇航就秘书处的工作发表演讲，他们工作成绩不显著，没有具体工作报告，反倒是工作辛苦有数据说明："累计跑过的路相当于从北京横跨太平洋跑到圣弗朗西斯科。共计吃掉了七千袋方便面，抽了一万四千多支烟，喝掉一百多公斤茶叶。"② 对官僚一本正经作报告的风格的戏仿令人捧腹，小说换了种方式对当下社会公款吃喝、工作搞花架子的现象进行揭露和抨击。政府机构和组织的名称也成了被戏仿的对象，"捧人协会""全国人民总动员委员会""中麻委"等名词比比皆是。

《顽主》中的赵尧舜也是这样的人物，他们一方面滥用官方的辞令，让这些辞令代表的意识形态深入普通人的生活，另一方面，他们自己的行为与辞令背道而驰。"小人物"和"大口号"之间的语境压力产

---

① 刘震云：《故乡相处流传》，人民文学出版社2009年版，第35页。
② 王朔：《王朔文集》谐谑卷，华艺出版社1992年版，第284页。

生了反讽的张力，往往语境的压力越大，反讽意味愈加强烈。

《玩的就是心跳》中有一段对利用"入档"和"入党"的谐音置换来反映"顽主"们荒诞可笑的生活和语言，油腔滑调中夹杂着粗俗"黄色段子"，是对"入党"严肃行为的调笑，表达了民众对于党内存在的某些不正之风的讽刺和批评，也流露出一种对现代以政治为中心的传统的抵触和不满情绪。

《谁比谁傻多少》讲述人工智能女机器人南希在世俗人间的堕落与放纵。南希与于德利喝酒时，于德利问道，你是带着什么"宗旨"来到人间？你不想"造福人类"？南希振振有词道，神农都尝百草，情爱乃是社会"安定团结"的要素之一，古来将相在何方？王朔将佶屈聱牙的文言与通俗的白话并置，将官方言辞与日常生活话语并置，使得反讽的效果陡然增加。

王朔对于市井地痞的语言和神态的模仿惟妙惟肖，王蒙对于官方政治辞令的运用同样炉火纯青。《说客盈门》中，浆糊厂的厂长丁一经过和党支部、团支部等商议，开除了不守厂纪的合同工龚鼎，可龚鼎是县委一把手的表侄，于是上丁一处说情的人络绎不绝。县革委老赵来了，"他矜持地、无力地和丁一握了一下手，然后踱着步子，并不正眼看了丁一一下，开始作指示。他指示说：'要慎重，不要简单化。现在的人们都很敏感，对于龚鼎的处理，将会引起各方面的注意。鉴于这一切，还是不除名比较有利。'"① 我们对于这种装腔作势的官腔是非常熟悉的，但把这种讲话方式带入日常生活中，就显得头重脚轻，反讽的意味已然产生。

王蒙的"季节"系列四部小说聚焦新中国成立至"文化大革命"结束这段动荡和复杂的历史阶段，几部小说"重述"历史的方式很特别，不是通过语言叙述再现历史，而是通过构筑"众声喧哗"的杂语景象，让各种"话语"各自为营，展现了一段被特定政治话语和文化想象"笼罩"的历史。《恋爱的季节》中，赵林在发表一段讲话后，"号召性地问道：'谁去拉屎？'"一面又和钱文攀谈起周碧云和满莎的

---

① 王蒙：《王蒙文集》第4卷，华艺出版社1993年版，第248页。

事情来。在团委工作的年轻人，不免将日常工作用语"篡改"成生活用语，显然是语言的有意错位，消除了正统语言的威力。有时候，革命的意识形态与日常生活被相互"改写"。《狂欢的季节》中，钱文和妻子可以一边"打嗝""放屁"，一边严肃思考知识分子乃至整个国家的命运问题。奶油蛋糕制作成功，被视为"无产阶级文化大革命的伟大胜利"。"季节"系列小说中，充斥着一些巴赫金评价小说《拉伯雷》时定义的"怪诞现实主义"因素，比如粗鄙的生理现象、肉体性欲描写等，又将这些话语与严肃的、高尚的官方话语并置，使用"性说政治""吃说政治"等策略，解构了"文化大革命"的"伪崇高"。

国家为了表扬那些为祖国和人民做出贡献的先进人物，通常授予特定荣誉称号或颁发奖章。国家官方性质的严肃行为在刘震云笔下变得异常滑稽。在小说《故乡相处流传中》中，朱元璋率领群众进行大迁徙，途中，沈姓小寡妇在大灾大难中生了孩子，因此被朱元璋授予了"英雄母亲"称号。大家欢呼着把母子俩抛向天空，小寡妇激动地流出了眼泪，这一幕显然滑稽可笑。

李洱小说《石榴树上结樱桃》讲述了基层乡村村干部选举的故事。小说本身是一个反讽文本，既包含语言戏仿、反讽，总体又构成情境反讽。"石榴树上结樱桃"在孩子唱的童谣和大人打的快板中都出现过，指的是事物的错位，以及由此引发的戏剧性结果，小说标题具有隐喻性。小说中人物语言的明显错位，乡村土语中混着官方政治语言、国策计划，等等，体现了民间的幽默和智慧。麻县长认为，计划生育这等国家政策，不仅是"裤裆里的事"，同时关乎"国计民生""可持续发展""资源""臭氧层"[①]等一系列国家重大问题。村民给狗配种，也是在"村干部带领下"，体现"资源共享与优化"的成果。就连村民自主饲养狼，都代表了"先进生产力"，保护了自然生态，被提升到建设"精神文明"的高度。WTO、女权运动这类外来词也时常被民众借用。小说中这样的语言错位、不协调现象十分多见，也反映出中国基层乡村社会的普通民众，在面对国家现代化建设、全球化浪潮侵袭时的矛盾

---

① 李洱：《石榴树上结樱桃》，北京十月文艺出版社2008年版，第91页。

心理。

4. 经典桥段、流行用语

莫言的《丰乳肥臀》中充满了语言的戏仿。有对古人诗句的戏仿："黄鹤一去不复返，待到黑天落日头，让你亲个够。啊欧啊欧啊欧欧。"有对军旅歌曲的戏仿："我是一个兵，来自老百姓。我是一张饼，中间卷大葱，我是一个兵，拉屎不擦腚。"另一篇小说《蛙》，透过"我"的姑姑——一位基层的乡村妇科医生60年的经历，透视我国计划生育历史的复杂与暧昧，同时剖析当代知识分子卑微的灵魂。小说对姑姑形象的刻画不少是通过对经典桥段的戏仿来完成的。姑姑水上追击、围追堵截超生夫妇张拳和耿秀莲的一幕，仿佛《铁道游击队》革命斗争图景再现，姑姑乘坐计划生育专用船，向超生夫妻的村子靠拢，大声嘶喊："伟大领袖毛主席教导我们，人类要控制自己，做到有计划的增长……"面对张拳的阻挠威逼，姑姑临危不惧，对计划生育的革命豪情空前高涨："计划生育是国家大事，人口不控制，粮食不够吃……国家难富强。我万心为国家的计划生育事业，献出这条命，也是值得的。"[①] 姑姑的豪言大有"杀了夏明翰，还有后来人"的气势，她真把计划生育事业当做真刀真枪的革命斗争，要有勇有谋，要反攻为守，坚持持久战。如今看来有些闹剧成分，但姑姑的执着精神着实令人敬佩。

影视剧中，一些经典桥段、社会上的流行用语也时常被拿来戏仿。在周星驰的电影《大话西游》中，有至尊宝的一段深情告白："你应该这么做，我也应该死。曾经有一份真诚的爱情放在我面前，我没有珍惜，……如果上天能够给我一个再来一次的机会，我会对那个女孩子说三个字：我爱你。如果非要在这份爱上加上一个期限，我希望是……一万年！"这段深情的表白打动了无数人的心，此后周星驰风格无厘头式的搞怪语言流传开来，这段话也在不同场合、不同方言的演绎下不断被"复制"。

电视情景剧《武林外传》的走红与其大量采用戏仿、拼贴之类的互文手法密切相关，社会焦点事件和现象、电视广告、网络语言、明星

[①] 莫言：《蛙》，上海文艺出版社2009年版，第107页。

大腕、相声小品等都成为古装人物调侃当今社会的绝好资源。鸡王争霸赛中，主办方的斗鸡直接进入决赛，解释权统归主办方所有，讽刺了一些比赛中的黑幕。佟湘玉劝说郭芙蓉，"暴力解决不了问题，世界需要和平和爱"体现出"和谐社会"的倾向和主张。

进入21世纪以后，随着互联网的发展，戏仿找到了更广阔的发展空间，并逐渐向更小的语言单位字、词、短句扩张，渗透进入最小的语言细胞中。戏仿也因此成为互联网时代一把无处不在的"利器"。从最初对字词的借用、袭用，如"打酱油""雷人""宅"等，到对一些生僻字的重新发掘，"囧"（形容困窘、尴尬的境地）、"槑"（"梅"的异体字，指很傻很天真），再到近期流行的谐音置换，于是有了"杯具"（悲剧）、"餐具"（惨剧）等时髦用语。张爱玲《金锁记》中的经典句式，"人生是一袭华美的袍，上面爬满了虱子"，被改成"人生是一张茶几，上面放满了杯具"，对现实的无奈和悲观态度不无黑色幽默的色彩。

三 语言杂糅式的戏仿

杂糅式的语言戏仿类型不拘泥于对特定风格、特定人物或阶层语言风格的讽刺性模仿，而更像是一场"语言游戏"，没有固定的规则和语境，有一些随意、即兴的发挥，使用了一些语言的局部技巧。这一类型的语言戏仿类型有仿词、仿句，语言高密度堆砌和重复，是极度夸张、铺陈甚至杜撰的词语游戏。

1. 仿词、仿句

王蒙80年代小说中的语言戏仿和反讽现象已经十分明显，2000年季节系列的最后一部小说《狂欢的季节》出版，连同之前的《恋爱的季节》《失恋的季节》《踌躇的季节》三部小说，构成了完整的"季节"系列小说。这几部小说较之王蒙前期和中期批判现实主义的作品风格有了明显的转变，尤其是语言方面，愈发地张扬恣肆。他时常将各种风格的语言、文体进行拼贴、戏仿或者杂糅。例如，"东郭女士""闻斗起舞""革命不是请客吃饭""色即是空，空而后色""一穷二白，白茫茫大地真革命"。对成语、习语、诗词的插诨打科式的改编，产生了强烈的游戏和诙谐色彩。王蒙在小说语言上运用了戏仿、拼贴、杂糅这类后现代主义典型手法,以特定的方式否定曾经的政治文化形态,也达到对其批判和消解的作用。

徐坤的创作量不大,小说也多以中短篇为主,其语言十分老到,酣畅不失分寸,其中大量使用了拼贴、戏仿和杂糅的方式,她将原有的知识和话语打破为碎片,再将其随意地组织和拼贴起来,产生了意想不到的文本效果。有例为证:

"江山代有学者出,各领风骚一两年。"《呓语》

"发如韭,断复生。头如鸡,割复鸣。不走红,毋宁死。"《游行》

"你呦,其实不懂我的心。"《斯人》

"梅花欢喜漫天雪,浑身是胆雄赳赳。"《先锋》

难怪王蒙先生阅读后心生感慨:"他们是比我们'后'多了的'又一代作家'","他们什么都'后'过了,便干什么都满不在乎起来"。①这里有后古诗,后古歌谣体,后流行歌曲,后毛泽东诗词,后样板戏,简直是无所不"后",无所不能"后"。如果把徐坤这位"后"主纳入后现代主义的潮流中有失偏颇,她的话语方式、她的行文,的确有明显的消解力量,风格近似于后现代主义的戏仿拼贴,但这只是"表"。后现代主义作家运用荒诞、反讽、魔幻等手法对原有的价值体系无情地解构,是一种决绝的姿态。他们削平深度模式,抹去意义价值,放弃精神建构,模糊了现象和本质、真实与虚幻、能指和所指间的对应关系,无限膨胀、异化的语言遭遇表征危机,沦为饶舌的浅薄。这里,笔者倒愿意将徐坤这种看似媚俗的、谵妄式的方式看成不仅是吸引读者的诱饵,更是她在矛盾不安的心态中,在充满危机感、荒诞感的理性思考中寻求精神建构的另一种价值选择。徐坤在《悲怆与激情》一文中说:"假如无法以理性与媚俗对峙,那么何妨换个方式,抛几句佞语,在它脚下,快意地将其根基消解。"(《先锋》后记)待看过文本,仔细回味时便咀嚼出其中的"里"来,所谓的戏仿、所谓的消解不过是作者通过否定思维而完成否定的途径,最终达到另外一种形式的肯定。在这里,戏仿

---

① 王蒙:《后的以后是小说》,《读书》1995年第3期。

是一个有力的表现形式,因为它自相矛盾,既包含又质疑了其所戏仿的事物。

2. 语言高密度堆砌和重复

在王蒙小说《狂欢的季节》中,钱文在"文化大革命"过去二十年后翻出了一张旧报纸,发现了一张批判苗二进的小报,他读完了居然兴奋地跳了起来,原来"报道的内容是一连串政治咒语套语熟语:反动本能,蛇蝎心肠,刻骨仇恨,丧心病狂,处心积虑,野心仔狼,猖狂反扑,摩拳擦掌,错打算盘,时机妄想,破门而出,欲求一强,颠倒黑白,信口雌黄,混淆是非……工农悬梁,死有余辜,杀杀杀兵,苟延残喘、自取灭亡,胜利胜利,人心当当,金猴奋起,御宇辉煌……"① 这段政治咒语用了七八十个四字"文化大革命"习语,极尽铺排之能事,对权威话语的滥用和误用已经超出了正常的语言叙事模式。痛快淋漓的语言戏仿在这里基本不具备叙述功能或批判功能,更多是产生语言的快感和膨胀感,有一种放肆狂欢的意味。《狂欢的季节》对于"文化大革命"的反思与批判并不是如 80 年代"伤痕文学""反思文学"那样的严肃认真,而多了许多游戏和打闹的成分。随心随意的戏仿、拼贴、堆砌、罗列产生了一种区别于批判现实主义的幽默诙谐的文体。这类近似于"狂欢式"的语言游戏,以其特定的方式达到对政治文化批判的目的,揭示了"文化大革命"期间"瞒和骗"的历史真相。

《冬天的话题》中,朱慎独继承先人开拓创新的精神,立志于建立一门新的"沐浴学"学科。"他费时 15 年,写下了七卷《沐浴学发凡》,内容包括'人体与沐浴'、'沐浴与循环系统'、'沐浴与消化系统'、'沐浴与呼吸系统'、'沐浴与皮肤'、'沐浴与毛发'……'搓背学'、'按摩学'、'沐浴方法论'、'水温学'、'浴巾学'……'沐浴的量度'、'沐浴成果的检验'、'沐浴学拾遗'、'沐浴学拾遗(一)——续(七)'等章,堪称洋洋大观,走在了世界前列。"② 尽管以上这段密集的话语言之凿凿,看似完整表达了某种知识体系,其实就是一场语言

---

① 王蒙:《狂欢的季节》,人民文学出版社 2003 年版,第 90 页。
② 王蒙:《王蒙文集》第 4 卷,华艺出版社 1993 年版,第 598 页。

符号的狂欢"游戏",一种虚假的空洞。"伪学者"极力以"伪知识"表达对世界的理解和描述,只需轻轻点破最后那层薄纸,所有的理性、知识、价值便轰然倒塌,露出斑驳、破碎的特征来。可悲的是还有很多人在前仆后继地将这种"伪知识""伪理性"当作追求的终极目标。这里,乌托邦话语取胜了,我目睹了一座座语言构筑起的大厦的毁灭过程,这是一种语言的胜利,也是另一种语言的悲剧。

3. 狂欢化的词语游戏

王蒙有时通过极力的夸张、铺陈和无中生有的杜撰来实现语言的戏仿,长篇累牍的叙述具有强烈的震撼力。《说客盈门》有一段关于各种百分比数字的统计堪称奇文,夸张地戏仿了现实生活中托各种人各种关系替人说话求情的状况,以量化的数字统计和百分比煞有介事地作为参照,堆砌的数字摇摇欲坠,不就是再现了荒诞的现实么?

> 在六月二十一日至七月二日这十二天中,为龚鼎的事找丁一说情的:一百九十九点五人次(前女演员没有点名,但有此意,以点五计算之)。来电话说项人次:三十三。来信说项人次:二十七。确实是爱护丁一、怕他捅娄子而来的:五十三,占百分之二十七。受龚鼎委托而来的:二十,占百分之十。直接受李书记委托而来的:一,占百分之零点五。受李书记委托的人的委托而来的,或间接受委托而来的:六十三,占百分之三十二。受丁一的老婆委托来劝"死老汉"的:八,占百分之四。未受任何人的委托,也于丁一素无往来甚至不大相识的,但听说了此事,自动为李书记效劳而来的:四十六,占百分之二十三。其他百分之四属于情况不明者。①

同王蒙一样,王朔有时候也用极度夸张的辞藻堆砌来实现戏仿式调侃,大段的铺叙里杂糅着对多种文体的变形。《千万别把我当人》第二十四章节中,元豹妈携全体百姓跪在胡同口迎接他们的恩人大胖子,元

---

① 王蒙:《王蒙文集》第4卷,华艺出版社1993年版,第253—254页。

豹妈感激涕零地致辞:"敬爱的英明的亲爱的先驱者开拓者设计师明老君……玉皇大帝观音菩萨总司令,您日理万机千辛万苦积重难返积劳成疾积习成癖肩挑重担腾云驾雾天马行空……却还亲身亲自亲临莅临降临视察观察纠察检查巡查探查查访访问询问慰问我们胡同……万岁万岁万万岁万岁万岁万万岁!"①

这段致辞整体看是对"文化大革命"时期"红色"革命颂歌的夸张性戏仿,从局部细节看,其中夹杂着封建臣民对帝王的顶礼膜拜、现代社会对领袖的赞颂,还有市井俗语。王朔在这里为了戏仿而戏仿,这种话语戏仿缺乏深层的指涉和意义,"语言过剩"而精神不足,只过足了"嘴瘾",属于巴赫金所说那种表层话语戏仿。曾经存在的主流话语被肢解成语言的碎片,投向了大众的政治无意识。

莫言的中篇小说《欢乐》充满了各种各样的杂语体叙述,"主啊!我的上帝!阿门!第三天(?),上帝说有光,于是就有了光。上帝说交通堵塞就交通堵塞","书中自有颜如玉,学而优则仕!考不中进'人间地狱',面朝黄土背朝天,找一个凸牙齿女人也如蜀道难,难于上青天"。② 小说通篇几乎是话语铺陈,夹杂着各种诗文、习语、典故、名言、成语,等等,词语和情绪一同结成狂欢。《檀香刑》模仿了福克纳的《喧哗与骚动》的话语方式。《喧哗与骚动》采用多声部的复调结构,作者以全知视角讲述迪尔西的故事,昆丁、杰生和班杰各自叙述自己的经历。《檀香刑》则引入多个人物、多种声部,官话民用、民话官讲、正话反说、洋话中用,并将方言俗语、歇后语、民间歌谣、政治术语等融会杂糅在一起,打破了文学与非文学的边界、粗俗和高雅的界限,人物性格得以立体化地体现。杀人如麻的大清著名刽子手赵甲说:"南斗主死北斗司生,人随王法草随风,人心似铁那个官法如炉,石头再硬也怕铁锤崩。(到了家的大实话!)俺本是大清第一刽子手,刑部大堂有威名。(去打听打听吧!)刑部天官年年换,好似一台走马灯。只有俺老赵坐得稳,为国杀人立大功。(砍头好似刀切菜,剥皮好似剥大葱)"③ 这一段戏仿了民间猫

---

① 王朔:《王朔文集》谐谑卷,华艺出版社1992年版,第471—472页。
② 莫言:《欢乐》,《人民文学》1987年第Z1期。
③ 莫言:《檀香刑》,作家出版社2012年版,第34页。

腔走马调，杀人在赵甲看来是切菜剥葱一般的日常生活，是为国家立功建业的行为，赵甲的麻木与冷酷暴露无遗。

孙甘露的一些小说毫无情节可言，基本是放任词语"自流"，语言的错位与堆砌既是对人们惯常的想象关系的破坏，也是对既定语法关系和经验关系的恶意戏仿。小说《信使之函》没有具体时间点，地点设置在耳语城，人物有我、信使、女僧侣等，事件就是诗化语言的高密度呈现，这篇小说甚至可以诗、散文，或者随笔来阅读。"我几乎以为信使来自一本虚拟的著作，一个假设的城邦。信使走近这些逐渐远去的行人和雨景，走近这倚窗侧入温暖房间的冬日北风，走近光线中梦语般慵懒的粉尘。耳语城人民在傍晚的余光中轻轻挥动他们健康的手臂，信使立刻就看出，这是一次季节的综合，是一次感受的速写，是一次性爱的造句作业。信是私下里对典籍的公开模仿。"[①] 小说通篇都是喋喋不休类似抒情的、叙述的语言，部分段落的语言甚至带有古典骈文的典雅气息，实质上都在描述生活的荒诞与无序。《访问梦境》一篇，没有故事情节，没有中心事件，人物时间地点可以任意调换甚至删减，都不会影响到小说内容。小说的推进完全不是依照情节的发展或者外力的作用，依靠的是语言或修辞的转换与过渡。被杜撰出来的经书、典籍与传说，连同即兴而发的灵性叙述混为一体，以漫不经心的姿态在充满漏洞和疑问的叙述中构筑了一段似是而非的虚伪历史。《请女人猜谜》中尽管出现了依稀可辨的故事情节，但是叙述仍让位给词语自身的冲击与碰撞。孙甘露的创作几乎达到了叙述的极端，他那虚张声势的词语游戏，假意营造的诗化意境，其实是瓦解经典文本和话语规范的利器。

从时间层面看，戏仿语言脱离了文本的叙事时间，而被"散布""安置""移植"在不同的历史节点上。从空间层面看，戏仿语言是各类型语言自身所携带的社会文化信息同这些语言所处的现实环境之间产生了错位、裂缝甚至对峙的状况。在生机勃勃的戏仿语言中，我们发现了被"压抑"的历史，并借助语言"复活"了相关的历史记忆。戏仿语言的大面积存在，标志着一种反思性、批判性文学话语的成熟。

---

① 孙甘露：《信使之函》，《收获》1987年第5期。

第二节　戏仿：文化转型期的重要话语策略

戏仿作为"最具意图性和分析性的文学手法之一"（罗吉·福勒）[①]不仅表现在文本形态层面，如跨文体写作和反经典重写，还体现在语言形态层面，表现对各种类型或风格的语言戏仿。

20世纪八九十年代之交的中国文坛，由王朔引领了一股调侃和戏仿的风潮。在此之前的先锋文学以及90年代兴起的"新写实"小说、"新历史主义"小说、"晚生代"作家作品，均体现出十分鲜明的语言戏仿特点。在文化转型时期，创作主体不约而同对戏仿话语策略的选择使得其一度成为主导性的话语策略。通过对不同作家作品中语言戏仿现象的分析，我们发现戏仿语言所带来的影响和冲击力不再只停留在语言形式变异的表层，而已经深入到作者的情感、思想世界以及文本的深层结构中。戏仿词句或句段在一定程度上具有了语言的自主性和能动性，反映了小说语言观念变革的一种新趋势。

一　文化转型期的重要话语策略

20世纪最后20年间，中国步入又一个文化转型期，转型期带给创作主体的迷茫和阵痛以各种形式被释放出来，其中一个宣泄的途径就是话语策略的多样选择。而在此之前，社会、历史、国家、民族的宏大叙事和意识形态话语占据主流，个人的意识和话语被长期地遮蔽和压抑。于是，从80年代中期先锋文学极端的话语实验，余华、莫言、残雪、苏童、格非表现出精英式的"先锋"精神，到八九十年代之交，王朔毫无节制、狂轰滥炸似的戏仿和调侃，王蒙潇洒自如的"狂欢化写作"，到90年代逐渐兴起的市民文化，池莉、方方、刘震云、刘恒等的作品中表现出的市民文化，再到"晚生代"作家徐坤，甚至贾平凹《废都》中的□□□都十分明显地体现了语言的戏仿，它们颠覆了严肃

[①] 王先霈、王又平：《文学理论批评术语汇释》，高等教育出版社2006年版，第295页。

和嬉皮、高雅和世俗的界限，表明了创作主体批判、消解甚至重构的态度和实践。

文化转型期创作主体不约而同对戏仿话语策略的选择并不是偶然的，而是有其内在深刻的缘由和指向，在这一点上，巴赫金转型期的文化理论能为论述提供有力的理论基础。戏仿是贯穿了巴赫金小说和文化理论的一个重要概念，巴赫金在分析小说语言的双重指向问题时提出"戏仿体"的概念。他指出，具有双重指向的语言"即针对言语的内容而发（这一点同一般的语言是一致的），又针对另一个语言（即他人的语言）而发"。① 在对陀思妥耶夫斯基和拉伯雷小说语言的研究中，巴赫金强调了戏仿的重要作用。巴赫金对文化的研究就从小说的话语形式出发，因为语言是文学、文化现象中结构性的存在方式，也是最基本的要素，反映了文学和文化的组织、形态和结构。巴赫金将文化转型时期的对话理论概括为"语言杂多"，就是语言交流、传播过程中多元、多样化的复杂形态。"语言杂多理论"包括了小说话语理论、西方语言文化史以及文体与形式，其中文体与形式中主要的话语策略就是戏仿。"语言杂多"作为巴赫金独创的一种文化理论，有两个重要方面，一是小说通过戏谑模仿等手段，吸收溶入各种类型的话语，呈现出语言杂多的面貌，语言杂多的底蕴有不同的方面，二是语言杂多经常发生在社会文化动荡和裂变的时期，具有历史性特点。那么与之对应，戏仿是"语言杂多"现象的具体话语策略，不同作家的不同戏仿具有不同的底蕴和色彩，戏仿作为转型的话语策略通常发生在社会文化的动荡、裂变时期，因而有历史性的特点。

语言不仅仅是话语结构和方式，也并非无价值或是客观的，它充满了意识形态色彩。在语言的世界中，存在着由"向心力"和"离心力"两股力量形成的合力。新时期以前的话语模式规定了"客体"的意义，单一的、目的性的、一元化的语言形态都朝着"语言——意识形态"凝聚，形成一股强大的"向心力"。浩然的《艳阳天》《金光大道》，

---

① ［俄］巴赫金：《巴赫金全集》第 5 卷，白春仁、顾亚铃译，河北教育出版社 1998 年版，第 245 页。

代表"文化大革命"文学经典的《智取威虎山》《红灯记》等八部"样板戏",体现了本雅明所言的"政治化美学"特点,参与到语言中心化、一元化的建构中。而在八九十年代的文化转型时期,语言的"离心力"逐渐显示出反抗的力量,传统话语与现代话语争夺各自的话语权,由单一话语所构筑的种种"神话"和"圣坛"不得不在偏离了"中心"的"离心力"中纷纷解体,语言走向多元化的发展。纵观中西方的历史,社会与文化的转型期,无不伴随着语言的斗争与解放。古希腊文明向古罗马文明过渡的一个重要标志即是语言的多元化选择,文艺复兴时期各国方言俗语被从一元独尊的教会拉丁语系中解放出来,形成文学和文化的大繁荣。"五四"时期,文言文和白话文之争,对于中国语言的发展、变革与建设具有十分重要的历史价值和现实意义。借助巴赫金的文化转型理论来审视当代戏仿与文化转型时期的关系时,不难理解作家对于戏仿语言选择的深刻现实意义。

戏仿不仅是文学艺术中的话语策略,它也普遍存在于日常生活之中。巴赫金认为小说的话语融汇了社会语言的各种文体和类型,并揭示小说类型学的特征就是戏仿。巴赫金在苏联社会生活过一段时间,有着天然的政治敏感和生存本能,他认为文学的意识形态要落实在语言的层面才可以实现,而戏仿和复调正是小说话语创造的两种主要形式,小说通过语言的表述与再现,能够实现与意识形态的对话功能。刘康这样评价巴赫金对于语言戏拟的深刻洞悉:"他的精彩之处就在于把戏拟提高到一个语言杂多的时代话语(即小说话语)基本策略的高度,同时还提高到一个与政治生活与意识形态紧密相连的高度。"[①] 这也是与中国的政治文化生活休戚相关的,戏仿话语的运用某种程度是意识形态之下的一种高明的话语策略。巴赫金文化理论研究的对象是欧洲文化,但同样的文化理论和思路对于研究中国当代的文化转型具有深刻的意义。从这个层面和角度来审视中国新时期以来文学和文化的多元性是必要的和有意义的。

---

① 刘康:《对话的喧声——巴赫金的转型文化理论》,中国人民大学出版社1995年版,第167页。

二 语言观念变革中的戏仿

一个时代的语言观念除了受到语言本身自律性变化的影响外，同时传导出同时代社会政治、经济、文化等外界因素的他律性脉动，语言观念因此呈现出复杂的状况。在中外文学的发展历史上，语言观念的变革时有发生，观念的变革往往伴随着语言变异现象的发生。本小节将小说文本中的戏仿语言形态纳入现代至当代"语言观念变革"的进程和背景中进行历史性动态分析，以期触摸到语言观念发生变革、语言形态发生变异过程中的部分历史真实。

14世纪到17世纪，西方世界开展了轰轰烈烈的文艺复兴运动，它除了是一场科学与艺术革命，还是一场语言观念革命。在文艺复兴时期，作为大众语言的方言和口语与作为官方语言的天主教会使用的拉丁文产生激烈碰撞。拉伯雷在创作《巨人传》时使用了法国当地的方言和口语，甚至俚语用来对抗官方语言，大众语言入侵了官方的意识形态领域，在两种话语的冲突与对抗中，语言已经悄然发生变异，体现了语言观念变革的要求。

中国语言历来存在着文言和白话两个系统，两种语言并行发展，并不时发生融合或对峙的情况。到了清末民初，小说语言观念发生了一次重大变革，白话文正式取代文言文成为正宗。白话小说取代文言文小说就是以语言变异为特征开始的。《狂人日记》历来被视作中国现代文学史中第一篇白话文小说，其序言却是用文言文写成：

> 某君昆仲，今隐其名，皆余昔日在中学时良友；分隔多年，消息渐阙。日前偶闻其一大病；适归故乡，迂道往访，则仅晤一人，言病者其弟也。劳君远道来视，然已早愈，赴某地候补矣。因大笑，出示日记二册，谓可见当日病状，不妨献诸旧友。持归阅一过，知所患盖"迫害狂"之类。语颇错杂无伦次，又多荒唐之言；亦不著月日，惟墨色字体不一，知非一时所书。间亦有略具联络者，今撮录一篇，以供医家研究。记中语误，一字不易；惟人名虽皆村人，不为世间所知，无关大体，然亦悉易去。至于书名，则本

人愈后所题，不复改也。七年四月二日识。①

此篇用语迂腐庸常的序言置于整篇白话文小说之首，本身就颇具讽刺意味，从整体看它是对文言文体例下序言这种文类的语言戏拟，暗含了不慎恭维又不大敬重的成分。从语言细节来看，这种戏仿又混合掺杂进了几种话语风格或类型，比如"今隐其名"体现了隐含的讲述者恪守"为尊者讳耻，为贤者讳过，为亲者讳疾"的儒家伦理，实际上，他一面宣称为朋友"隐"，一面摆出一副正襟危坐的姿态窥探朋友的隐私。见朋友不正常之状，竟擅自将他与西方医学"迫害狂"的病症对应起来，打着为医学研究提供案例的幌子，满足自己好奇、窥探的个人私欲。全然变了味儿的语言在语言的深层戏仿中纷纷瓦解，显得苍白、可笑。传统故事叙述符合故事内在的逻辑，是封闭式的，而此篇序言中的几处语言戏仿则表现出跳跃、错位、断裂、间隔，这种语言的变异涉及语言的深层结构，是通过种种自相矛盾的话语、某些话语风格或类型的戏仿以及序言所处的语境的尴尬不协调共同完成的。

在小说《肥皂》中，四铭在烛台下一字一句地念出道统所拟的文题"'恭拟全国人民合词吁请贵大总统特颁明令专重圣经崇祀孟母以挽颓风而存国粹文'——好极好极"。②鲁迅以戏仿"引语"方式，通过小说中人物间的话语揭穿了封建假道学的"假面"，讽刺了他们颇引以为自豪的酸臭文言腔调。小说中的语言戏仿既像一个嬉笑怒骂、恣肆无忌的狂士，又像一个插科打诨的、油嘴滑舌的小丑，嘻嘻哈哈，震耳欲聋。

新中国成立后的50年代到70年代，文学创作者和研究者对语言的使用和经验基本停留在"工具论"意义的层面。作家李准说："毛泽东同志讲过：'语言的标准是准确、鲜明、生动。'我自己的体会，第一是准确，第二还是准确，第三是鲜明，第四是生动。"③此时代的作家并不是不注重语言，而是注重语言如何"准确"使用，来反映典型环

---

① 鲁迅：《鲁迅全集》第2卷，人民文学出版社2005年版，第444页。
② 鲁迅：《鲁迅全集》第2卷，人民文学出版社2005年版，第53页。
③ 洪子诚：《二十世纪中国小说理论资料》第5卷，北京大学出版社1997年版，第136页。

境、人物和性格等。这种"工具论"层面上的"语言观"在当时已经成为创作的信条，会影响或妨碍作家对语言本体意义的思考，间接影响语言本身的延展力和表达力。其实，在高度一体化的政治文化体制中，在语言"工具论"的前提下，语言戏仿或者文本戏仿基本是不可能发生的，因为戏仿本身就是带有一定解构性和反讽性质的。在"文化大革命"时期的肃杀氛围里，戏仿更是隐匿无迹，自绝于文坛。

新时期是当代中国语言观念变革的一个重要分水岭。新时期以来文学创作与批评中的语言观念变革一定程度受到西方20世纪初发生的"语言学转向"思潮的影响和启示。西方哲学在20世纪初发生了一次根本性转向，语言论代替认识论成为哲学研究的中心命题。哲学关注的主要对象由存在与意识的关系、主体与客体的关系转向语言与世界的关系。这场哲学思潮的影响很大，波及文学、美学、历史、宗教等人文学科。而在转向之前，逻各斯中心主义的语言观一直占据着西方思想文化的主导地位，认为语言是连接人与对象世界的工具，是对对象世界的再模仿、再反映，语言的真实性也毋庸置疑。在中国古代的文论中历来也有"言"与"意"分离的传统，视语言是思维的物质外壳，是思想意义的载体。20世纪80年代初期，西方诸多文艺思潮传入中国，如形式主义、新批评主义、结构主义等，理论结构各有侧重，但都在不同程度上强调文学语言的本体地位，致力于发现语言的形式意义和结构意义。

在这种历史语境下，不少文学创作者或研究者开始认识到语言本体的重要性，他们对语言的认识逐渐从"工具论"转向语言的"本体论"，并付诸创作或批评的实践。创作者挑战既有的语言惯例和规则，逾越了语法、语义的逻辑关系，对语言符号系统中的字、词、句、段，包括标点符号进行改造、创新。文学研究者尝试一些新的批评方法或使用新的批评术语，能指/所指、陌生化、对话性、反常化等取代了乡土化、性格化、形象化之类的传统的文学批评术语。语言观念上的变革引发了当代小说叙述中语言变异（language deviance）现象，致使语言偏离了常规的存在形式和表达方式，常常以"陌生化"或扭曲变形的形式出现，同时给阅读者带来一定的阅读阻力或别样的审美感觉，语言戏仿在一定程度上是对所戏仿的语言风格或类型的模仿变异。

三 喜剧性和杂语性

在语言戏仿中,语言形式与真实所指之间的悖论关系体现得十分明显。语言戏仿刻意偏离传统的语言方式,以暴露语言成规和语言暴力下掩饰的真实状况,作家的意图往往在反差剧烈的语言环境中得到直接体现。正是戏仿在语言文字方面的刻意歪曲、挪用、升格、降调,造成了语言内部的悖反状况,也因此与喜剧性发生深刻联系。语言戏仿取消了各种语言风格之间的界限,政治话语、古典诗词、流行用语、专业术语、街头巷语、方言俚语都可以成为被滑稽模仿的对象。有的语言戏仿干脆拒绝含蓄,肆无忌惮地堆砌辞藻,拼贴挪用,使其具有一定的"狂欢化"色彩,体现了众声喧哗的"杂语性"特点。

语言戏仿具有喜剧性的审美特征和功能。美学意义上的喜剧性比艺术上的喜剧内涵更加宽泛,凡是以某种语言方式、表现手段产生喜感或者幽默的审美现象,都具有不同程度的喜剧性。语言戏仿的喜剧性效果来自它内部的两套"代码"的矛盾性,"即作为滑稽模仿对象的文本代码和进行滑稽模仿者的代码"[①] 二者同时在场。《先锋》中背着画框四处游走的画家撒旦走入一座寺庙为求参禅获得解脱,方丈送给他一套自己主编的函授教材,说道:"本寺跟社科院宗教联合所创办了禅定函授班,函委会责成老衲编一部通俗易懂的经,供学员学习使用……及格了就可发给大专结业证书,共评定和尚职称时使用。"撒旦感慨方丈做了一件利国利民的"希望工程"般的大好事,方丈谦虚道:"希望工程倒是不敢妄比,但本地区远距离教育搞得好,……本庙创收成绩显著,再不用政府每年拨款,这正是贫僧的一大创举。"[②] 寺院方丈基本被设定了"形象代码",他们当六根清净、弘扬佛法、普度众生、人品高洁,在小说中,此位方丈的身份、性格、言谈发生了"置换"。方丈"华丽转身"变成教育产业化的一名领头人,他似乎更懂得让寺院发展符合世俗化潮流,主编教材,办函授班,搞远程教育,积极创收。世俗化的

[①] [美]华莱士·马丁:《当代叙事学》,伍晓明译,北京大学出版社2005年版,第227页。
[②] 徐坤:《狗日的足球》,中国青年出版社2001年版,第110—111页。

信仰贬值与其身份和行为的反差所产生的喜剧性效果显著，讽刺的锋芒则更为锐利。模仿者和被模仿者两套代码共存在一个文本中，我们可以轻易识破"方丈"的伪装，两个代码越是矛盾、另类，讽刺的意味愈加强烈，说服力也就越大。

《暗杀——3322》中有一连串反问句，"请问，'文化大革命'是老侯发动的么？'批林批孔'是老侯发动的么？什么？老侯迫害了老干部了？……啊，又说他是风派了，谁刮的风？整人的风极'左'的风按脖子的风批判的风是老侯吹出来的吗？"[①] 连珠炮似的反问句戏仿"文化大革命"话语风格。这段话语的两套"代码"表达了两种相悖反的意义，同时存在两种声音，这两种声音来自作家主体和叙述主体。作家在文本中设置了一个与自己意愿相违背的叙述人，通过叙述人的语言传达出一个表层意义，然而这个意义具有或显或隐的戏仿标志，明显与作家本意不同。读者会不自觉绕过叙述人，通过话外之音和逆向思维寻求到作家的本义。戏仿语言是反其道而行，时常南辕北辙，你东我西，正话反说，大唱其对台戏。实质上是一种冷嘲，或者反讽，只不过这种冷嘲与反讽是以"逆向"的叙事话语的形式出现，在对现有的话语秩序施以颠倒中达到讽喻的效果。

戏仿作为一种喜剧性表达方式不仅广泛存在于文学艺术作品中，同时大量出现在以视听媒介为载体的电视节目、影视剧作、网络文化中。中央电视台的《梦想剧场》栏目曾推出"七天乐"特别节目，少儿版的《实话实说》模仿崔永元的主持方式和语言表达形式，搞笑版《艺术人生》对朱军的著名节目《艺术人生》从节目形式到主持方式进行了喜剧化、娱乐化的戏仿。香港电影《大话西游》开启了90年代电影戏仿的热潮，该影片以传统名著《西游记》为底本，演绎了至尊宝和白晶晶的一段穿越古今的旷世爱情故事。唐僧师徒、白骨精、牛魔王等形象被急速"矮化"，他们的话语方式被"变调"，时常带着反语式的挖苦和讽刺，影片中的一些经典语段极富喜剧色彩，至今仍为人们津津乐道。一度热播的电视情景喜剧《武林外传》中存在大量语言戏仿片

[①] 王蒙：《暗杀——3322》，人民文学出版社2003年版，第208页。

段、世俗生活、流行歌曲、名人名言、广告词都成为被"篡改"的对象，还对世俗生活的伦理道德和黑暗面进行了戏仿式的反讽，令人捧腹。冯小刚导演的电影《大腕》、米家山导演的电影《顽主》不乏幽默的"戏仿"片段。

戏仿通常拿人们熟悉度较高的经典文本或片段开刀，正因为故事的套路、情节，语言的方式为人们熟知，原文本经过"转换"和"派生"后变得既熟悉又陌生，既惊喜又感叹，构成对大众审美心理和预期心理的逆反，喜剧性的矛盾得到激化，从而触动了幽默和滑稽的神经。

在哈桑看来，后现代主义在基本原则或范式缺席的情况下，总体转向了反讽。她所言的反讽具有多义性和不确定性，是更加形而上学的，几乎可以囊括后现代主义的手法，其中包括了戏仿。一般说来，语言戏仿都能达到语言反讽的美学效果，若语言反讽更深入一步，便进入了情境反讽，这是语言戏仿所能达到的一个高级形态。王蒙、王朔、刘震云、王小波的小说惯于营造出情境反讽的氛围。情境反讽通常比语言反讽更具有喜剧性、悲剧性或者荒诞性。按照米克的说法，"反讽的发展史也就是喜剧觉悟和悲剧觉悟的发展史"。[①] 语言反讽、情境反讽和总体反讽是反讽的几种基本形态，而情境反讽的一个比较极端情况就是黑色幽默，黑色幽默小说往往通过表层喜剧性的叙述，达到对悲剧情境中荒诞性的揭示，反讽和戏仿几乎是必备的手法。

美国作家约瑟夫·海勒的长篇小说《第二十二条军规》具有典型的黑色幽默风格，海勒利用荒诞的历史背景、故事情节、人物形象塑造出一个无秩序的世界。以尤索林为代表的"边缘人"自恃清高，却无力反抗所处的现实环境，不时闹出点事让人哭笑不得。他们的命运往往具有悲剧色彩，他们身上的喜剧性却是沉重的黑色幽默。小说中某些段落构成对艾略特《荒原》的戏仿。刘索拉的《你别无选择》中，以带有黑色幽默的叙述，塑造了中国新时期"迷惘的一代"年轻人形象。王朔笔下的"文化边缘人"与尤索林所处的时代文化背景完全不同，却有着相似的精神气质：他们在现实生活中感到焦虑、孤独，他们卑

---

① ［英］D. C. 米克：《论反讽》，周发祥译，昆仑出版社1992年版，第117页。

第二章　中国当代语言戏仿类型研究

琐、无能却充满了反叛的力量,他们以嘲弄一切的态度反传统、反文化,想凭借一己之力刺破世界的荒诞无价值。他们对现实的反抗主要体现在语言的戏仿与反讽上,怀着并不理性和客观的怨怼心理,对传统和现实进行强烈的否定。王朔曾坦言:"对幽默感的处置和重视,写《第二十二条军规》的约瑟夫·海勒对自己有决定性影响。"① 这种幽默是带有强烈荒诞色彩的"黑色幽默",荒诞不仅是一种主体,也是一种情感,具有宽广深厚的指涉感。《顽主》《谁比谁傻多少》《我是你爸爸》《一半是海水,一半是火焰》《你不是一个俗人》《一点正经没有》《玩的就是心跳》《给我顶住》等小说制造了一系列情境反讽,使小说具有浓烈的"黑色幽默"色彩。

戏仿语言具有内在的喜剧性,部分戏仿语言达到了情境反讽的深度,体现了表层喜剧性和深层悲剧性共存的"黑色幽默"。同时,戏仿语言还体现出"杂语性"的重要特征。巴赫金认为"杂语性"是小说的重要特性之一,小说在发展过程中不断吸纳文学的、非文学的语言,各种语言相互交融、对抗,从而形成杂语的世界。德国学者施太格缪勒认为,"每个个别的语言表达都嵌在比较广阔的语言和超语言的环境之中"。② 小说在其发展历程中不断地吸纳各种语言形态,有文学的、非文学的。各种各样的语言形态相互交织、共融,也可能产生排斥或对抗的关系。王蒙、王朔、刘震云、王小波、徐坤、余华、莫言、格非、东西等作家的小说就不同程度地呈现出"杂语体"特征,杂糅进了日常用语、诗词歌赋、政治话语,甚至革命颂歌、流行口号等。戏仿正是小说"引进"杂语性的一种主要方式,并且起到了关键性的作用。

小说通过戏仿等方式引入多种不同的语言形态,丰富了小说语言的形态及表达方式。同时多种话语间的共存形成了语言内部的批评力量。当某一种语言和观念试图凌驾于其他语言之上成为权威时,它会遭遇到不同类文学语言的批评和质疑,这即是戏仿暗含的批评的力量。

---

① 王朔:《我看王朔》,《北京青年报》2000 年 1 月 11 日。
② [德] 施太格缪勒:《当代哲学主流》上卷,王炳文等译,商务印书馆 1986 年版,第 574 页。

文学语言和日常生活用语是开放的，摆脱了"工具论"的束缚，打破了"逻各斯中心主义"禁锢，当代的语言走向更为宽广的时空范围，语言表达的维度得到拓展和延伸。如果将新时期以来作家们笔下的语言戏仿看作维特根斯坦所说的那种交织着语言和动作的"语言游戏"①，看成是某种生活方式的一部分，那么这些作家们刻意制造出来的"语言游戏"，它们之间各有特点，凝结着不同的思想和寄托，往往存在着维特根斯坦所说的一种"家族相似"的特点。在语言戏仿这个"家族"中，语言戏仿所具有的杂语性、喜剧性、批判性、消解性、颠覆性或是悖论性等特征，被作家们或多或少地选择性运用，并在文学作品中呈现出不同的艺术效果。它们是在总体上具有"家族"的相似性，彼此的构成和深度又不同，各种类型的语言戏仿构成了"众声喧哗"的热闹景象。

---

① ［英］维特根斯坦：《维特根斯坦全集》第8卷，涂纪亮译，河北教育出版社年版2003年版，第10页。

第三章　中国当代戏仿文本结构研究

　　本章所探讨的戏仿从局部的语言修辞层面上升到文本结构层面，戏仿成为文本的形式特点、结构原则，并且浸透到小说的叙述立意、叙述情境中。当文学艺术创作呈现出戏仿的结构原则时，大致有几种类型：一种是"前文本"戏仿类型，是对我们熟知的某些名著或经典文本、神话故事、传奇小说的戏仿；另一种是对某些传统文类或一些固定写作模式的戏仿，如公安侦探小说、才子佳人小说等通俗文类，或是对文学创作中体现的某种固定写作模式的戏仿，如"革命+恋爱"模式、"成长小说"模式、"家族小说"模式；后一种文本戏仿类型不指向某些具体的"前文本"或者文类、类型，而是指向了历史、社会、文化这些超越了语言、结构之上的"大文本"。

　　无论是戏仿、仿作，还是改写、复制，都是重写的一种表现形式，"重写"体现了人类普遍倾向于通过借鉴已有文学、文化资源进行再创造的思维习惯和实践方式，这是西方理论界的一种提法。事实上，历史的书写或叙述中多多少少都有重写或改编的成分，而对于重写或改编的自觉意识应该给予研究和关注。相对于西方的重写理论，归纳总结戏仿文本的文体模式属于新"故事新编"模式，重写是就前文本和重写文本关系角度而言的，新"故事新编"则是从文体或文类发展角度来界定的，二者的指向基本是一致的。新"故事新编"更能突显戏仿叙事中本土化的文本特色和理论原则。

第一节 "前文本"戏仿类型

本节将要讨论的戏仿文本类型具有较明确的"前文本",这里的"前文本"是指具体的神话、传说、通俗故事等。通过小说中的标题、人物名称、情节提示,或是小说的序言、注释,读者很容易分辨出戏仿小说指向的"前文本"。李洱的《遗忘》副标题是"嫦娥下凡"或"嫦娥奔月",阎连科的《金莲,你好》,毕飞宇的《武松打虎》,网络小说《悟空传》《水煮三国》,单看题目读者自然能联想起小说戏仿的对象;徐坤的小说《轮回》中出现了"卡秋莎"和"聂赫留朵夫"的人物形象,很明显是对托尔斯泰著作《复活》的戏拟套用,李冯的《中国故事》再现了传教士利玛窦在中国的种种境遇,《庐隐之死》则敷衍了庐隐、石评梅和高君宇的人生故事。王小波的《青铜时代》序言中,谈到了《万寿寺》《红拂夜奔》《寻找无双》三篇小说与唐传奇《红线传》《虬髯客》《无双传》的一些联系,并且在前文本的基础上进行了整体性的转换。

一 经典或名著

文学经典具有独创性,它们跨越时空、经过历史的沉淀仍然散发出永恒的光芒。被奉为经典的文本,皆具有特别的思想架构、叙事模式或语言风格。经典文本通常存在广泛的影响力,往往也存在消费的多种可能性。被奉为经典或名著的作品,不可避免地成为被模仿、戏仿或者改编的对象。

李冯的创作大致归为两类,一类是创造性地重写、改写古典传奇或故事的作品,《十六世纪的卖油郎》《我作为英雄武松的生活片断》《中国故事》《庐隐之死》等极具代表性,这类小说往往基于"戏仿"的叙事方法;另一类是如《多米诺女孩》《王朗和苏小梅》《地铁》《在锻炼地》等写实性的都市情爱小说。两类小说都是以现代人的心智重塑古人和今人,蕴含着对当下生活图景的指涉。李冯是新时期以来自觉尝试"戏仿"写作并形成自己独特风格的一位作家。他在写作中具有相当的"技术性"觉悟和实践，他试图用超越常态的叙述方法和叙述经验呈现特别的文本面貌。

李冯的部分小说中存在着隐蔽的"结构化"方式，他的小说文本往往存在与之相对应的"前文本"或者故事原型，比如小说《另一种声音》的前文本很明显是传统四大名著之一的《西游记》。这种"前文本"或故事原型来自历史上文类或故事的积淀，也包括整个文化结构中历史、哲学、艺术等的积累，并通过借用、仿作、戏仿等手段体现出来。戏仿正是对传统文本以及传统创作原则的一种修正和颠覆。一定意义上讲，文本的结构对应着作家的思想体验结构，李冯的独特之处在于他擅长在经典故事或叙述中找到某些裂隙，并拓展出一个更大的想象空间，用那种极富想象力和趣味性的"戏仿"填满这些文本中的裂隙，由此生发更深刻的想象关系，接纳更大的叙事容量，产生一个新的小说文本。小说惯常用第一人称的叙述视角，采取元小说的暴露性叙事，主人公已经预知了原故事的结局和自己在原故事中的宿命，因而时常流露出面对宿命的无奈又清醒的意识，李冯乐于对小说人物采取一种"放大镜"式观察和分析的态度来检测人性的深度。

《我作为英雄武松的生活片段》基本借用了《水浒传》中关于武松的故事躯壳。然而此武松非彼武松，他已经不再具有往日的英雄气概，嗜酒如命又有些蛮劲，对嫂子潘金莲不无好感。这里的武松被动接受对自己的"重塑"：醉酒打老虎、踢死西门庆、手刃潘金莲等情节不过是作者强加给"此武松"提升他原本作为"英雄武松"的情节安排，叙述者武松本人对此感到厌倦并跳出来抗议："对如此频繁地登上舞台，在这座山上亮相，我早就感到厌烦。我曾试图向他指出，除了暧昧性关系和不停地杀戮，在我的故事中并没有多少东西属于我。不是吗？"[①]叙述者武松甚至在文本中品评30年代新感觉派主将施蛰存的小说《将军地头》，"文笔一般"，"情形与自己相似"，他不喜欢杨雄挑唆兄弟拼命三郎石秀杀戮嫂子的血腥场面，更不想在《水浒传》中在梁山泊与

---

① 李冯：《我作为英雄武松的生活片段》，《花城》1994年第5期。

之相见。硬是被"包装"起来的"此武松"终究也成为不了英雄武松，一切不过是即兴的文本游戏。毕飞宇的《武松打虎》也是依据武松打虎的故事为底本的一次后现代式戏仿。在施耐庵的故乡扬州兴化县，人们在等说书人来继续昨天的故事，武松该出场打虎了。说书先生没来，两个小孩鼻涕虎和臭虫发生争执，进而引发双方母亲的厮打，扯出一方母亲和另一方父亲的私情。第二天人们发现说书人醉酒后淹死，"我"为了弥补武松没有出场打虎的遗憾，自己从《水浒传》中摘抄一段打虎场景。武松的缺席、说书人之死、填补情节缺憾意味着什么？小说对武松打虎故事的戏仿消解了故事本身，也包含着面对历史的情感选择和生命选择。

《十六世纪的卖油郎》的前文本显而易见，综合了《卖油郎独占花魁》和《杜十娘怒沉百宝箱》两个传奇故事。"她"是一个牌价十两银子的名妓，拥有一个百宝箱，既是杜丽娘又是花魁娘子。"我"笼罩着卖油郎的影子，是一个兢兢业业卖好油不敢克扣顾客斤两的小本生意人，十两纹银得攒一年多。"我"痛苦地受到情节的安排，甚至被人当作无耻的嫖客。"她"也后悔选中"我"却无力改变在小说中的"宿命"，"我"也不像原作中那样受爱情的驱动，而是为了把"故事继续下去"和"她"星夜兼程乘船逃跑。文中的"我"的朋友柳遇春，也已丧失了传统文人的儒雅真诚和乐善好施，一心想独吞"百宝箱"里的钱财。小说最后，卖油郎接受了小说情节的安排也向命运妥协，"我"的遭遇受到了巨大的嘲讽。李冯将"杜十娘"和"卖油郎"两个故事情节进行拆解，又往故事里填塞有关梦幻、臆想以及当代生活的某些破碎片段，模糊了时空的时序。在这样的戏仿文本中，前文本既激发了作者的创作灵感和重写欲望，又给重写带来一定的文本制约——在耳熟能详的故事情节中陷入类似"宿命"般的结局，但这种"宿命"不是悲剧性质的，能引发人们在一种轻松的氛围中沉寂下来进行思考。例如《孔子》全篇弥漫着"匪兕匪虎，率彼旷野"的"游荡"意象和虚无的味道，不过孔子率弟子周游列国时遭遇的困厄以及面对困厄的坚定，又构筑了一个多维的审美文化世界。戏仿前文本的存在也就预设了一个先验的文本环境，当人物与故事的想象性联系被揭穿的一刹那，情爱中的迷茫心态、个体自私贪婪的欲望以及存在的荒谬和无意义由此映射出来。戏仿给人物和所处环境造成一种"背离"的效果，是对前文本的"误读"，也是一种"创造性的背叛"。

《另一种声音》是对《西游记》的重写和戏仿。在此之前，对《西游记》的重述之作不少，如明代无名氏的《续西游记》，董说的《西游补》，大都是续书之作，保持了原型人物的基本特征。《另一种声音》也保存了西游记故事的一些基本要素，却彻底颠覆了孙行者智斗妖怪、保师取经、历尽万难修成正果的形象。他的取经过程因缺失了艰险和妖怪而变得庸常，甚至失去了言说的意义。孙行者失去了精神目标，毫无动力，懈怠不堪，只能回水帘洞呼呼大睡。生命在无意义中消耗，孙行者逐渐老去，失意且丧失听说能力，不能适应现代社会，与那个会七十二变、腾云驾雾的孙悟空相去甚远。后来借助阅读吴承恩的《西游记》变成一个现代都市中的摩登青年。小说借助古典英雄在现代社会的变异，隐喻英雄消失后的一种现代失落感。李冯的小说存在多种叙述声音，人物在真实与虚构、古代与现代、情感与理智的迅速转换中化为符号化的片段。

创作之初，李冯因这类戏仿小说过于依赖前文本被称为"文本的寄生者"，[①] 也就是希利斯·米勒所说的"寄生性作家"，那么戏仿文本也理所应当地被看作"次生性文本"。就李冯的创作而言，这并不是一个贬义的评价，某种程度上体现了李冯小说的文本特色或文本结构特色，至少也是作家积极做出的艺术探索。他利用前文本的故事情节、人物形象，进行巧妙的剪裁、添加、缝合，最终形成"有意味的形式"。除了对单个的前文本进行天马行空的想象性戏仿，文化或历史、社会作为大的"前文本"也吸引了李冯的目光。短篇小说《中国故事》讲述了意大利传教士利玛窦在中国28年间的见闻和遭遇。小说分为历史、片段、注释和再注释四部分，试图通过历史片段和注释相互补充对应的方式，来重现史实，重建历史。小说对学术方式的戏仿恰恰体现了怀疑历史的态度。小说明显的虚构和煞有介事的注释形成了虚构和历史的对位关系。李洱的《花腔》《遗忘》以及韩少功的《马桥词典》都有类似

[①] 李振生：《李冯和他的长篇〈孔子〉》，《当代作家评论》1997年第6期。

"引用""注解"式的繁复叙事，叙述或这些"知识"的真假已是次要，对学术化方式的戏仿以及由此带来的叙事效果才是目的。当武松、牛郎、孙行者、利玛窦等人物以"戏仿"的姿态出现在我们面前时，前文本和戏仿文本的意义和价值同时遭到质疑，意义也正是在文本的裂隙和怀疑中产生出来。

莫言的《丰乳肥臀》在文本结构方面构成了对史诗的反讽式戏仿。小说从表面上看，似乎具备了"史诗"在历史跨度、时空容量以及思想内涵等方面的品格，若深入去看，小说洋洋五十万字，始于动乱，末于动乱，其中充满了灾难、无序、荒诞，没有一条清晰的史诗结构，总体上是一部戏仿"史诗"的小说。小说在部分情节结构上面戏仿了西方经典《圣经》。《圣经》宣扬了耶稣的"救世"精神。莫言巧妙地把耶稣诞生、受苦、救世的故事移植进小说当中。上官鲁氏因生不出儿子备受凌辱，马洛亚牧师慈悲为怀，将"凉爽的精子"射入上官鲁氏体内，生出上官金童。就当人们沉浸在这个"救世主"能挽救世界时，却发现他不过是个患有恋乳癖又永远长不大的小白痴，只会增添更多的麻烦。在肮脏混乱的世界中，救赎的希望彻底消失，陷入令人窒息的荒凉中。英国作家戴维·洛奇的《小世界》同《丰乳肥臀》一样，表达了对生存的危机意识和荒原意识，小说构成对古代圣杯传奇以及艾略特《荒原》的多重戏仿。莫言笔下的上官金童没有救赎自己的能力，更没有拯救世界的力量，"圣婴"不过是可笑的存在，洛奇"派来"的"圣女"安吉丽卡同样令人绝望，那群道貌岸然的名流所追寻的"圣杯"不过是海市蜃楼。《小世界》和《丰乳肥臀》着实是一个巨大的反讽。

叶兆言在一次接受访谈论及《夜泊秦淮》系列小说的创作时说道："家的叙事是现代主义小说的重要母题，鸳鸯蝴蝶派小说是现代文学史上重要的小说流派，革命加恋爱是现代小说的重要情节模式，张爱玲的小说在现代小说史上也有着重要地位，所以我拿它们作为戏仿的对象。"①《夜泊秦淮》系列的四部小说一般被纳入"新历史主义"小说的范畴，这几部"戏仿"小说中往往"仿"的因素大于"戏"的成分，叶兆言在

---

① 周新民：《写作，就是反模仿——叶兆言访谈录》，《小说评论》2004年第2期。

"老掉牙"的故事套路中加入对于历史的种种设想,形成了几篇仿古、拟旧的市井传奇。《追月楼》模仿了现代文学中《家》和《四世同堂》一类的家族小说。小说背景从《家》中民国初年变换到抗日救亡的非常时期,小说中人物设置如丁老先生、伯琪、仲祥与《家》中的高老太爷、觉新、觉慧有某种相似的对应关系,书写了一段可歌可泣的民国遗老英勇抗击日伪的忠义故事。《状元境》中落魄琴师张二胡与军阀姨太太的患难姻缘构成了对鸳鸯蝴蝶派的反讽性模仿,叶兆言并非想落入患难才子偶遇佳人的通俗故事窠臼,只是借助戏仿之"仿"对个人与历史命运做出深切思考。《十字铺》不乏"革命"和"恋爱"的必要因素,革命洪流迫使官宦子弟关季云与恋人姬小姐错过彼此,阴差阳错地成就了各自的爱情悲喜剧。《半边营》可以看作叶兆言向张爱玲的"致敬"之作,小说中的华太太和曹七巧一样阴险刻薄、心理扭曲,丈夫在时得不到爱,丈夫死后她对三名子女不近人情的折磨几乎就是《金锁记》的现代翻版。作者借助对"陈旧性"的"历史"的"诚意模仿"反观传统文化的生存状态,并对它们逐一作了"修正"。叶兆言之意并非在颠覆或消解,而在于重新梳理和审视,探究历史的多种维度。《夜泊秦淮》对于前文本或文类的模仿性重写,是戏仿文本中少有的"诚意模仿"。

东西的小说《后悔录》可能"无意"中构成对"忏悔录"文体的戏仿。"忏悔录"是西方文学中的一种体裁,圣·奥古斯丁的《忏悔录》是西方历史上第一部自传作品。卢梭的《忏悔录》确立了"忏悔录"典范,使之成为自我揭露、描写真实为基本特征的现代自传体。在我国现代文学谱系之中,也有郁达夫开创的自述传小说传统,叙述者在袒露心灵的自白和忏悔中获得慰藉和救赎。弗莱在文类研究中将自传归入散文体虚构中,在他看来忏悔录的形式与自传是同一性的。他在《批评的剖析》一书的术语表附录中指出:"忏悔录(Confession)可以看成是散文虚构作品的一种形式的那类自传,或以自传形式出现的散文虚构作品。"①《后悔录》不是对"忏悔录"或自述传简单的复制或消

---

① [加]诺斯罗普·弗莱:《批评的剖析》,陈慧、袁宪军等译,百花文艺出版社2006年版,第526页。

解，而是在与经典文体的互文性潜在对话中，形成了新的形式和意味。主人公曾广贤从"文化大革命"时期到开放年代，每走一步都后悔一步：说错一句话，母亲自杀；仰慕女人，被诬告强奸；坚守爱情，出狱后发现是镜中花。后悔成了生活的常态，忏悔也是虚假与徒劳的。"忏悔录"中的痛切、严肃、紧张的主体姿态被庸常的生活消解殆尽。

林焱在《大家》杂志上发表小说《白毛女在1971》，这部被称为"传媒链接小说"的作品具有极强的戏仿性质，戏仿的对象指向了各种与白毛女故事相关的"前文本"。小说不时出现注释的文字信息和图片，有50年代电影《白毛女》中白毛女遭强奸怀孕的保留情节，有流沙河根据《太平广记》考证的白毛女原型，还有各式的《白毛女》京剧、话剧剧照、连环画图片等。小说还提供了关于白毛女故事的各种网络链接地址，仅雅虎相关的搜索结果就有6170个。小说呈现了一个开放式、动态化的戏仿文本，其中的真实性、确定性很难把握。

二　神话传说

神话或传说可以口口相传，也可以存在于叙事文学中。神话、传说体现了先民们的神思妙想和智慧，也是文明的重要根源。尼采认为，"没有神话，一切文化都会丧失其健康的天然创造力"。[①] 西方的创世神话，中国传统文化中的嫦娥奔月、后羿射日、精卫填海等神话传说，还有藏族"活史诗"《格萨尔王》等，都是宝贵的文化记忆与财富，民间的神话、传说已经成为人类学、文化学的重要资源。正因如此，神话、传说往往成为中西方作家们戏仿的对象。美国作家约翰·霍克斯的《甲壳虫腿》颠覆了美国西部神话故事，《血橙》则对"伊甸园"进行了重访。另一位美国作家斯蒂芬·金也擅长戏仿神话故事，《我就在门口》"复制"了亚瑟王的传奇故事，《玉米田的小孩》模仿了《圣经》的诸多片段。神话、传说早已在历史长河中积淀成为民族文化心理结构的一部分，具有内在的稳定因素。对神话、传说进行戏仿式重写，意味着作家对人们原有的文化记忆和心理结构进行想象和叙事的冒险性挑

[①]　[德]尼采：《悲剧的诞生》，周国平译，上海人民出版社2009年版，第177页。

战。作家必定绕不过故事原型，若简单移植人物和故事情节毫无创新可言，若只是象征性借用神话传说原型创作，又与某些创作初衷背道而驰，如何处理神话与重述之间的微妙关系成为创作的难点和生长点，这涉及历史与现实、作者与时代、全民意识与个人情感、文化与经济等诸多因素。作家们实际上是有意通过神话、传说的现代性转换，来完成对世界隐喻性的理解和表达，消解了人性与神性、神话与现实的鸿沟，直指当下的现实生活。

李洱的《遗忘》是一部戏仿神话的中长篇小说，小说本身是世纪末文学在普遍丧失了历史感之后的产物，也是文学面临焦虑的一种表征。小说的副标题是"嫦娥下凡或嫦娥奔月"，作者试图重构一个后现代传奇故事"嫦娥下凡"。嫦娥奔月基本上是被重写次数最多的神话故事之一。现代文学阶段，鲁迅的《奔月》、谭正璧的《奔月之后》、邓充闾的《奔月》都是以嫦娥奔月为前文本的重写小说。李洱这部小说具有多重的阐释空间，试图解释或确定它的意义是比较困难的，与其称之为小说，不如称其为戏仿式的实验"文本"，它将民间神话嫦娥奔月的故事与夷羿、帝俊、河伯、冯蒙等故事相杂糅拼贴组成一个文本，又将这些神话人物转世成为20世纪中国某高校中的侯后毅、冯蒙、罗宓等人物形成另一重文本，小说就在戏仿的双重文本中形成对话关系。文本由不同的片段连缀而成，美好的神话被改头换面成彻底的世俗故事，这与李冯小说的《牛郎》《另一种声音》一样，颠覆了人们关于神话传说的记忆。

李洱的《遗忘》是在焦虑中的一次艺术实验，他将古代神话与当代生活拆解分散，再把一个个情节碎片拼贴起来，神话和现实在诸多裂隙中弥合衔接。小说是在调动各种中外历史文化典籍、知识的过程中不断考证、推论嫦娥奔月的传说与历史学教授侯后毅、妻子罗宓、弟子冯蒙之间的转世对应关系。大历史学家侯后毅给弟子冯蒙一个命题博士学位论文《嫦娥奔月》，让他实事求是地把嫦娥下凡的前因后果记载下来，因为侯后毅坚信自己是夷羿转世，嫦娥下凡是为了对自己表达爱意。冯蒙实在无法找到神话与现实的对接点，他的论证始终不能得到导师的认可，毕业一再推迟，他只能假设侯后毅是后羿转世作为命题的充分必要条件，进而论证出与他有情感纠葛的师母罗宓是洛神转世，自己则是前世杀死夷羿的冯夷，冯蒙和罗宓前世本是恩爱夫妻，侯后毅才是横刀夺爱的人。貌似严密的推论，确凿无疑的史料，荒诞滑稽的结论使小说呈现悖谬状态，这是对历史、现实的巨大嘲讽。

历史研究学家"遗忘"了历史，"遗忘"了自身，同时重建了自身的历史——侯后毅就是后羿的今生，是历史英雄。弟子冯蒙在论证过程中也"遗忘"了已然的身份和历史，不自觉进入导师虚构的世界。虚构的历史通过"遗忘"变成真实的历史，神话传说与现实世界得以对接，神话人物与现实人物获得转世。小说是各种话语和文体拼贴后的产物，混杂着神话传说的历史记忆和当下人生存的焦虑感和荒诞性。后羿、嫦娥、侯后毅、冯蒙等符号化的人物打破了时空秩序，任意穿梭在各个碎片化场景中，小说在对神话经典支离破碎的戏仿中用伪证和谎言构筑起一个虚幻的世界，历史在这里被"遗忘"，被消解、重组、模糊化，作家李洱以其智慧和学养与"历史"进行了一次精彩的博弈，破碎的历史在一次次伪证中获得多种可能性，也消解了历史的严正性。

李洱在小说《遗忘》中给人以驾轻就熟的印象，他就是一个拼贴大师，游刃有余地穿梭在神话和历史、现实的碎片化场景之中，凸凹不平的文本隐含着作家对时代荒诞性和刺痛感的把握和体验，带有先锋性质的文本操作手段模糊了虚构和真实的界限，小说有很强的现实洞穿力和指向性。导师侯后毅至死也没有在冯蒙的博士学位论文上签字，因为他的考证与现实有悖，冯蒙却在历史与现实混淆的恍惚精神状态中彻底发疯了，李洱笔下的"知识分子"是这般贴近于生活和存在的荒谬性本质。

事实上，与其说是作家们偏爱奔月和射日的神话传说，一再对其进行重写或戏仿，不如说这几部小说是在神话传说的瑰丽外衣下完成的作家们的一次次个人化写作。在这个过程中，一个显而易见的创作趋向即是：在神话原型中十分突出的"神性"光芒随着作家们的一次次"重写"渐趋褪色，神话的人物包括人际关系，以及故事、情节、场景与结构被巧妙嫁接到了世俗化的生活场景之中。鲁迅的《奔月》中，羿和嫦娥生活在凡间，为柴米油盐发愁，为生活琐事吵架，俨然一对平民夫妻，神话人物的超凡脱俗丧失殆尽。邓充间的《奔月》和叶兆言的《后羿》，则成为上演人间权欲和情欲的舞台，你方唱罢我登场，后羿和嫦娥不过是被借用到小说中的神话人物。尽管《奔月》中羿仍有射日神功，《后羿》中后羿一再被强调是神人，然而作家固守的最后一点神性也被现实的人性慢慢遮蔽或是吞噬。这两篇小说中的嫦娥都因丈夫羿得势后失宠而愤然奔月，"奔月"的行为在人世间等同于"出走"，是嫦娥对爱情绝望后的无奈选择，"奔月"的最后一点神性色彩也被消解了。《遗忘》的场景又切换到知识分子群体，身处学院的李洱深谙当代知识分子的精神处境，他运用具体喧嚣的日常世事加以呈现，嫦娥"成仙后不甘寂寞"，主动下凡人间，居然做了教授侯后毅的情人，这才有了下文的侯后毅认定自己是夷羿转世，逼弟子冯蒙论证嫦娥下凡的一系列荒诞故事。加拿大学者弗莱认为，神话反映了原始人的欲望和幻想，神的超人性不过是人类欲望的隐喻性表达。神话重写中世俗化、人性化风格的体现，实际上是作家对神话的抽象性、概括性进行普泛化的结果。

值得注意的是，鲁迅的《奔月》和李洱的《遗忘》之间的创作跨越六十余年，二者都带有某些后现代的因素或者色彩。《奔月》和《遗忘》在一定层面上都可以看作对神话的戏仿，小说对所谓的"历史"赋予了一种怪诞有趣的戏仿形式，充满戏谑讽刺的意味。《奔月》通过老太太、侍女之口化用了高长虹的语言，"你真是白来了一百多回"，"有人说老爷还是一个战士"等，滑稽地描摹出高长虹的恶意行径。《遗忘》一方面运用实证手段大量引用准确年代下的确凿史实，增加文本的可信度，另一方面又对这段努力建构起来的荒诞历史进行消解，小说戏仿了神话学传奇，又对此自我否定，历史图景又化为纷繁的碎片。对神话的戏仿是作家们有意通过神话对日常生活和精神的现代性转换来完成对世界的隐喻性理解和表达，它消解了神话与现实、神性与人性、真实与虚构之间的鸿沟，又绵里藏针地刺破神话世界，直指复杂的现实生活和"历史"本身。

李冯骨子里透露着对古典情节的深深眷恋，无论是古代圣贤孔子，或是古典英雄武松，神话传说中的牛郎、织女、孙悟空，他们都代表了某种理想化的精神向度或者精神特质——高尚的道德情操、英雄主义理想或是坚贞的爱情、坚守的信念等。小说中普遍使用"戏仿"形式的文本改写中,以古典精神观照当代生活的种种困境,在古今两种时空的穿越对照中给予当下生活中道德沦丧、信仰缺失、人格低廉等现象深刻讽喻,古典精神在世俗的欲望中慢慢退化,隐藏在戏仿背后的是对存在的透彻性洞悉。《牛郎》一篇中,牛郎织女下凡到世纪之交的当代社会,他们的爱情也经历世俗化的考验,织女美丽干练,牛郎猥琐愚钝,织女嫌弃牛郎的经济实力不雄厚、为人处世和情感不成熟离了婚。现代版的牛郎织女已不是神话中那个隔河相望,鹊桥相会,坚守终身的美好象征,他们已然刺破我们对于爱情生活的美丽想象。

三 传奇故事

王小波一直对唐传奇怀有戏仿的欲望和冲动,早在20世纪80年代赴美留学期间,他就创作了《唐人故事》[①]的故事集,包括《舅舅的故事》《夜行记》《红拂夜奔》《立新街甲一号与昆仑奴》《红线盗盒》五个短篇,都是对《太平广记》中一些传奇故事原型的滑稽性戏仿和改编。小说自由穿越古今,将传奇故事和现实境遇等诸多异质性的文本进行"后现代式"的组合拼贴,颇得鲁迅《故事新编》"古今杂糅"创作方式的精髓,不过比起鲁迅在小说中流露出的绝望和冷峻,王小波的创作多了几分黑色幽默。

王小波在创作成熟期完成的《青铜时代》是对《唐人故事》幽默机智风格的延续和深化,对文本情节体制进行了一番扩充和复杂化。小说中有一些旧书《太平广记》的"根据",《万寿寺》的戏仿前文本古今、中西混杂且风格迥异,有法国当代作家莫迪阿诺的小说《暗店街》以及杨巨元所作《红线传》(《太平广记》卷第195,豪侠三)。《红拂夜奔》和《寻找无双》的前文本分别是杜光庭的《虬髯客》(《太平广记》卷第193,豪侠一)和薛调的《无双传》(《太平广记》卷第486,杂传记三)。王小波的这几部小说基本都在多条线索、多重叙述视角和

---

① 王小波:《唐人故事》,中国档案出版社2006年版。

多点叙事空间中展开，构造了几个相当复杂的叙事结构。小说不单纯是叙事的"实验"或想象性"冒险"，在破碎的历史叙述中洞穿了历史的本来面貌，从更高层面的意义来说是对历史"真实"或线性历史发展序列的反讽性戏仿与调侃。

选择了戏仿，便是选择了智性写作，在经典与戏仿之间似乎没有一条中间道路可走。王小波在《怀疑三部曲》序言中有自己的三大假设，其中两点是凡人都爱智慧和凡人都喜欢乐趣。王小波喜欢智慧的挑战与思维的乐趣，"有趣是一个开放的空间，一直伸往未知的领域，无趣是个封闭的空间，其中的一切我们全部耳熟能详"。[①] 王小波选择的"智性"写作也可以在李银河编选的王小波杂文集《思维的乐趣》中得到某种印证。

《万寿寺》表明了王小波的某种"野心"——如何在智趣的写作中穷尽小说的可能性或是逼近小说的极限，这部小说也是他创作中篇幅最长最为宏大的一部。小说有其内部的生成法则，即复制和增殖。戏仿和改写是复制的两种主要形式，对象则是《暗店街》和《红线传》，但二者在小说中的地位和功能完全不同。《红线传》为小说文本提供了进入历史的"契机"，提供了薛嵩、红线女的姓名和身份信息以及若隐若现的历史背景，复制文本与被复制文本之间存在着千丝万缕的联系，形成文本内的指涉关系。莫迪阿诺的《暗店街》则与《万寿寺》有着精神结构方面的对应关系。"我到底是谁呢？"《暗店街》的主人公和《万寿寺》中的"我"都在失意后，在困扰中努力寻找自己的过去。小说对复制文本的"增殖"一方面来源于同一个故事的多种可能性之间的交叉和抵牾。这种后现代主义手法在电影叙事中也有所体现。日本著名导演黑泽明的电影《罗生门》就是围绕一起凶杀案展开的，四个人有四种不同说法，案件有四种不同的可能性，最后的事实证明他们都在说谎。电影揭露了人内心深处不可告人的欲望和追求，他们迷失在内心深处的灌木丛里，而且越走越远，陷入了一片荒芜。德国电影《罗拉快跑》叙述了罗拉营救曼尼有三个可能的过程和三种可能的结果。《万寿

[①] 艾小明、李银河：《浪漫的骑士——记忆王小波》，中国青年出版社1997年版，第56页。

寺》里不厌其烦地罗列薛嵩被刺杀的多种可能,薛嵩抢红线的多种情况,小妓女被害的几种说法,不确定的大量的假设混淆并阻断了读者寻找谜底的企图。文本的"增殖"还有一方面与小说的暴露性叙事行为相关,《万寿寺》具有元小说的特点,叙述人身份模糊不清,由于失忆整个思维状态也是混乱的,主人公不断叙述,又一次次推翻之前的叙述,破坏了文本的可信度和完整性,也将其自我欺骗暴露无遗。历史的整体观和统一性被无限增殖的情节和语言消解殆尽,文本成为自我指涉的游戏。王小波不止一次提起与卡尔维诺的师承或影响关系,他在文学观念方面与卡尔维诺有不谋而合之处。"文学一方面'要竭力'表达一种'在语言层面上毫无参照可循的'、属于神话和无意识领域的意思。"但是,另一方面,文学又可以被认为是"一种挖掘利用自身的素材所固有的可能性的组合游戏"。①《万寿寺》是王小波精神无意识层面一次快乐充满智慧的"创造"之旅,也是借唐传奇之名取《暗店街》之实变幻出来的魔术游戏。

20世纪90年代以后,文学和文化的发展趋向多元化。宽松的社会氛围之中,多元化的表象之下,意识形态的控制并没有放松,只是更加隐蔽。小说就是王小波内心世界的外化产物,只不过内心的隐秘记忆在小说中埋藏得更加隐蔽了。王小波所标举的"有智""有趣"的写作在很大程度上来源于对"文化大革命"时期"无爱""无趣"体验的反叛。《万寿寺》是关于失忆者寻找记忆的故事,《寻找无双》也是有关寻找记忆以及不断遗忘的过程。以遗忘的姿态保存记忆,在小说潜意识的深处储藏伤痛,是作者的一种"历史无意识"的表达方式。一如萨特对二战的描写并不指向历史本身,而是深入一种生存状态。固执的王仙客企图用自己不大确定的记忆唤起宣阳内民众的记忆,以便找到表妹兼未婚妻无双。宣阳城的老百姓对于一些事情总是有选择、有意识地遗忘,以保持历史暴力下的安全和和谐。王仙客顿时陷入孤独的迷茫中,他在寻找的过程中不仅失去了表妹无双,也迷失了自我,于是寻找

---

① [荷兰]佛克马、伯斯顿:《走向后现代主义》,王宁译,北京大学出版社1991年版,第166页。

"记忆"中的无双成为一个荒谬的过程。小说折射出当代社会的个体存在的精神遭遇,孤独的个体在压抑荒诞的环境中出走,寻找纯粹的自我身份却屡屡碰壁。历史不但是被"记忆"出来的,也是被有效"遗忘"出来的。

《红拂夜奔》的戏仿旨意相当明确,它在唐传奇的原文本的基础上进行了夸张的敷衍和离奇的描绘。同为"重述"之作,台湾当代作家高阳的历史小说《红尘三侠》也是围绕李靖、红拂、虬髯客三个主要人物展开的。隋朝末年,帝王昏庸,奸臣当道,天下大乱,烽烟四起,杨府的歌伎红拂女冒险搭救被杨素追杀的三原侠士李靖,反隋义军首领虬髯客亦鼎力相助,三人结下深厚友谊。小说在大量诗文、笔记、野史基础上力图真实再现社会历史风俗。与之相比,《红拂夜奔》既非民间的稗官野史,也不是传统意义上的历史小说,更倾向于知识分子"造史"的小说。小说中的主要人物有当代人王二和小孙,古代人李靖、红拂、虬髯公。与人物对应的是三个时空背景,当代的北京城,以及隋唐时的洛阳城(小孩粪便筑成城墙,城内泥水没膝)和长安城(黄土碾成,寸草不生)。古代两个城都有严格的思想控制,有非分之想都属犯法。王二生活的北京城和住的那幢楼莫不是禁锢思想、枯萎生命的地方?《红拂夜奔》序言说道:"熟悉历史的读者会发现,本书叙事风格受到法国诗学大师费尔南·布罗代尔的杰出著作《15—18世纪的物质文明、经济和资本主义》的影响,更像一本历史书而不太像一本小说。这正是作者的本意。假如本书有怪诞的地方,则非作者有意为之,而是历史的本来面貌。"[①]

在众多戏仿小说中,王小波的《青铜时代》最得《故事新编》精神内涵"真传",他以杂文化的意识和方式杂陈古今、取法历史、针砭现实,以蓬勃自由的想象力演绎唐代传奇,以历史作为思考个人和社会命运的切入点执着寻找历史中的真实。王小波继承并发展了鲁迅借神话或历史故事的重写为目的的"以古讽今",更是在小说中旁征博引各学科知识,逻辑学、数学的运用非常普遍,《寻找无双》中王仙客的三段

[①] 王小波:《青铜时代》,陕西师范大学出版社2003年版,第274页。

式推论、《红拂夜奔》中关于红拂自杀的逻辑归谬法等，小说还涉及历史、天文、地理等驳杂的知识领域。《青铜时代》在文体结构上将《故事新编》的短小精悍的体制扩充延展成鸿篇巨制，是一种突破也是一种尝试，小说的线索和时空范围更加复杂和丰富化。

《青铜时代》借用几个唐传奇故事外壳戏仿和书写了"历史"与"权利"，王小波在对"历史"与"权利"的戏仿和反讽中将其化为纷扬的碎片。《万寿寺》《红拂夜奔》或《寻找无双》中的每篇序言或题记，揭示了小说的某种"师承"关系，有意透露出参照文本，以戏仿、反讽或影射、仿造等来营造复杂烦琐的互文性场域，传达出作者与读者神交的愿望。以戏仿为主要手段的互文性的大面积使用，使小说脱离了单纯的前文本影射，上升到更高意义层面的戏仿与反讽上。选择了戏仿，王小波选择了一条智性写作的道路，他的小说并不指向特定的历史或具体的意识形态体系，他所呈现的却是我们未曾认识到的历史或权利的本来面貌。

第二节　文类或创作模式的戏仿

在戏仿小说中，有一类是依托公案与侦探小说、才子佳人小说、武侠小说等故事模式进行再创作的。这类小说使用种种反传统的方式，破坏原有故事的程式化模式，干扰并离间读者对于故事的接受过程，使读者无法完成熟悉的认同过程，从而以颠覆文类的极端化叙事，完成对既有文化秩序的挑战。还有一类小说故意指向了某些"经典"的叙事模式，如"革命+恋爱"模式、"成长小说"模式、"家族小说"模式等。在这类小说中，时间的线性序列、空间的延展性被人为"阻断"，叙事被拆解得七零八落，故事被营造得似是而非，历史的意义遭到了怀疑和消解。

一　通俗文类

1. 公案与侦探小说

我国古代传统的公案小说由宋代话本公案演义发展而成，盛行于明末,宋元时期的官吏腐败、司法混乱,促成了公案小说的滋生和发展。历史上脍炙人口的公案小说有《包公案》《施公案》《彭公案》等,主要讲述包拯、施仕纶、彭朋等审案、破案、平乱的故事。清代的《施公案》较之明代的公案小说,断案过程更加曲折惊险,增加了私访遇险、托梦显灵、鬼神灵怪等元素。晚清的公案小说几乎都是以暴露官场黑暗、批判贪官污吏为主要内容的,除了延续发展传统公案小说,有《新三侠五义》《续三侠五义》《续施公案》等作品陆续面世,另一些奇案、惨案也轮番登场。20世纪初,西方帝国主义入侵中国,给中国人民带来灾难。一些异域元素,如机器人、催眠术、麻醉术等新名词随之而来,被"转述"到小说创作中,公案小说也更注重吸纳西方式的推理论证过程,更具逻辑思辨色彩。传统的公案小说逐渐朝侦探小说发展并轨。叶善之的小说《偶然》、施蛰存的小说《凶宅》或多或少对公案侦探小说形式进行了戏仿式挪用,开启了侦探小说在中国本土的发展之路。

侦探小说是近代西方社会出现的一种通俗小说类型,基本以侦探刑事案件为主要内容,一般遵循设谜到破案的故事线索。爱伦·坡《莫格街谋杀案》、柯南·道尔《福尔摩斯探案全集》、阿加莎·克里斯蒂《尼罗河上的惨案》都是侦探小说中脍炙人口的作品。爱伦·坡在1841年4月发表的《莫格街谋杀案》被公认是最早的侦探推理小说。爱伦·坡把作案地点设置在幽暗的密室,引出案件后利用心理分析、推理论证等方法一步一步还原真相,最终有条不紊地侦破案件。经历此过程的主人公可以洋洋得意地复述这段经历。这种基本模式的美学特质在它诞生以后就很少或很难发生改变,并在此后的一百多年间被争相效仿。

弗莱在研究中指出:"有像侦探小说一样高度程式化了的模式,与游戏非常类似。我们期望每局棋都不相同,但也并不期望棋的规则本身变化。"[①] 阅读侦探小说的读者,基本熟悉大致的小说"规则",它具有一定的稳定性。吸引并诱发读者兴趣的是作家在规则化和程式化的套路

---

① [加]诺斯罗普·弗莱:《世俗的经典:传奇故事结构研究》,孟祥春译,上海人民出版社2010年版,第46页。

中注入了新鲜刺激、离奇曲折的情节故事。侦探小说为读者提供了很好的参与性，"侦探小说的矛盾核心是生与死"。[①] 这是人类最为原始和基本的人性，侦探小说营造了一个亦真亦幻的时空，疑窦丛生的曲折情节激发并满足了读者的好奇心，带动他们的情绪，为他们的情感提供一个充分的释放空间。中西方的侦探小说基本都有一个明显的程式化模式，基本都要反映出一条清晰的因果链条，具备破案动机、破案过程和破案结局等几个要素。

《河边的错误》被赋予了一个传统公案小说与现代侦探小说的程式和外壳。故事背景定格在初秋时节一个小镇神秘而充满诱惑的河边，放鹅的幺四婆婆在黄昏时分被害，刑警队长马哲负责侦破这起凶杀案。在嫌疑人一一被排除作案的可能性后，焦点落在幺四婆婆收养的一个疯子身上，有目击者看到他不时出入河边，曾经提着湿漉漉的衣服和斧头，刑警队事后在幺四婆婆家找到了带血的凶器。所有的证据都指向疯子，但法律却无法制裁一个患有精神疾病的人，导致后来接二连三的杀人案，35岁的男性工人和一个小孩也在河边遇害。忍无可忍的刑警队长马哲终于开枪打死了疯子，他却成了人们眼中的疯子被送进精神病医院。故事就这样结束了，小说中没有完整的因果链条，充满了疯狂的杀戮和荒诞的现实，侦探小说的要素被完全架空和抽离，徒留一个侦探小说的空壳。我们不禁追问，余华的这种戏仿为何？指向何方？实际上，人生就是一个侦案过程，余华带我走进一个灵魂的永恒谜团中，小说无意解开这个谜团，因为我们永远无法获得最终谜底。小说中的"疯子"很像余华另一部小说《一九八六》中那个遭受"文化大革命"戕害的"疯子"，他们都是孤独的清醒者，他们藐视一切，将人生的荒诞过程撕碎了展示给人们看，让存在的终极之谜堕入黑暗。小说通过对暴力和死亡的描述，揭示存在的荒诞和虚无。

莫言在1992年创作的《酒国》总体上是一个戏仿文本，小说有两重叙事空间和线索，从大的叙事空间来看，小说构成对侦探小说的戏仿，故事的主线是省人民检察院的特级侦探员丁钩儿奉上级指示前往酒

[①] 范伯群：《中国近现代通俗文学史》上卷，江苏教育出版社2010年版，第571页。

国调查地方官员烹食婴儿一案。在大的叙事空间笼罩下的小叙事空间，小说中穿插着叙述者莫言与酒国作家李一斗的通信，以及李一斗寄给莫言请求他帮助发表的九篇短篇小说，两人的通信中不时夹杂着对制度化文本或辞令的戏仿，李一斗创作的小说又可以看作对当代小说各种文体和主题的戏仿。整个小说文本的结构错综复杂，叙述者、叙述视角和叙事空间相互纠结又不断转换。叙述者莫言在讲述丁钩儿的侦探故事，李一斗和他的通信又完成了小说的另一重叙事空间，小说存在多种话语体系，崇高的、庸俗的、官方的、民间的话语发出阵阵"混响"。和莫言小说《欢乐》中"众声喧哗"的场景一样，小说《酒国》的戏仿文本结构和戏仿语言以及打破了封闭的文本和叙事声音，获得了宽广的空间和意义。

堂堂老牌侦查员丁钩儿在"侦探"的正义之名下，历经重重"磨难"：路途上的调情发展到后来的通奸，侦查员的身份沦落为酒桌上"吃人"的罪犯，丁钩儿最终没有修成正果，过度放纵的"色欲"和"食欲"让他走上了不归路，英勇精明的侦探腐化成萎靡困顿的行尸走肉，最后在精神错乱中一头栽进粪坑，整个侦探小说在颓废和迷乱中宣告结束。小说中最令人惊骇的莫过于"红烧婴儿"的"吃人"主题，鲁迅《狂人日记》中"吃"与"被吃"的二律背反模式被平移到《酒国》中，一如狂人突然意识到自己有"被吃"的危险，"我横竖睡不着，仔细看了半夜，才从字缝里看出字来，满本都写着两个字是'吃人'"，之后又清醒地反思"我未必无意之中，不吃了我妹子的几片肉"，[①] 调查"吃人"一案的丁钩儿在推杯换盏半醒半醉间也不免陷入可能"误食"婴儿的尴尬境地。整部小说就像一个大的寓言体，在文本现实和真实现实不断转换间凸显历史的荒诞和颓废。文本整体对侦探小说的结构性戏仿和局部的对官方社交辞令的戏仿使整个小说文本形成结构性的反讽场域，不仅瓦解了"侦探小说"的初衷和结局，破坏了侦探小说的美学原则和价值核心，同时消解了主流话语和高尚的辞令所构建的话语基础。真实的野蛮与残酷被转化为语言的迷惑和困顿，金刚

---

① 鲁迅：《鲁迅全集》第 1 卷，人民文学出版社 2005 年版，第 447—454 页。

钻能在酒宴上用标准的官方话语把"吃人"合理化,李一斗的丈母娘又能将"吃人"顺理成章纳入话语系统之中,小说叙述在话语的内部指涉中四分五裂。

长篇小说《敌人》营造了一个设谜、解谜的叙事迷宫。赵家在几十年前突遇一场大火,镇子上的店铺被烧,当天灭火的喷水管怎么也压不出水来,似乎是天意。这究竟是天灾还是人祸,所谓的"敌人"便成了赵家上下的一个谜团。赵伯衡因受打击卧床不起,临死前在宣纸上写下每个村民的姓名。儿子赵景轩为了完成父亲的遗愿,白天黑夜打听纵火的相关细节,当排除到只剩下最后三个人的时候撒手而去。孙子赵少忠是当年家族火灾仅存的目击者,一方面他自觉地积极地寻找敌人,忍受不可知的敌人带给他的恐慌、焦躁;另一方面他又本能地逃避敌人,想躲开不祥的宿命安排。他放弃了和翠婶结婚的机会,又贱卖了当年起火的宅基地,他一味地委曲求全想要化解"外敌",却不想敌人的影子似乎总是笼罩在赵府周围,压得他喘不过气,最后丧心病狂地杀了自己的亲生儿子。赵家的纵火案有破案动机(纵火伤人、损失财产),有侦破过程(赵家三代人的寻找),没有破案的结果。到底谁是敌人,小说中有多处空白,格非始终没有昭示。小说没有侦探小说一般的严密推理过程,即使快触及真相,也立即将其悬置起来,敌人到底是谁?读者恐怕没有能力走出这个迷局。

须兰的《奔马》《仿佛》两部中篇小说从故事外壳上看与传统的破案小说极为相似,实质上假意模仿了侦探小说的套路,最终对其进行颠覆性消解。《奔马》中蔡家两姐妹家碧、家戈被害的"历史疑案"披上了当代生活的外衣。一个下岗赋闲在家的女工和一个离退休干部在案发七年后重拾对案件的兴趣,发动众多人物、设置众多圈套,试图"侦查"出事情的真相,但一切都是徒劳的,他们无法用理性和逻辑综合把握陈旧发黄却一团乱麻的隐秘历史,无法在黑暗中打捞起人与人或者人与事之间的因果链条,小说最后也无法弄清杀害蔡家姐妹的真正凶手。《仿佛》的真相始终扑朔迷离,若干年的死亡真相有无数种可能却偏离了任何一种可能。我们无法按照形式逻辑和因果规律去解释这两篇小说,须兰在叙述中对戏仿的刻意追求和成功操作,无限放大了小说结局的可能性，无疑打破了我们的阅读习惯和对"真实"的感受力，为我们提供了一种言说历史的可能方式，历史并不是如教科书上所叙述的一般，也不是人们口中相传的历史，无所谓历史，一切都变成了传说。

上述几部小说似乎可以被命名为"反侦探"类小说，它们刻意以侦探、破案为幌子，实则对侦探类小说进行戏仿式改写。通过叙述先激起侦查真相的冲动，过程中颠倒、遮蔽或搅乱小说的必要环节或套路，蓄意破坏侦探小说的理性诉求，以达到打压、毁灭侦探冲动以及读者阅读期待的目的。传统的侦探小说强调现实主义、理性逻辑的确定性，戏仿式"反侦探"小说有意打破这种确定性，并对事物的本质、故事的主体、人们的认知提出深层次质疑。

2. 才子佳人小说

如果《河边的错误》《酒国》构成了对侦探小说的颠覆式戏仿，那么《古典爱情》《爱情故事》《张生的婚姻》就是脱胎于才子佳人小说模式的。盛行于明清之际的才子佳人小说受明朝中后期才子佳人戏的影响，逐渐形成了一套"私订终身后花园，多情公子中状元，奉旨完婚大团圆"[①] 等表现男女婚恋故事的情节公式或叙事模式。这类小说一般是遵循了这样的叙事序列：开端（男女相遇）、发展（相知相爱）、高潮（遇到阻碍）、结局（大喜大悲）。现在一些戏剧、影视作品仍大致遵循这个套路。

小说《古典爱情》具备才子佳人小说的基本要素：赴京赶考的穷弱书生，闺阁绣楼中如花似玉的小姐，聪明伶俐的丫鬟，严厉凶悍的婆子，以及亭台桥榭、春色盎然的后花园，这一切似乎都与汤显祖的戏曲《牡丹亭》有某种似曾相识的对应关系。不过在《古典爱情》里，柳生初次赶考与惠小姐的偶遇不是柳梦梅和杜丽娘那样的前缘，惠小姐在家族没落的饥荒年代难逃被当作"菜人"的厄运，柳生强忍内心悲痛安葬了惠小姐，故事发展到这里基本没有溢出读者的期待视野。然而，小说至此笔锋一转，柳生因为好奇心破坏了惠小姐唯一从鬼还人的机会，小说没有了杜丽娘那般因情而死，死而复生的浪漫情怀，以悲剧收场。

[①] 石昌渝：《中国小说源流论》，生活·读书·新知三联书店1994年版，第376页。

柳生三考不中，当他第三次踏上黄色大道时，看到的景色和街市与第一次别无两样，可是早已物是人非。小说以戏仿的形式，揭示出小说人物的背反性。柳生深爱惠小姐，他又救了惠小姐，给她还阳的希望，柳生又亲手毁了这最后的希望。原本和谐的"古典"情节和人物被化归为相互否定的元素，充满宿命的悲哀。余华以现实的残酷击穿爱情朦胧浪漫的面纱，古朴、典雅的旧小说套路里加入了血腥和陌生化的内容，理想和现实巨大的反差中流露出矛盾和荒诞意味。他表面遵循了才子佳人小说的惯有程式，又在不露声色主体缺席的叙述中将原有的模式消解殆尽，解构意味大于建构的意愿，这是余华告别温情和乐观，走向冷峻和客观的深刻思考："在人的精神世界里，一切常识提供的价值都开始摇摇欲坠，一切旧有的事物将获得新的意义。"①

在余华另一篇小说《爱情故事》中，他利用了传统的故事形式对现代的爱情故事进行了仿写。爱情是文学中的一个永恒主题，爱情是崇高的、自由的，可以冲破家庭门第、物质条件的束缚，只为心灵的互相守候。莎翁的《罗密欧与朱丽叶》、简·奥斯丁的《傲慢与偏见》、埃里奇·西格尔的《爱情故事》中男女主人公对于爱情的执着令人动容。琼瑶、亦舒小说中对于理想爱情的描写，令人向往。这些爱情小说中，男女双方基本处于一个对等的地位，爱与被爱、拥有与奉献是双向的、互动的。小说《爱情故事》却抹杀了爱情的温情。男女主人公在1977年的秋天，一起乘车到离市区30公里外的小医院确认怀孕的事情，男孩极不情愿，在车上也刻意跟女孩保持距离装作不认识，当女孩下意识地喊出他的名字，他极度不耐烦并且投去厌恶的目光。当确诊女孩怀孕，男孩仍然没有欣喜。十多年后，女孩早已成为男孩的妻子，男孩的厌恶情绪与日俱增，从当初的"始乱"，发展到现在的"终弃"。整个故事非常沉闷和压抑，男女主人公似乎没有多少交集，唯一的交集可能就是互相满足欲望，年轻时的怀孕便是欲望的结果，但是女孩明显处于被动和弱势的位置。这种叙述打破了经典的爱情故事格局，抹平了纯粹的爱情理想。

---

① 余华：《虚伪的作品》，《上海文论》1989年第5期。

北村的《张生的婚姻》写的是年近而立的哲学教授张生和宾馆服务员小柳的爱情故事。故事是老套的，情节也很简单，人物姓名取的颇有一些"假设性"，我们仿佛看到《西厢记》中"张生"的影子，不过小柳不是"崔莺莺"，难道北村要讲述一个现代版的才子佳人故事？张生和小柳在去民政局领结婚证的路上，小柳突然反悔打退堂鼓，她的内心纠结，产生莫可名状的虚无感。张生懂哲学，经常与尼采、黑格尔等大师"神交"，面对小柳的不知所措，面对渐行渐远的爱情他竟然也无能为力。一个专门研究"生命意义"积极寻求"思想快乐"的哲学家在爱情的打击面前一蹶不振，故事就在"剪不断，理还乱"的情感纠葛和颓败的肉体、精神世界中戛然而止。小说留下很多空白，无须填满也无须旁注，故事本身连同若隐若现的"假设"故事模型一同自行瓦解。

吕成品的小说《进京》有意戏仿了古典小说的一些场景和人物：进京赶考的书生、神秘的算命先生、偶遇的表妹、悦来客栈等，是对古代才子邂逅佳人情节的戏仿。唐宋、秦少楼、刘青书三个文弱书生一同赶考，在客栈偶遇唐宋失散多年的表妹，表妹因家道中落而堕入青楼。唐宋担心其他二人中榜而自己落榜，表妹献身秦少楼使其染上花柳病，刘青书因腹泻不止也未能赶考，唐宋应验了算命先生的预言只身应考。作者刻意营造古典的意蕴和氛围，不过小说的题旨比较模糊，在小说的循环叙事中，人物的品质被模糊了，事件指向没有定性，传统意义上的才子佳人故事变成了莫名其妙的行为游戏。

刁斗和余华的同名小说《古典爱情》是对理想化的"古典爱情"的一次戏仿式消解。小说的背景设置在当下，一个叫田珉的姑娘一直向往古典式的纯洁爱情，她和主人公"我"约定，考不上大学就结婚，结果她顺利通过考试，结婚的事情一直被顺延到研究生毕业。田珉想把美妙的时刻留在三年后的夜晚，此时的"我"已经忍不住要打破这种约定，女孩的古典爱情梦破碎了。述平的《一张白纸可以画最新最美的图画》通过八个不同版本的叙事，讲述了一个毕业大学生的爱情故事。每一稿的故事都可以完全独立，但若综合起来这个爱情故事是充满矛盾冲突的，具有不确定性和极大的偶然性。这个小说戏仿了商品生产的流程，爱情故事也可以如商品般在流水线上被生产、制造、塑型，却丢失了爱情原本的纯粹与美好。在《季节之旅》中，西飐讲述了一个故事里的故事。主人公"我"是现实存在的层面，"我"创作出了两部小说，"秋"则是小说的男主人公，是虚构层面的人物，而"我"又为小说中的"秋"塑造出一个小说之外的现实伴侣"尤拉"。小说是典型的戏仿式元小说，具有很强烈的自反性，生活和爱情在这里变得恍惚迷离，一切自动消解掉了。

巴桥描写当代底层文人的小说《一起走过的日子》，存在对于古典小说才子邂逅佳人模式的戏仿，充斥着店家、奴家、客官一类"典型"场景。主人公巴乔是一个被城市边缘化的底层文人，靠编写电视剧本谋生，小晴是一个外来的三陪女，从"肉体"到"精神"都吸引了巴乔。小说挪用并杂糅了古典情节和都市生活的欲望和想象，消解了消费社会设定的生活图景。

3. 武侠小说

武侠小说是中国通俗小说中的一个重要类型，源头大致可以追溯到《史记》中的游侠列传、刺客列传。魏晋、六朝时盛行的神异、志怪小说中普遍存在的高超武艺和兵器，如《紫玉》中的仙术道法，《三王墓》中干将、莫邪神剑，或是稀世珍宝、灵丹妙药，在后来的武侠小说中都屡见不鲜。唐传奇中出现了《昆仑奴》《聂隐娘》这样的侠义故事，明代施耐庵的《水浒传》已经具有武侠小说的因素，清代石玉昆所著《三侠五义》是中国最早的古典长篇武侠小说。这类小说大都以义士、侠客等行走江湖的人作为主人公，讲述他们如何身怀绝技，路见不平、拔刀相助、劫富济贫、反抗权威的故事，奠定了后世武侠小说的基本形式及模式。20世纪初，西方思潮大量涌入，出版业空前繁荣，科举考试废除后，有更多的自由文人投身文学创作。武侠小说在二三十年代异军突起，有"南向北赵""北派五大家"之称的一批著名的武侠小说作家。20世纪中期后，香港、台湾的新派武侠小说繁荣发展，金庸、古龙、梁羽生都是其中的翘楚。

武侠故事中通常存在着一些重要情节，如血亲复仇故事、英雄主义情调、江湖交友义气，这些都可能成为小说戏仿的对象。

余华的《鲜血梅花》更多沿袭了父仇子报的血亲复仇故事模式。血亲复仇一般是讲述为至亲嫡系复仇的故事，其中尤以子报父仇最为常见，孩子通常是遗孤或者遗腹子。复仇故事一般有几个重要因素：仇恨的来源、复仇者、复仇对象以及复仇的过程和结果。在《射雕英雄传》里，成吉思汗攻打金国时活捉完颜洪烈，郭靖得以手刃杀父仇人。《神雕侠侣》中的杨过也是背负着替父亲杨康报仇的重担成长起来的。在复仇故事中，正义与邪恶往往是鲜明对立的，其是非、善恶非常明了。在小说《鲜血梅花》中，一代宗师阮进武十五年前死于两名武林黑道之手，留下一把沾染九十九朵鲜血梅花的祖传宝剑和一对孤儿寡母。十五年后，宗师羸弱不堪没有半点武艺的儿子阮海阔不得不给母亲留下遗言后背上梅花剑踏上漫漫复仇路。这仿佛是命运和他开的一个玩笑，阴差阳错走上这条未知路。因为无法断定杀害宗师的凶手，阮海阔只能向青云道长和白雨潇打听情况，后来得知杀父仇人异域三年前被两位大侠所杀。阮海阔顿时陷入宿命的迷茫中，他本来就没有《干将莫邪》中眉间尺的果敢决绝，没有鲁迅《铸剑》中宴之敖的强烈复仇使命，他动力不足，方向不明，最终陷入命运的怪圈。传统复仇故事中剑拔弩张的状态没有了，复仇者的仇恨来源并不明确，是家族和传统观念硬性附加上去的，因此仇恨并不是左右复仇者的唯一力量来源。阮海阔在得知仇人已死的状况下，陷入迷茫，复仇的主题被寻找所代替，复仇过程变成了漫无目的的"在路上"。

　　汪曾祺曾在40年代创作了小说《复仇》，沿用了传统的"遗腹子"故事模式。父亲被仇家所杀，临死前用血写下仇人的名字。母亲待儿子长到能够得着水井边的红花架时，在他的胳膊上刺青，刻上仇人的姓名。复仇者按理应该踏上复仇之路，小说呈现的却是他的旅途生涯。小说细致刻画了主人公在路途中、在寺院里的所见所感，有大量的内心独白描写。小说结尾，当主人公发现，正在开凿山洞的匠人手臂上刺着自己父亲的名字时，他终于意识到这是一个不断复仇的可怕循环，一切都将消耗在无止境的复仇中。他顿悟了，和仇人一起开凿绝壁，开掘新路。戏剧化的结尾实质上也否定了复仇的主题，而将小说意义引申到理性思考的层面。《鲜血梅花》和《复仇》沿用了传统的武侠小说模式，松动了武侠故事的各个环节，或将程式化的符号肢解成碎片，或转化为对生命意义的终极思考。

相比《鲜血梅花》，须兰的《少年英雄史》更多戏仿了传统武侠故事的符号意象和语言方式。《少年英雄史》具有强烈的元小说意味，小说中宝刀、烈马、古庙、道士、神秘的铜镜、波斯客商、西域女子、对峙的棋局等意象以及寻父和弑父的原型共同指涉武侠故事的叙述模式。小说是一个叙事迷宫，骑马少年冬子去寻找潘忠，潘忠忽而是他的仇人，忽而又是他的父亲，抑或是杀害他母亲的陌生人。其实"潘忠"在小说中只是个"符号"，指向虚无，没有了"潘忠"，也就不会有西域女子小朱那面"铜镜"中映射出来的多彩镜像，也就不会有少年冬子的"寻找"过程。小说没有最终的真相，少年、仇人都是子虚乌有，"我在你的记忆里只存活一次，随后便不知所终"，"我能给你看一面铜镜，你会看见我离去的背影"。① 迷离轻佻的口吻拆解了血亲、正义、道德、英勇等一切关乎武侠复仇的概念，一如西域女子的镜中之物，也许从来就没有发生过。须兰展示的不仅仅是某种后现代方式的文本操作手段，还有她精心编制的叙事迷宫，亦真亦幻，不可捉摸，小说在"虚"和"实"的不断转换间构成了戏仿故事形态。

李浩发表在《花城》上的小说《他人的江湖》是一部比较成功的武侠戏仿类小说，林平之、令狐冲、刘正风等人物的出现与金庸武侠小说《笑傲江湖》中的部分故事形成"互文"关系。这一短篇小说的情节结构组织严密，叙事技巧运用自如，表达了对存在和生命意义的深刻体验。

以上所论述的几类戏仿小说依托了公案侦探小说、才子佳人小说和武侠小说的程式，事实上，它们或可称为"反侦探"小说、"反才子佳人"小说和"反武侠"小说。这些小说有着共同的特点，它们大都通过遮蔽、颠倒、拆解传统小说套路中的诸多要素，如案发、侦探、受害者，才子、佳人、大团圆，宝刀、快马、复仇者这些传统要素或意向，被赋予了模糊的、不确定的、迟滞的因素，使读者感到既熟悉又陌生。

---

① 须兰：《少年英雄史》，《人民文学》1997年第4期。

读者的期望和设想往往受到逆转，导致经典小说所包含的理性诉求在这些戏仿小说中落空。经典小说模式中的线性叙事也遭到强烈质疑。

作家们"悬置"了历史，"掏空"了程式，切断了"链条"，躲在非现实的语境背后洞悉历史、人性或欲望。对这些传统文类程式化的戏仿，对"历史"保持特定的距离，对"历史"持有某种缄默或遗忘的态度，正是通向历史纵深处的有效途径。

二 经典叙述模式的戏仿

1. "革命+恋爱"模式

除了对文类的戏仿，有些小说故意指向了某些"经典"的叙述模式，比如"革命+恋爱"的小说叙事模式。王小波的《革命时期的爱情》、阎连科的《坚硬如水》都是借"恋爱"和"革命"的外衣对革命叙事与斗争进行想象性的戏仿与再现。"革命+恋爱"的小说创作模式最初是普罗小说的一种重要形态，20世纪20年代末到30年代初流行一时，因为存在人物脸谱化、叙述程式化等一些问题，被茅盾称为"革命与恋爱的公式"。这种类型的小说蕴含着丰富的历史内涵，它不是"才子佳人"小说与"革命小说"的简单相加，"叙事模式中特定的历史主体——革命的'知识阶级'则在性/政治的转换和张力中表现出两难且暧昧的精神特征"。[①]"十七年"文学中的部分创作也受到这种小说模式的影响，比如《青春之歌》《红旗谱》都涉及革命与爱情的关系问题。

王小波用叙述者和主人公王二的双重视角，以复调叙述的方式，再现了"革命"与"恋爱"复杂且畸形的关系。从某种意义上说，革命时期是一个无性的时代，革命的高亢热情掩盖住了身体本能的需求，即使爱情或性本能自然地萌发，在革命时代高压的气场和威慑力下，也只能结出怪诞的果实。《革命时期的爱情》穿插着几组不同的时空关系，王二与团支书X海鹰的关系最能体现"革命"与"爱情"关系的怪诞

---

① 贺桂梅：《性/政治的转换和张力——早期普罗小说中"革命+恋爱"模式解析》，《中国现代文学研究丛刊》2006年第5期。

性。豆腐厂的X海鹰利用团支书职位赋予她的政治权力，制造了帮教后进青年王二的机会，两人的性爱就在带有"革命"意味的背景下展开。X海鹰期待王二对她进行肉体上的暴力侵犯，以获得她鞭打王二时产生的精神和肉体的满足；王二作为流氓、后进生处于被规训、被惩罚的位置，他听从X海鹰的要求献身做了施虐者。政治权力关系与性爱就在受虐/施虐的对立关系中展开。被政治毒化了的性爱只是一种乌托邦式的精神幻想。王小波对革命与性爱的暴力书写，呈现出一幅幅狂欢的图景，既粗暴、残忍，又真实，且酣畅淋漓。一切政治的、文化的秩序被彻底打乱，历史也在不断地戏仿、反讽和亵渎中被肢解成纷扬的碎片。

《坚硬如水》基本沿用了"革命+恋爱"的小说模式，并就此展开了两条线索的叙述：一面是程岗镇如火如荼的革命进程，一面是复员军人高爱军与当地妇女夏红梅的情爱故事。阎连科将革命与情爱同时纳入"文化大革命"这一历史共同体中，使革命和个体的情爱、欲望产生了必然的因果联系。《坚硬如水》体现了"文化大革命"中个人的原始欲望与民族疯狂的集体记忆之间若隐若现的关系。恶魔性因素笼罩渗透进入"文化大革命"的大气候中，夏红梅是鼓励高爱军政治狂热的"恶魔"，慷慨高昂的革命歌曲是"恶魔"，两人疯狂地交媾更是患上了"革命狂魔症"。小说中，高爱军和夏红梅的性爱关系与革命的进行始终交织在一起，他们甚至伴随着高亢的革命歌曲释放燃烧激情，性欲的膨胀与革命的高涨已经很难分辨，高夏二人上演了一场"革命"般的"生死爱欲"。情爱与革命二者似乎有了共同的过程和目的指向，印证了福柯的"性关系与社会关系之间的同构原则"。[①] 无奈又滑稽的是，高爱军最终也没能通过性爱进入革命运动体系的内部，没有实现革命成功的目标，却逃脱不了死亡的命运。小说给荒诞的性爱披上了革命的外衣，革命在无稽中从圣坛跌落下来。小说对革命话语、革命歌曲的狂欢化戏仿将革命的意识消解殆尽，革命歌曲甚至沦为性爱春药，两人间的话语暴力肆意泛滥。小说中的狂欢化的戏仿更像是以一种滑稽的浮夸和

[①] ［法］米歇尔·福柯：《性经验史》，佘碧平译，上海人民出版社2000年版，第296页。

曲解模仿经典背后的叙事成规，原来叙事成规内部的意识形态密码就会由于不伦不类而显示出了可笑的效果，来自于文本内部的倾覆力量导致意识形态密码的自行瓦解。

2. "成长小说"模式

在西方文学史上，"成长小说"有明晰的概念和成熟的文本实践。艾布拉姆斯认为："这类小说的主题是主人公思想和性格的发展，叙述主人公从幼年开始经历的各种遭遇。主人公通常要经历一场精神上的危机，然后长大成人并认识到自己在人世间的位置和作用。"[①] 卢梭的《新艾洛伊斯》、歌德的《威廉·迈斯特的学习时代》、狄更斯的《大卫·科波菲尔》等都是主人公"成长"型小说的代表作。小说以个人的成长发展透视不同阶段社会的法则变化和价值，带有启蒙主义目的论的色彩。

余华的小说《兄弟》讲述了"文化大革命"时期，江南一个小镇上两个异姓兄弟李光头和宋钢的成长故事。两兄弟分别失去父亲和母亲，于是李兰和中学教师宋凡平组成再婚家庭。小说从李光头和宋钢的童年开始叙述，他们一同经历了"文化大革命"和改革开放等社会发展阶段，直到长大成人。就兄弟俩的"成长"历程来看，小说是一部关于"成长"的小说。相对于中国现代和当代文学史上如《青春之歌》《家》《财主的儿女们》《欧阳海之歌》等传统意义上的"成长"类型小说，《兄弟》不免是对"成长"概念和模式的一次滑稽戏仿和解构。

在中国现代文学史上，传统意义上的"成长"型小说一般都具备两个重要特点。一方面是青年主体克服父辈们身上的缺陷，并试图超越他们，带有某种"进化论"的色彩。《青春之歌》中的林道静勇敢逃婚，《家》中的觉慧勇敢走出封建大家庭，《财主的儿女们》中的蒋纯祖也是家族中的"叛逆者"。《兄弟》中的李光头却陷入了滑稽的命运"轮回"中，他父亲因为在女厕所偷窥失足落入粪池被淹死，少年李光头"继承"这一癖好，并在成年后仍然对性有一种畸形的爱好。另一

---

① ［美］M. H. 艾布拉姆斯：《欧美文学术语词典》，朱金鹏、朱荔译，北京大学出版社1990年版，第218页。

方面，个人的成长是在真实的历史时空中进行，是具有一定方向性、完整性的。金敬迈的《欧阳海之歌》里，欧阳海逐渐成长为一个具有伟大共产主义理想的战士，在危急时刻挺身而出，牺牲自己，保护了更多人的生命。英雄的"成长"总暗含一个从彷徨迷茫到思想行动坚定纯正的过程。李光头在经历了童年、少年的种种"不光彩"后，趁着经济改革的浪潮，投机倒把一夜暴富，陷入更深的物欲和色欲的旋涡中。宋钢下岗后不免为生计发愁，到处兜售人造处女膜、男性保健药丸，甚至为了推销丰胸乳霜自己披挂上阵做了韩国无痕丰胸手术。经历身心双重煎熬，林红依然离他而去，绝望的宋钢平静地卧轨自杀。李光头和宋钢的人生轨迹否定了"进化论"式的历史，陷入命运的循环或重复中，这不免是对成长概念的巨大反讽。

  性与爱情、死亡一般是成长小说的几个基本主题。性是个体成长中必然要面对的一个问题。李光头小时候曾撞见父母亲热，进入青春期，正值"文化大革命"时期，没有经过正确的教育和引导。他经常得意地宣布，"我的性欲来了"，无师自通找到一根电线杆自己解决。在他成年后，对性的态度非常霸道，不分时间、地点，并且是放纵式的滥交。李光头自15岁那年在女厕所偷窥了镇子上最美女人林红的屁股后，就喜欢上她。在他当上福利厂厂长后，对林红展开密集攻势，却遭遇了爱情滑铁卢，此后阴差阳错投身商业，戏剧化地成为成功人士。宋钢曾尝到爱情的滋味，他也试图通过各种努力带给林红富足的生活，几经失败不得不游街串巷，靠推销度日。死亡始终伴随着兄弟俩的成长。8岁时，父亲宋凡平陈尸街头，兄弟俩茫然无措；15岁时母亲李兰在医院平静离去，兄弟俩几近绝望；之后，宋钢的老地主爷爷自然老去，宋钢更多是漠然地接受；当李光头和林红亲热时得知宋钢的死讯，他感到从头到脚的悲凉。

  李光头少年在女公厕偷看女人屁股被揍的屈辱经历，或许是他成年后用镀金马桶也抹杀不掉的，隐藏在无意识深处的创伤只能通过异化的物质实体来表达。宋钢为了爱情、为了生计，在将乳房假体植入自己身体的瞬间，已经变成了一个荒诞的主体。李光头、宋钢的个人成长史也反映出了历史发展本身的错位与迷茫，他并不代表历史发展的总体趋势,但李光头代表的"混世主义"和"市侩哲学"以及所折射出来的精神、价值迷惘,却正在瓦解成长主体残存的主体性。

阿来的《格萨尔王传》是"重述神话"系列中的一部重要成果。小说是在历史故事基础上演绎而来的。格萨尔王是古代藏族人民的英雄,他降魔除害、造福百姓。格萨尔王的故事历经一千多年的口口相传,成为散发着神性光彩的藏族活史诗。阿来在面对这样宏大的历史题材时,试图通过戏仿式的虚构,将其变"轻",更加贴近生活,也更具阅读性。小说在一定程度上戏仿了英雄的成长模式,吸纳民间史诗的叙事模式,从天降神子、童年放逐、迅速崛起到建功立业、美人环绕,格萨尔王沿袭了英雄普遍的成长轨迹。小说在叙述中还引入说书人这条线索,生活在当代的藏族牧羊人晋美梦中偶得神授,一夜之间掌握说唱本领,游走四方,传唱格萨尔王的丰功伟绩。一边是史诗中的英雄神圣,一边是肉体凡胎的格萨尔王,格萨尔王的形象在虚幻和真实、历史和现实中游走,并与"当下"发生相关联,指向对人性悖谬的追问。

卫慧、棉棉等都市女性作家以"碎片化"的时间和"疼痛感"的私人体验描述着她们的成长主题。"成长"既是一个描述性的概念,也是一个动态发展的过程。但在卫慧、棉棉、陈染的小说中,"成长"的时间性被碎片化的叙事消解,小说中充满着各种张扬的情绪、私人化的体验,充斥着大量的诸如"疼痛""尖叫""欲望""性""体验"等感官体验词,由此直接进入人物在成长过程中的痛苦或者欢快的生命体验,呈现出矛盾的自我意识。棉棉的小说《糖》中,女孩的成长过程中隐藏着恋爱、酗酒、吸毒等私密故事,她以实际行动反抗所谓女性成长中的"矫揉造作",在真实的纠结与痛苦的造作中摇摆不定、心力交瘁。陈染《私人生活》中的倪拗拗活在孤独的青春里,她害怕男人、恐惧生活、畏惧时间,一旦触碰情感便会身陷其中,一旦失去精神寄托便坠入黑暗深渊。她对青春成长是抗拒的,完全活在自己的内心世界。卫慧的《上海宝贝》也是用"自我"和"身体"为女性的成长设置一个封闭的空间,现实生活成为一个虚无的存在,在这一过程中,时间的线性序列、空间的延伸性被割裂开来,时间空间的碎片折射出青春成长中的多种未知的可能,着实是对"成长"的普遍概念和过程的戏仿式书写。

3. "家族小说"模式

中国传统文化中"家国同构""家天下"的思想已经自然地融入日常的伦理道德和生活当中。以血亲关系为纽带而联结成的家族不仅构成社会的基本单位，同时形成了以家族的规范、制度及传承为约束力的人际交往关系及其文化形态。传统的家族小说一般是通过对家族中父子、夫妻、兄弟、母子等人伦关系的描写，反映家族的兴衰荣辱的过程，进而辐射出某一历史时期社会的人情世态。若从家族小说的角度而言，《红楼梦》达到了这类题材创作的巅峰。"五四"新文化运动时期，一些具有启蒙意识的知识分子纷纷将批判的矛头指向封建家族制度，巴金的《激流三部曲》、老舍的《四世同堂》、张恨水的《金粉世家》、路翎的《财主的儿女们》都或多或少体现了对家族伦理的质疑。新中国成立后，社会政治运动频仍，家族、宗族被视为封建余孽而被批判或清理。具有阶级性质的革命政治生活在一定程度上影响着家族小说的创作，家族小说不自觉地向革命历史叙述靠拢，欧阳山的《三家巷》、梁斌的《红旗谱》基本淡化了的血亲关系，而彰显了革命大家庭中的阶级情感。土改运动后，地主阶级及其家族势力彻底瓦解，新的社会制度建立，柳青的《创业史》、周立波的《山乡巨变》从一个侧面反映了新的社会制度下传统家庭改造过程中的复杂性。传统的家族小说关注个人和家族的命运，并从家族历史中开掘关于人性、生存的内涵，总体说来是从正统史学的视角进行叙述，家族历史基本遵循线性的叙事过程，因果链条也比较明确，家族历史的真实性毋庸置疑。

80年代后，家族小说主要立足作家的个人立场，他们试图通过对家族历史的重新书写，表达对人生和人性的理解。王安忆自称长篇小说《纪实与虚构》是"虚构"自己的小说。小说交代了"我"的叙述动机，因为"我"没有过去，只有现在，只有自己，"我"为了给自己的成长经历增加历史背景和注脚，便煞有介事地从其母亲的姓氏"茹"中上溯到塞北大漠中的柔然族，开始在发黄的历史中爬梳、考据并杜撰出一段子虚乌有的家族历史。两千多年前拓跋部落发生激烈的战争，后来突厥部落崛起，灭掉了柔然一族，一部分冒充蒙古族人的流民南迁至浙江，在绍兴寻找"茹家溇"，由此引发出宏大的家族神话。一方面，为了证明家族神话的真实性，叙述者引用大量的历史典籍资料佐证，"《嘉庆一统志》上说"，"《秘史》、《史籍》上这样写着"等话语充斥在叙述过程中，家族的发展历史全都在史书中得到印证，并且涉及真实的历史事件。另一方面，叙述者"我"又不断暴露虚构家族神话的过程，"我设想""我猜想"等主观臆想的话语不时出现，故意以轻佻的口吻拆解正在努力建构的家族神话。强烈的虚构性和真实的历史事件之间互相拆台，相互矛盾，历史变成任意拼贴和戏仿的片段，小说成为琳达·哈琴所说的"历史元小说"。它将历史知识和文学再现问题化，通过具体的文学实践彰显小说制造"事实"真相的过程。在推理、考古、论证家族历史的过程中，悬念迭起，作者王安忆坦言被这一过程深深吸引。这样的戏仿令我们怀疑历史的可信度，对虚构的行为进行纪实性的描写，制造又瓦解了一个似是而非的家族神话。

当传统家族小说的线性叙述被拆解得七零八落，当家族历史以别样的面貌呈现出来的时候，历史已经让位于叙述，等待叙述人任意地组织调遣。《丰乳肥臀》《旧址》《一九三四年的逃亡》等以家族叙事连缀历史的小说不免萦绕着戏仿的淡烟。莫言的《丰乳肥臀》以母亲上官鲁氏和她众多女儿女婿构成的庞大家族史为背景，从抗日战争时期一直叙述到改革开放以后。母亲上官鲁氏和瑞典牧师马洛亚生下唯一的儿子上官金童，又分别和其他人生下多名女儿。女儿女婿组成了庞大的家族，并和各种民间势力、社会组织，以及官方机构发生了枝枝蔓蔓的联系，以家族的兴衰荣辱反映中国几十年间政治气候的变迁。小说中不乏对《圣经》经典片段的戏仿，母亲上官鲁氏俨然圣母玛利亚转世，上官金童这个恋乳癖孩子的诞生戏仿了耶稣降生的片段，他窝囊无用，只会含着母亲的奶头，不能对家族做出贡献，更不能拯救世人于水火之中。家族中各种异己的力量不断争夺与厮杀，兵荒、战乱、颠沛流离，母亲独自承受孤独的痛苦，还要面对单传却如废人一般的儿子。小说以家族视角冲击正统史学，主流的线性叙事被拆解得支离破碎。李锐的《旧址》中，崛起于东汉时期的李氏家族，横亘百余代，经历数十次内乱以及外族入侵，始终屹立不倒，直到20世纪50年代因为发生重大转折，家族宣告解体。李氏家族纵横2000余年，我们面对发黄的历史典籍、面对口口相传的家族故事，才发现根本无力去印证它们的真实性，也无力看透历史的真相。这段家族历史在当下的叙述中，发生了动摇。苏童的《一九三四年的逃亡》以莫言"我爷爷""我奶奶"式的童年视角讲述祖父祖母辈"逃亡"的故事，"我"回归故乡枫杨树村探寻祖辈们逃亡的原因，却看到满目的野蛮和丑陋。作家完全暴露了整个创作过程，又力图在历史的空白处填充虚构的真实，这样的戏仿使人们开始质疑历史叙事的可信程度，于是，历史的传统意义遭到了动摇和消解。

第三节 历史、社会"大文本"

一 嬉戏历史：以刘震云《故乡相处流传》为例

如果说王小波在《青铜时代》中借台唱戏，将神奇瑰丽的唐人传奇和当代人生活中的命运遭际与心态处境加以游戏般的拼贴和交融，企图用自己的方式寻找和解码历史纵深处的"真实"，那么刘震云在《故乡相处流传》中则采取了另一种姿态，以世俗化、民间化的立场去观照历史，寻找另一种真实。二者不约而同地将笔触指向"历史"——这个中国传统中承载重要的文化和政治功能的宏大、权威意义范畴。20世纪90年代以来，刘震云、苏童、格非、叶兆言等一批"新历史主义"作家的崛起带来一种全新的历史观念，小说家们以个人的体验以及感性的文学表达融化并重构了以往被"固化"了的历史，他们以"戏仿"作为利器实现对传统经典和宏大历史叙事的反叛，同时以反讽的暧昧姿态来遮掩人生或世界的荒诞性和偶然性。

当作家们将戏仿指向历史文本的时候，历史的神圣与庄严受到了挑衅，历史庇佑下的历史话语同样面临威胁。戏仿的出现源于人们对历史有了进一步的认识：历史以及历史话语是被叙述出来的，并不代表绝对的客观与公正。对历史与社会"文本"的戏仿便体现出这种质疑：小说中的叙述者一方面煞有介事地旁征博引，或是进行历史考据，另一方面，叙述者又扮演万能的"上帝"角色，随意主宰并调动业已存在的历史故事、人物形象及其话语，表明了对历史的无情嘲弄。

刘震云从"新写实"的"生活"系列小说过渡到"故乡"系列的"历史"小说，表明了作家由写实主义开始走向写意化的寓言式写作。从《头人》《故乡天下黄花》《故乡相处流传》一直到耗时 8 年近两百万字的《故乡面和花朵》的问世，刘震云在写实与虚构、历史与现实、狂想和笃定中表达对历史和文化的深切思考和探索。《故乡天下黄花》从申村 7 位"头人"换代交替的漫长历史中透视权力意识对乡土社会中人与物的异化和压迫。《故乡面和花朵》在不断变更的叙述人称中，在双重时空的任意重叠、变换和对接中，在无限延异的话语叙述中放逐了意义本身，将历史强行拆解，又重新进行编码，凸显历史的荒谬可疑。其中，《故乡相处流传》在他的创作历程中有重要的意义，他自称是一次"战略性的转移"。[①] 这部小说对历史戏仿的痕迹相当明显。作者的写作出发点似乎成了有趣、好玩的游戏，几千年的中国历史变成"你方唱罢我登场"的一幕幕历史人物的反串滑稽闹剧，历史的线性序列、真实客观等因素在刻意的重复和循环中丧失殆尽。戏仿和反讽的叙述策略有意保持与历史的距离，隐藏了作者貌似冷眼旁观，实则沉重泣血的内在心态和真实况味。

《故乡相处流传》中戏仿叙述的艺术张力主要来自于历史时空交错化、历史人物降格化以及戏仿语言狂欢化。不同于李冯对单个前文本的戏仿、余华对某种文类的戏仿、王小波借助传奇故事的外壳对特定历史时期与意识形态的戏仿，刘震云这部小说将中国几千年的宏大历史作为戏仿的对象。小说选取四个不同历史时期的故事，东汉末年曹操袁绍的延津之战，明朝初期朱元璋迁徙民众，清末慈禧太后巡游和太平天国运动的失败以及新中国成立不久后的"大跃进"运动和自然灾害，等等。不过历史的线性发展序列和历史的整体性已经荡然无存，小说通过对历史时间和空间的交错倒置，通过穿越古今的人物对话，将历史发展阶段中的几个坐标式的事件杂陈于同一平面，模糊了时空界限。三国时期的曹操能与毛主席隔空对话，汉末的曹袁大战已经动用直升机这样的现代

[①] 周罡、刘震云：《在虚拟与真实间沉思——刘震云访谈录》，《小说评论》2002 年第 3 期。

武器，太平天国时期已经设置了诸如"选美办公室"等的政府机构，就连慈禧太后巡游也住着高级宾馆。小说甚至蔑视业已发生的历史，袁世凯操练新兵的场景被直接安排在一千多年前的曹魏时期，延津之战的起因仅是曹操和袁绍争抢一个沈姓小寡妇，历史被做了戏谑化、游戏化的滑稽处理，严肃的政治与儿戏等同，正如小说中朱元璋说："捉迷藏不也是玩猫腻儿吗？大人与小孩，政治与游戏，都是相同的。"作者俨然是一个历史的总调度师，随意而为，无所顾忌，在此过程中，历史已经丧失了本质化的时间性和空间性要素，小说戏仿了历史，也解构了历史。

《故乡相处流传》中历史成为任意被排序摆弄的棋子，小说中的人物已经彻底成为叙事符号。曹操、袁绍、朱元璋、慈禧太后等历史人物被"脱冕"得与普通人别无二致，曹丞相不过是一个有严重脚气并且流黄水又"屁声连连"的糟老头子，慈禧太后转世前不过是和穷人"六指"相好的"柿饼脸姑娘"，满脸麻子坑的太平天国大将陈玉成竟是小寡妇在瘟疫中所生，小说抹平了历史人物和普通民众之间的鸿沟，抹平了历史深度，形成了一个巨大的语境反讽场域，历史与人物在错位中要承受不小的语境压力。正如新批评理论家布鲁克斯认为的，反讽就是承担一定的语境压力，是"语境对一个陈述语的明显歪曲"。[①] 这种"明显歪曲"还集中体现在小说人物的语言方面，语言的戏仿直指权力话语本身，曹操满口粗俗脏话，却能熟练套用《哈姆雷特》中的经典名言，"活着还是死去，交战还是不交战，妈拉个×，成问题了哩！"[②] 袁绍深得马列主义精髓，声称要"具体事物具体分析"。叙述者"我"对于女性的"欣赏和使用"还停留在"十分浅层"的认识上，没有"整体的把握"，属于"温饱型"，沈姓小寡妇也许是"心灵美"呢。这些对严肃用语或经典语句的戏仿式挪用，文本中俯首皆是，貌似泛滥的狂欢化戏仿暗含社会批评的目的，拆穿了政治话语无数遍"重复"变成"真理"的荒唐逻辑和权力的暗箱运作过程。实质上，无论是刘震云的历史题材小说，抑或是反映社会生活的小说，"政治"是一个重

[①] 赵毅衡：《新批评文集》，中国社会科学出版社1988年版，第333页。
[②] 刘震云：《故乡相处流传》，人民文学出版社2009年版，第35页。

要的主题。刘震云的讽喻式写作，破译了中国生活"政治"。

在小说《故乡相处流传》中，历史的元叙事法则遭到了前所未有的危机和挑战，个人化的叙述成为作家的一种话语姿态，而这种话语姿态也不过是作者兴之所至的一场滑稽游戏，文本的意义连同话语的意义在轻佻饶舌的整体风格中堕入庸俗粗鄙的境地，流失了本质的意义。小说对大跨度的历史戏仿是一种深刻的悖论，它将历史连根拔起，颠覆了历史进程中的英雄、战争和人民，以及"历史进化论"，同时消解了戏仿自身，彻底暴露了历史的虚构性。小说借曹操之口说道："把庄严历史庸俗化。"同时感慨："历史是一笔糊涂账，真是难说。"

我们无法逼近终极意义上的历史真实，只有通过将"历史"变为寓言化的文本，在叙述中接近历史真实。小说《故乡天下黄花》中民国初年、抗日时期、土改及"文化大革命"时期的宏观历史叙述被"个人化"的草民视角取代，历史不过是权力轮回更替。小说的结尾：

  一年之后，村里死五人，伤一百□三人，赖和尚下台，卫东卫彪上台。卫东任支书。卫彪任革委会主任。……
  两年之后，卫东和卫彪闹矛盾。
  一年之后，卫东下台，卫彪上台。……
  "文化大革命"结束，卫彪、李葫芦下台。……一个叫秦正文的人上台。
  五年之后，群众闹事，死二人，伤五十五人，秦正文一下台，赵互助（赵刺猬儿子）上台。……①

这样的结尾耐人寻味，不仅是对历史文本的戏仿，更是对历史正义性和严肃性的嘲讽，历史不过是既有事实的重新演绎罢了。

二　历史重构：新历史主义小说中的"戏仿"

格非受博尔赫斯影响较大，小说《锦瑟》几乎可以看做博尔赫斯

---

① 刘震云：《故乡天下黄花》，人民文学出版社2009年版，第352页。

《圆形废墟》的中国式重写，小说在"梦中之梦"里展开，故事中那个叫"冯子存"的身份频换，从隐士、书生到商人、皇帝，他几度自杀或被他杀，历史在这里哑然失效，小说戏仿了历史，也颠覆了历史。小说《迷舟》将历史的宏大叙述置于非理性的轨道上，以战争和爱情为双线构造小说，但无论从哪条线索切入，故事结构总是不完整留有空缺。历史的整体性和确定性总是被个人的或偶然的事件所打破，历史变得不可靠，历史理性也自行解体。《大年》《青黄》《风琴》《敌人》等小说也基本延续了这种创作路径。小说《青黄》是在"寻找"的线索和框架中展开，"我"通过追寻消亡了的九姓渔户的妓女船队来寻找"青黄"一词的确切含义，但在此之前"青黄"可能是一个漂亮少妇的名字，也指代春夏之交的季节，抑或是一部记载九姓渔户妓女生活的编年史，"我"非但没有澄清一切，反倒将历史模糊了，消解了世界的终极意义。余华的《往事与刑法》《一九八六》等小说，都是通过对历史的戏仿和扭曲，嘲弄了历史的总体性、充足性。

赵毅衡在小说叙事学方面的介译与研究十分突出，90年代便出版《苦恼的叙述者》《当说者被说的时候》等叙事学著作。小说集《居士林的阿辽沙》的出版，可以看做他理论研究中的一次创作实践。其中《沙漠与沙》一篇彰显了叙述者强烈的自我暴露意识，关于马仲英、盛世才的历史记录模糊，亲历者封口，旧档案霉烂，俄国行未果，历史的斑驳混乱让真相无迹可寻。小说结尾，作者运用了元小说技法，在虚构中建构真实，历史和小说孰真孰假已无从分辨，其中的荒谬暴露无遗，历史的真实性和现实主义的成规宣告瓦解。

王安忆的《纪实与虚构》和《进江南记》两部小说更是无视历史学的权威，使叙事的真实代替了历史的真实。小说一面进行大范围的历史考据，一面又瓦解了被"虚构"的历史。《纪实与虚构》沿着与父权社会相悖的母系宗族姓氏追溯家族根源。《进江南记》引用《辍耕录》的一句话作为证据，叙述乃颜旧部进入江南的过程。不过两部小说都在后来的叙述中暴露了叙述者的游离、轻率的态度，历史"真实"笼罩在叙事"真实"的阴影下面，等待任性的叙述人调度。这样的戏仿终于使人们开始怀疑历史叙事的可信程度。历史在现实之中的传统意义遭到了动摇。当历史、文化、社会被视为一个超越了言语符号的"大文本"时，新历史主义小说对历史的颠覆就是一种更高层次的戏仿。李锐的《旧址》、莫言的《丰乳肥臀》都通过家族史来辐射宏大的历史，又将主流的历史叙事拆解殆尽。《故乡天下黄花》与《温故一九四二》便是民间视角对史官视角的挑战和冲击。

在此意义上，作家李洱的《花腔》也有戏仿的意味，小说的戏仿对象是正统严肃的历史学的学术方式。李洱运用仿史学、仿学究的方式力图用各种文献资料、口述史、访谈笔录等历史学方法来重现历史。《花腔》是一部关于主人公"葛任"（个人）的历史，这段历史在三个背景下被三个不同的人讲述，同时大量穿插着作者对每一段讲述的考证，对各种资料的搜集、考据以及旁征博引使小说看上去很像一部历史学领域中的学术著作。当然，这种故意模仿中带有一定的喜剧性因素，比如白圣韬医生的"粪便学"大有用途：猪粪止血，人粪化瘀，牛粪可以治小儿惊厥，李洱别出心裁地将陈旧古板的学术方式转化为特别的"知识型"叙述方式。韩少功的《马桥词典》、叶兆言的《关于厕所》，还有塞尔维亚作家米洛拉德·帕维奇的《哈扎尔辞典》也都或多或少体现了"百科全书"式的知识印记和文体越界及文体杂糅的现象。在日常叙事和个体经验占主流的文学时代，《花腔》《马桥词典》一类的小说显得比较"另类"，两部小说在仿史学、仿词典体的叙事中共同指向语言或曰叙述与真实的复杂关系，《马桥词典》进入语言世界寻找被遮蔽的生活或思维方式以及权力关系，《花腔》在不同的叙述口吻中淹没了真实，使历史产生了多种歧义而又疑窦丛生，小说对历史学学术化方式的戏仿正表现了对历史的质疑和批判态度。

戏仿是一个绝好的"踏板"，可以借助它自由穿梭在不同的时空当中，戏仿又是一个联结纽带，它站在地平线的位置，遥望这两边的世界，因而具有更加宽广的经验和视野。作家将我们带入"后现代"的某些情境之中进行佛克马所谓的"重新洗牌"，戏仿是他们消解历史的撒手锏，在此过程中他们也在努力"重塑真实"。借助戏仿，作家们轻松地绕过意识形态又能对其进行侧面的抨击，以驰骋的想象或话语的盛宴直逼美学上的极限。

第四节　戏仿文本的结构模式：
新"故事新编"

从古至今，中国和欧洲普遍存在着重写传统和重写现象，《三国演义》《水浒传》以及"嫦娥奔月""后羿射日"神话不断被重写，文艺复兴时期著名的小说《堂吉诃德》是对中世纪流行一时的骑士小说的重写，美国当代华裔女作家汤亭亭的《女勇士》《引路人孙行者：他的即兴曲》等小说是对花木兰、西游记等中国古典故事的"后现代式"重写。荷兰学者 D. 佛克马在研究了古今中外的重写现象后，力图建立"重写"理论，他认为："所谓重写（rewriting）并不是什么新时尚。它与一种技巧有关，这就是复述与变更。它复述早期的某个传统典型或者主题（或故事），那都是以前的作家们处理过的题材，只不过其中也暗含着某些变化的因素——比如删削，添加，变更——这是使得新文本之为独立的创作，并区别于'前文本'（pretext）或潜文本（hypotext）的保证。"① 佛克马的研究立足中西文化中的重写现象和文本自身，从重写产生的"文本间性"、重写的主体职责表达等角度指出重写在跨文化交流中的重要伦理责任。

佛克马以文学内部研究的思路抵抗社会、思想或其他艺术领域的外部研究。加拿大女学者琳达·哈琴主要从戏仿、反讽、女性主义等角度研究后现代主义中的一些重写现象，这种研究思路被国内学者借鉴，用以审视当前的文学创作。② 国内有学者从重写角度研究中国小说形态，相关的著作有黄大宏的《唐代小说重写研究》，祝宇红的《"故"事如

---

① ［荷兰］D. 佛克马：《中国与欧洲传统中的重写方式》，范智红译，《文学评论》1999年第6期。
② 王爱松：《重写与戏仿：九十年代小说创作的新趋势》，《首都师范大学学报》2001年第1期；路文彬：《游戏历史的恶作剧——从反讽和戏仿看"新历史主义小说"的后现代性写作》，《中国文化研究》2001年第2期；王洪岳：《论当代文学对传统文本的戏仿》，《浙江社会科学》2009年第4期。

何"新"编——论中国现代"重写型"小说》,① 显示出研究者对于重写理论极大的建构和实践热情。李建军的著作《时代及其文学的敌人》②中,"改写的难度"一章对当下文学创作中的一些重写现象进行了反思和展望。

  戏仿、仿作、改写、复制都是重写的一种表现形式,"重写"体现了人类普遍倾向于通过借鉴已有文学、文化资源进行再创造的思维习惯和实践方式,这是西方理论界的一种提法。事实上,历史的书写或叙述中多多少少都有重写或改编的成分,而对于重写或改编的自觉意识应该给予研究和关注。

  鲁迅的《故事新编》从某种意义上说是一种"深刻"的重写,语言和文本层面都体现了一定的戏仿性,具有难以超越的独异性和思想性。普实克曾在《鲁迅》一篇短文中给予《故事新编》很高评价,认为"鲁迅的作品是一种极为杰出的典范,说明现代美学准则如何丰富了本国文学的传统原则,并产生了一种新的结合体。这种手法在鲁迅以其新的、现代手法处理历史题材的《故事新编》中反映出来"。③ 茅盾将《故事新编》的叙事方法归纳为"用现代眼光去解释古事","借古事的躯壳来激发现代人之所应憎与应爱,乃至将古代和现代错综交融"。④ 这是一种旧事新编和新事旧讲的叙述策略,晚清民初之际,吴研人的《新石头记》、陆士谔的《新三国》也都是对旧故事的翻新和重构。20世纪二三十年代,小说中的故事重写现象比较常见,如郭沫若的《楚霸王自杀》、冯至的《伍子胥》、施蛰存的《将军底头》、茅盾的《大泽乡》等,这类小说大都是历史题材小说。鲁迅的《故事新编》超越了同类型的小说而具有"先锋"的色彩,除了承袭和加强先前这类小说的讽喻性,更多融入了作家的主体精神和文化批判。三四十年代,聂绀弩、郑振铎、秦牧等人刻意模仿《故事新编》的写法,谭正

---

  ① 黄大宏:《唐代小说重写研究》,重庆出版社2005年版;祝宇红:《"故"事如何"新"编——论中国现代"重写型"小说》,北京大学出版社2010年版。
  ② 李建军:《时代及其文学的敌人》,工人出版社2004年版。
  ③ 西北大学鲁迅研究室:《鲁迅研究年刊》,陕西人民出版社1979年版,第572页。
  ④ 查国华、杨美兰:《茅盾论鲁迅》,山东人民出版社1982年版,第40页。

壁的小说集取名为《拟故事新编》，端木蕻良的《步飞烟》标注为"故事新编之一"。近期对于《故事新编》的相关研究突破了以往的讽刺小说或历史小说的框架，把研究重点放在《故事新编》的文体层面，有学者认为其是"文体越界"或者"反文体"的现代"奇书"，[①] 也有学者结合《故事新编》的文体特征以及历史上和当代文学中相关类型的小说创作，总结定义出来一种次文类"故事新编（体）小说"，"是指以小说的形式对古代历史文献、神话、传说、典籍、人物等进行的有意识的改编、重整抑或再写"。[②] "故事新编"的说法是鲁迅的创造性发明，当代小说一些文类中存在的"故事新编"的现象姑且可以称为"新"故事新编模式，涉及历史小说、武侠小说、神话传说、传奇故事等不同文类。戏仿小说基本上是在"故事新编"的基础上增加了戏谑、反讽、消解的意味。几乎所有的戏仿小说都笼罩在"故事新编"的模式之下，这些创作无外乎都是旧瓶装新酒式的再度创作。相对于西方的重写理论，"故事新编小说"更突显出中国本土化的文本特色和理论原则，重写是就前文本和重写文本关系角度而言，"故事新编小说"则是从文体或文类发展角度来界定的，二者的指向基本是一致的。

热奈特认为："人类在不断发掘新的意义，却不能永远发明新的形式，所以有的时候，不得不赋予旧的形式以新的意义。"[③] 新"故事新编"小说文体就是在旧形式中积极探寻新的意义，我们不妨将戏仿看作是"故事新编"文体下的一类次生文体。"故事新编"模式下的戏仿文体显露出来的文体特征，其一是古今杂陈、时空交错，甚至是天马行空、任意拼贴的叙事特点；其二是反讽策略的运用，戏仿和反讽是血脉相连的，脱离了反讽意义的戏仿就是被割断血脉的纯粹形式；其三是戏仿小说对于历史的态度，戏仿小说通常将历史做滑稽化和游戏化的

[①] 郑家建：《历史向自由的诗意敞开——〈故事新编〉诗学研究》，上海三联书店2005年版，第92页。

[②] 朱崇科：《张力的狂欢——论鲁迅及其来者之故事新编小说中的主体介入》，上海三联书店2006年版，第1页。

[③] ［法］蒂费纳·萨莫瓦约：《互文性研究》，邵炜译，天津人民出版社2002年版，第114页。

戏仿文体虽然呈现一定的鲜明特色，但往往过犹不及，也暴露一些问题。我们可以将《故事新编》的戏仿、杂文化视为一种别致的讽刺叙事，作为一种讽刺策略的戏仿是有明确目的、有线索可循的，在一定程度上是稳定的。《故事新编》体现出来的"稳定讽刺"融入了思想、文化和美感等多重因素在内。当下的部分创作已然没有《故事新编》中的"稳定反讽"，而是趋向不稳定的反讽。李欧梵曾指出："在现代文学史上，许多作家借着'文化资本'的掌握，分成英文团体、法德文团体、日文团体，对翻译和仿写十分痴迷。"① 他本人也有兴趣一试"仿写"，20世纪末他创作的《范柳原忏情录》就是张爱玲名著《倾城之恋》的续写小说，小说是后现代式的一个戏仿文本。按照詹明信所说的"戏仿、拼贴、怀旧"等特征，小说都能具备。李欧梵危险的"续貂"行为给忏悔录这一文体带来直接的危机。这种文类"杂交"所孕育出的"后现代"笔法，就是一种虚构的"互文性"。小说《范柳原忏情录》的叙事充满了矛盾和暧昧，通篇充斥着范柳原的妄想和呓语。如果说小说构成了对《倾城之恋》的反讽式戏仿，那么我们并不能清晰地找到这种反讽的来源和指向，反讽的模糊化削弱了作品的思想和艺术力量，为了戏仿而戏仿的小说或许只能作为前文本的幻影而存在。

鲁迅的《故事新编》包含历史小说的成分，但并非要依附历史或复述历史，他将古今的历史利用智慧和策略巧妙地沟通圆融在一起，利用写作这面镜子，从不可逆的时空中抽身出来，观照人生和世界的存在状态和存在意义。《故事新编》中的戏仿无论是语言修辞层面的，还是文本叙述层面的，都是作家主体经验结构和所处的历史时期的一种精神折射。部分以历史为题材的戏仿小说在历史正义之名的掩盖下有"去历史化""去深度模式"的重写倾向。文学与历史的关系向来复杂，文学中的时间、空间都负载并体现了一定的历史意识。新历史主义小说中常用戏仿手段将小说的"历史意识"割裂开来，历史成了一堆任人挑

---

① 李欧梵：《上海摩登——一种新都市文化在中国》，北京大学出版社2001年版，第144页。

拣拼贴的材料和片段，过甚的古今杂糅、时空转换处理容易造成文本的平面化和简单化，文本的历史与现实的过度分裂使历史的缝隙中填满荒诞和滑稽的泡沫，对于历史的"嬉戏"态度造成了"历史意识"的缺失。借助戏仿小说完成了对线性的时间序列、变化中的历史境遇与空间位移及历史观、英雄观等观念和价值原则的拆解。值得深思的是，在戏仿文体发展中，"破"总是大于"立"，能像《故事新编》一样建立新的世界观念和价值原则的作品并不多见。

作为一种重写或"故事新编"的戏仿文体，未来要发展或突破自身局限的话，首先要承担起创作主体的职责，如佛克马指出的，"重写则预设了一个强有力的主体的存在。重写表达了写作主体的职责。在我看来，重写是这样一个词语，它比文本间性更精确地表达出当下的写作情境"。[①] 不能使戏仿流于嬉戏打趣和前文本的影子之中，要融入主体的思想精神和文化批评功能。其次，避免走入"泛讽"的歧途，一味的解构和讽刺构筑起来的不过是精神的废墟。最后，历史是刺激文学发展的生长点，既要尊重也要把握，如何处理重写与戏仿中对待历史的态度，是今后戏仿文体发展要解决的问题。

[①] ［荷兰］D. 佛克马：《中国与欧洲传统中的重写方式》，范智红译，《文学评论》1999年第6期。

第四章　文化视野中的戏仿艺术

　　戏仿与大众文化的关系并不是简单的对抗或者顺从关系，戏仿有时候又会迎合大众文化的需求，亦会不自觉流露一定的批评和讽喻态度，因此戏仿与大众文化的关系是暧昧与多义的。在大众文化中，对"红色经典"的戏仿构成一股显在的潮流，其中小说《沙家浜》是一个经典个案，集中折射出"红色经典"在改编和再造过程中遇到的问题。戏仿在大众文化中找到了广阔的发展空间，并呈现出图像化、多元化和娱乐化等显著特点，亦显示出种种蜕变征兆，面临自身发展的困境与危机。戏仿是联结日常生活、民间意识形态和主流意识形态的一座"浮桥"，它模糊了界限、取消了等级，既是文本的一种生存策略，又是文化矛盾的一种集中体现。

第一节　"红色经典"中的戏仿：
以小说《沙家浜》为例

　　当代的革命/政治文化一直是被戏仿的重要对象，样板戏又是特定历史时期革命政治文化的集中体现，样板戏时常成为被戏仿、重写的对象。水杯子的小说《样板戏之宝黛相会》就直接拿样板戏和经典名著"开涮"。焦大因祖上有田地雇过短工，家庭"成分"有问题而被"荣国府居委会"的贾母、王熙凤、司棋等一干人批斗，滑稽再现了"文化大革命"时期的批斗场景。2004年，薛荣的小说《沙家浜》一经面世，引起轩然大波。小说对于"红色经典"——京剧样板戏《沙家浜》

的戏仿和改写成为"去经典化"的一个特殊的案例，并且集中折射出"红色经典"在改编和再造过程中遇到的问题。

一 "沙家浜"故事版本沿革背后

一个基本的故事原型，三个时代语境中的不同版本。从五六十年代的革命话剧《芦荡火种》，到"文化大革命"时期根据政治需要改编成的京剧样板戏《沙家浜》，再到新世纪初期的戏仿小说《沙家浜》，不同版本不断重述的"沙家浜"故事经历了革命时代到后革命时代语境的复杂转换，体现了"革命叙事"范式在不同语境中有效和失效的过程。"沙家浜"已经不完全局限于革命话剧或京剧样板戏的范畴或是"革命精神圣地"的代名词而逐渐演变成一种"沙家浜"文化。沙家浜故事版本的变迁反映了阶级语境到消费语境的转换，体现了文学中存在着对"革命文化"的戏仿态度和实践，同时折射出"红色经典"在改编和再造过程中存在的诸多问题。

1. 从"革命逻辑"到"消费逻辑"

浙江省作协主办的文学刊物《江南》在 2003 年第 1 期刊发了青年作家薛荣的中篇小说《沙家浜》，这是一部典型的戏仿之作，"前文本"正是五六十年代家喻户晓的革命话剧《芦荡火种》①和"文化大革命"期间由此改编的革命样板戏《沙家浜》。小说中人物的名字除了刁德一被换成许三爷，沙奶奶换成了阿庆，其余人物都和京剧《沙家浜》一样。世俗化洪流吞噬了"革命"的正义与神圣，小说被改编得面目全非——女性主人公阿庆嫂变成红颜祸水式的人物，三个主要男性角色，新四军指导员郭建光从"高、大、全"式的典型人物沦落为"叭儿狗"式的怯懦鬼，并与阿庆嫂有暧昧关系；伪军司令胡传魁摇身一变成为具有侠气仗义的民间英雄，阿庆嫂心甘情愿做他的姘头；阿庆像武大郎般猥琐憨实忍气吞声，阴差阳错地完成任务却壮烈牺牲。

革命历史变成上演情欲纠葛的大背景，小说对于曾是我们民族精神

---

① 1960 年 1 月，文牧编剧的反映新四军抗日的现代沪剧《芦荡火种》在上海人民沪剧院上演。该剧原名"碧水红旗"，后改名为"芦荡火种"。

建构的作品随意解构和戏仿的行为一石激起千层浪，批评声不绝于耳，作者为自己的创作初衷辩解："京剧《沙家浜》给我的总体感受就是一个女人与三个男人的关系。在以前的创作中，这种关系表现为严肃关系，而在现实生活中，只有这种关系是不正常的，还应该有夫妻关系以及另外的人性化的关系。"① 作者也极力撇清与现代京剧《沙家浜》的关系，声明小说只有背景和人物与原作相关，其余并无联系，认为不要以政治眼光看待今天的文学作品，《江南》的主编和小说的责任编辑都为小说辩白，认为这不过是一个实验性的文艺创作。令所有人始料未及的是，小说《沙家浜》已经由一个单纯文学问题或文学批评问题演变成一场社会文化大讨论，上纲上线到了法律和政治高度，涉及原作的著作权知识权、沙家浜人民的名誉权、《江南》杂志的侵权、文学的道德、社会文化的病态等诸多问题。迫于各界舆论压力，《江南》杂志社不得不收回刊印有小说《沙家浜》的所有杂志，并封存未售的杂志，在杭州公开赔礼道歉，相关人员受到处罚。小说《沙家浜》因此成为当年的热点文化事件之一。

  对于文学作品应回归文学的立场和标准来考量，小说《沙家浜》及其文化意义只有在文学的标准下才能得到客观和公允的评判。小说《沙家浜》是90年代以来大众文化背景下市场经济催生的"消费型"叙事文本，读者消费的是作为女人的阿庆嫂和作为男人的阿庆、胡传魁、郭建光四人之间的多角关系，"高、大、全"的革命神话被改造成为"物质""欲望"裹挟下的"一夜性"。小说《沙家浜》彻底脱离了京剧《沙家浜》的母体，脱离了革命逻辑的一重"媚俗"复又陷入消费逻辑的另一重"媚俗"当中，成为世俗化的阅读消费品。"如果说，经典体系对于僵固的模式怀有高度的戒备和厌恶，那么，大众文学却常常利用这些模式将人们所关注的材料组织成熟悉的故事。这些文学模式的风行可以追溯人们的无意识心理，性和暴力的冲突可能是某种重要的添加剂。"② 小说戏仿了革命故事，将意识形态革命历史本身物化为商

---

① 甘险峰：《新编小说〈沙家浜〉引起争议》，《深圳晚报》2003年2月27日。
② 南帆：《文本生产与意识形态》，暨南大学出版社2003年版，第248页。

品消费的一部分。陈思和在研究民间文化形态与政治意识形态之间的关系时指出:"当代文学创作中的民间隐形结构在五六十年代的文学创作里,我们可以看到一个相当有趣的现象,即政治意识形态对民间文化形态进行改造和利用的结果,仅仅在文本的显形结构中获得了胜利,(即故事内容),但在隐形结构(即艺术审美精神)上依然服从了民间的意识的摆布。"① 比如样板戏《沙家浜》中的一女三男的民间故事模式能衍生出多种故事,格非的《半夜鸡叫》戏仿了民间老丈人挑女婿的故事(老丈人大寿时,分别让三个准女婿讲故事来考察他们)。小说《沙家浜》戏仿"红色经典"故事,衍生出一女三男的三角关系,小说惹来众议无疑是大众文化形态和政治意识形态之间微妙的亲和疏离关系的结果,即使我们强调《沙家浜》个案应从文学自身角度来评判,也无法割裂文学与政治意识形态、民族文化心理的密切关系。

2. 从"阶级"人性到"肉欲"人性

自20世纪90年代以来,"后革命时代"或"后革命氛围"的说法频繁在各种论著或论文中出现,但并不意味着这一概念是不言自明的。"后革命"在王蒙那里变成了俏皮感性的幽默话语,他有感于新一代作家的写作风格,"他们后革命。(这里的革命指狭义的夺取政权的斗争,不是指蓝吉列剃须刀片之类的革命性含义。)后抗美援朝。后中苏友好也后反修防修。……后文革也后学潮……"② 关于"后革命"的核心理论较为权威的理论来源是美国批评家德里克的《后革命氛围》一书,德里克认为当今的后殖民主义回避革命,不算革命也不算反革命,因此命名为"后革命",有"以后"和"反对"双重意义。③ 由于中西意识形态、理论背景等方面存在差异,"后革命"的理论被修正为适用于概括中国阶级斗争结束后的社会和文化转型的有效概念,尤其是90年以后,社会文化语境更加宽松和自由,当然也更为复杂一些。对"后革

---

① 陈思和:《民间的沉浮:从抗战到文革文学史的一个尝试性解释》,《上海文学》1994年第1期。
② 王蒙:《后的以后是小说》,《读书》1995年第3期。
③ [美]阿里夫·德里克:《后革命氛围》,王宁等译,中国社会科学出版社1999年版,第83页。

命时期"的"革命文化"有学者这样描述:"后革命时期延续了革命时期建立的基本政体和国体,但是放弃了革命时期的高度政治动员、单一的计划经济模式以及禁欲主义的意识形态。在这样的语境中出现的'革命文化'当然不可能是原来革命文化的简单复兴,也不可能是对于革命文化的严肃理性的批判颠覆,而只能是对革命文化的改写、挪用。"[1] 20世纪90年代以来,对革命文化的改写、戏仿、挪用的现象比较普遍,革命时期的文化符号经常被以政治波普的形象示人,无法改变被调侃、谐谑、拼贴甚至消解颠覆的命运。

王朔对于"革命文化"的调侃最为典型,他的"痞子文学"对革命文化是一种大不敬的戏仿态度,通常是滑稽模仿革命话语,将其误植于日常化、世俗化的语境中,由玩世不恭的"痞子""顽主"之口表达出来,令革命话语自行失效。说王朔是一个"文化商人"一点不为过,他既能不失分寸地调侃革命文化不触及实质来取悦大众,又能与政治文化保持安全距离充分把革命文化资源转化为商业价值,他游走在革命政治和商业文化的缝隙中并能平衡二者的关系。

小说《沙家浜》的作者薛荣从"人性"出发,以革命样板戏的故事为底本对"革命文化"进行再度书写,不过他的"戏仿"却没有王朔"双赢"的效果,反倒成为众矢之的,小说显然触及了"革命历史"中的某块禁地。虽然"沙家浜"发生的革命历史故事是被虚构美化出来的,但并不妨碍它成为全民族的革命集体记忆并且承载着重要的意识形态功能。王朔的聪明之处在于他指向了"泛意识形态"而非某个具体的革命记忆或政治事件,他借凡俗人之口仿用、戏用了革命话语,避免了直接的冒犯。王小波、刘震云小说中的"戏仿"指向大的历史或者意识形态本身,是"泛历史"文本。无论是"泛意识形态"抑或"泛历史"文本,都是"务虚"而非"落实"的,有"能指"而没有确切"所指"。

"文化大革命"的记忆在王小波的创作中不是冰冷残酷的,而是荒诞狂欢的,《黄金时代》《革命时期的爱情》等小说大量充斥的"性"爱描写承载了不能言说之痛。王小波认为,"'性'是一个人隐藏最多

---

[1] 陶东风:《当代中国文艺思潮与文化热点》,北京大学出版社2008年版,第198页。

的东西，是透视灵魂的真正窗口"。①"文化大革命"的历史就在"性"与爱的喷涌激荡中被无形地遮蔽，潜隐在无意识的更深处，这既是对文化禁忌的有效规避，也刻意保持了与"文化大革命"记忆的心理距离。小说《沙家浜》的作者薛荣大概不满于革命时代某些小说中对于男女关系过于严肃、革命化的描写，爱情、婚姻、血缘关系被淡化的情况，他宣称要从"人性"出发。卡西尔指出："如果'人性'这个词指称着任何什么东西的话，那么它就指称着：尽管在它的各种形式中存在着一切的差别和对立，然而所有这些形式都是在向着一个共同目标而努力工作，这个'共同目标'就是：创造人自己的历史，创造一个'文化的世界'！"②在卡西尔看来真正的人性不是实体性的，而是人类无限的创造性活动。那么处在"文化世界"中的人性应当是丰富的、立体的，既有历史感又富有文化感，而非平面化、概念化的。

在革命样板戏《沙家浜》中，革命话语体系被革命语境的政治权力收编，在严肃的阶级语境中，任何与人性有关的爱情、家庭相关的个人话语和情感需要接受"革命"检验。在沪剧的版本中，阿庆嫂的丈夫已经被组织派去了上海，成为一个空洞的符号。在京剧故事中，阿庆嫂的内心被革命任务填满，没有留给丈夫一点情感空间。这样的无产阶级人性是超越自然人性的，一如《红灯记》中的铁梅，是烈士遗孤，收养她的李玉和、李奶奶与她没有血缘关系，家庭、血缘关系被生生切断。现在来看，这是人性与革命的互相抵牾，但在当时的革命语境中，却是合目的的历史叙述。

小说《沙家浜》中体现的"人性"单一到基本等同于男女间的爱欲情欲。阿庆嫂经营的春来茶馆成了藏污纳垢之处，对帅气的郭建光和莽汉般的胡传魁迎来送往，她的不能生育恰恰成了为阿庆繁衍子嗣的借口，周旋于几个男人之间以弥补在丈夫阿庆身上找不到的情欲满足。我们在小说中丝毫没有感受到战争的紧迫感和沉重感，人物和故事基本游离在战争情境之外。尤凤伟的战争三部曲《生存》《生命通道》《五月

---

① 艾小明、李银河：《浪漫骑士——记忆王小波》，中国青年出版社1997年版，第214页。
② ［德］斯特恩·卡西尔：《人论》，甘阳译，上海译文出版社1985年版，第6—7页。

乡战》深入挖掘了战争宏大叙事掩盖下的真实人性。《生命通道》中的苏原医生为父亲奔丧时落入敌手，求生的欲望和知识分子的良知让他一度陷入痛苦的挣扎，他最终在日伪军医的帮助下找到一条既能救助他人生命又能拯救自己灵魂的"生命通道"。这样的人性才是丰富的、真实的，革命战争因这样的人性更加富有质感、更充分和完善。

如果没有革命京剧样板戏《沙家浜》的广泛而深入的影响，那么纵使小说《沙家浜》复制了沙家浜的人物和环境，也不会激起读者、批评界的巨大反响。"沙家浜"文化或"沙家浜"记忆已经渗透时代历经者的个体历史、情感经验，小说《沙家浜》无疑是对阅读者沉淀下来的经验和情感的一次反叛和涂抹。读者面对如此熟悉又陌生化的故事会有一种复杂的心理感受，这也是戏仿带给读者的心理参与及接受活动。问题的关键不在于小说是否借用了京剧《沙家浜》的人物姓名，而在于作者的真实意图，是"戏说"历史，是利用广为人知的人物形象去博人眼球还是不负责任地混淆视听？具有讽刺意味的是作者本人都无法逃脱京剧《沙家浜》在无意识层面的影响，尽管他一再声称与原作无关。《沙家浜》是一个"冒牌"的革命历史小说，革命无迹可寻，英雄业已颠覆，人民的力量化为乌有，虽然我们并不否认革命历史的多样性，但是文学也绝不是简单的娱乐工具。小说中的革命及革命话语已然失效，"人性"不过是"人欲"的代名词，上演了一出"后革命氛围"中戏仿历史的"革命秀"。阿庆嫂、郭建光、胡传魁等"真实"人物的在场似乎证明、落实了革命历史的在场，小说因此获得一种确切的所指，指向了"真实"的革命历史和革命记忆本身，它触碰了大众的革命情感底线，触痛了革命精神的中枢神经，《沙家浜》遭受诘难在所难免。小说《沙家浜》是一个典型个案，它从"革命逻辑"走入"消费逻辑"，从政治改编走向无节制的戏仿。"红色经典"该走向何处，"文化"资源当如何合理利用，戏仿的底线和边界何在，这是当下创作者和研究者需要深入思考的。

二 从"沙家浜"看"红色经典"的改编与再造

"红色经典"是一个新近的词，大约出现在90年代中后期，学界对其内涵和外延的界定存在一定争议。一般认为"三红一创，山青保林"①八部革命历史小说是正宗的"红色经典"。1997年，人民文学出版社出版发行了一套"红色经典丛书"，该丛书选取了五六十年代10部反映重大革命历史题材的长篇小说，有《青春之歌》《红旗谱》《平原枪声》《保卫延安》《林海雪原》《野火春风斗古城》等。这套"红色经典丛书"基本上成为后来"红色经典"说法的滥觞。经典建构往往"意味着那些文学形式和作品，被一种文化的主流圈子接受而合法化，并且其引人注目的作品，被此共同体保存为历史传统的一部分"。②

当"经典"遇到"红色"那种特定的政治文化背景，两个概念范畴相互联结，一个新的概念随即产生。狭义的"红色经典"基本成了"三红一创，青山保林"这一类"革命历史小说"的代名词，黄子平认为："这些作品在既定意识形态的规限内讲述既定的历史题材，以达成既定的意识形态目的：它们承担了将刚刚过去的'革命历史'经典化的功能。"③"红色经典"作为"经典"也有一个历史化的过程，同时也"是中国近半个世纪的文化生产，是革命文化领导权（或文化霸权）建构的核心部分"。④ 红色经典可能在艺术技巧和表现手法上没有能够达到古典名著的水平，但是它们建立了具有现代史诗品格的文学范式，总体而言比较充分地反映了中国新民主主义时期的风云壮阔的历史场景。作品普遍具有宏大的结构和容量，丰富拓展了文学的表现内容和方式，也为后来的文学探索与创作提供了可以深化的路径。

从20世纪二三十年代的"革命文学"到40年代的延安文学，从新中国成立后的"十七年"文学，再到"文化大革命"时期的样板戏等，无产阶级的文化生产实践本身已经构成中国现代化进程中的新"经典"。随着一些"红色"题材的电影、电视剧的热播，革命题材文学、

---

① 吴强《红日》（1954），罗广斌、杨益言《红岩》（1961），梁斌《红旗谱》（1957），杨沫《青春之歌》（1958），周立波《山乡巨变》（1960），杜鹏程《保卫延安》（1958），曲波《林海雪原》（1957），柳青《创业史》（1959）。
② ［加］斯蒂文·托托西：《文学研究的合法化》，马瑞奇译，北京大学出版社1997年版，第43页。
③ 黄子平：《"灰阑"中的叙述》，上海文艺出版社2001年版，第2页。
④ 刘康：《在全球化时代"再造红色经典"》，《中国比较文学》2003年第1期。

文艺作品的再版重印（如《野火春风斗古城》《敌后武工队》《铁道游击队》等一批革命历史题材小说），"红色经典"概念已经泛化，无产阶级革命家的传记（如邓小平逝世100周年各种纪念书籍）、革命歌曲（如《红太阳》《南泥湾》），甚至一些披上"红色"的舞蹈、绘画作品都被纳入"红色经典"范畴。本书在"红色经典"是革命时代产生的、反映重大革命历史、赞颂革命精神的文艺作品的概念界定中讨论"红色经典"改编与再造问题。

《芦荡火种》《白毛女》《红灯记》等戏剧先后应政治需要被改编成样板戏，"样板"代替了"经典""范本"的概念，有可供模仿、复制的含义，可"复制化"是"文化大革命"激进文艺的一个"大众文化"性质的表现特征。[1] 如果说样板戏《沙家浜》是对沪剧《芦荡火种》的一次"经典"复制，那么新世纪初，小说《沙家浜》就是在大众文化背景下对"革命红色经典"的戏仿式"复制"。两个版本的"沙家浜"故事发生的语境截然不同。样板戏《沙家浜》在政治和革命的"规训"下，关于爱情、家庭等的母题被政治和革命代偿，以至于处在"缺席"的状态。沪剧《芦荡火种》中，阿庆嫂的丈夫阿庆被"派遣"去了上海，样板戏《沙家浜》里阿庆就是一个背景式的符号化人物，阿庆嫂的婚姻和家庭就是一个"空洞的能指"，天然的"无产阶级"身份将人与"欲望"和"物质"分隔开来，这也是革命意识形态所需要的。

不只是京剧《沙家浜》难逃"戏仿"命运，一些根据"红色经典"改编的电视剧也存在"戏说"革命文化的倾向。通常的"戏说"很多指的是"戏仿"，不过"戏仿"更多指向某些经典前文本，而"戏说"指向更广阔的历史事实。譬如电视剧《林海雪原》就有言情剧的影子，放大白茹和少剑波的爱情故事，并且让杨子荣陷入"三角"关系；芭蕾舞剧《红色娘子军》被翻拍成"偶像剧"，吴琼花和洪常青都是现代式的帅哥美女。《小兵张嘎》中大家熟悉的小英雄嘎子已经练就一身好武功。在网络平台上，对英雄人物的调侃和丑化层出不穷。网络短片《闪闪的红星之潘冬子参赛记》中，潘冬子的父亲是地产大鳄，他本人

---

[1] 洪子诚：《中国当代文学史》，北京大学出版社2007年版，第169页。

成了名副其实的"富二代",潘冬子与地主间的恶斗被置换成歌手与评委间的斗智斗勇。雷锋同志也难逃被恶搞的命运,网络上流传着雷锋和初恋女友的合成照片。在消费逻辑的驱动下,"红色经典"被不断地戏仿、戏说,革命故事和英雄事迹被大众文化中的隐形巨手所改写,诞生出一个个畸形怪胎,"经典"重构的命运不容乐观。

2004年4月9日,国家广电总局下发通知,针对"红色经典"改编电视剧中存在的问题做出针对性指导和批示,对于小说领域对"红色经典"的改编和再造同样具有警示作用。任何形式的戏仿、戏说、改编都涉及政治或道德的底线问题,小说《沙家浜》的肆意戏仿显然触及意识形态和革命记忆的"高压线",电视剧《林海雪原》《红色娘子军》引起观众不满也源于"越界"的戏说。"红色经典"很难同时兼顾革命文化和商业要素,它的立场犹疑不定,艺术审美价值乏善可陈,思想价值无从考证,这类作品的存在却是中国文化征候的一个显在特征。

第二节　大众文化中的戏仿

戏仿在大众文化中找到了广阔的发展空间,并呈现出图像化、多元化和娱乐化等显著特点。我们的日常生活已经被五光十色的图像、影像所包围,从各类报纸、杂志到电视、电影、广告牌,图像充斥在目所能及的范围中,并逐渐改变着大众的审美方式,大众文化中的戏仿迈入"图像化"时代,同时它还悄然入侵了戏剧、美术、音乐或者建筑等艺术领域。作为文化魔镜的戏仿,以其特定的角度和思维方式折射出中国当代大众文化中的多元化景观。在市场经济的推动下,文化的运作模式越发趋于"快餐化",社会文化的批评功能逐渐弱化并逐渐被娱乐和消遣功能所替代,一味地追求张扬和个性,对经典作品的肆意篡改,助长了"大话""恶搞"之风的盛行,遮蔽了应有的价值承担。

一　图像化:发展领域的拓展

戏仿已经突破了文学的界限逐渐迈入"图像化"的时代,影视界是除了文学以外戏仿施展拳脚的重要"阵地"。新型的声音图像逐步代替传统的文字阅读，是后现代主义的一个显著特征，它以特定的视觉影像、声波冲击的方式构筑意象之间的意义关系，与观众在视听的立体表达规则中建立经验和情感的体悟与交流。

90年代有两部关于"文化大革命"成长记忆的重要电影，一部是根据王朔小说《动物凶猛》改编、姜文导演的电影《阳光灿烂的日子》①，另一部是路学长导演的《长大成人》②，二者都在不同程度上体现了对苏联革命经典文本《钢铁是怎样炼成的》以及由此小说改编成的电影《保尔·柯察金》③的戏仿形态组合。

《阳光灿烂的日子》是一抹穿越历史的"阳光"，影片带有导演姜文强烈的个人记忆的印记，以人性的视角指涉了政治和情爱的双重禁忌，重构和再现了关于"文化大革命"的历史文化记忆。影片以其深刻的艺术内涵和充沛的商业资质在国内外的电影市场收获了艺术和票房的双赢。在《阳光灿烂的日子》中，"文化大革命"时期大院里的"马小军"们对反复播放的苏联电影《列宁在1918》的台词倒背如流，电影中的一些经典台词，如"瓦西里，快，快去救列宁！"瓦西里对饥肠辘辘的妻子说"面包会有的，牛奶会有的，一切都会有的"，当时几乎家喻户晓。影片戏仿《列宁在1918》的片段非常有趣，马特维也夫从敌人的会场楼上跳下，高喊"瓦西里！"马小军的同伴玩闹时，从军区大院亭子跳下沙堆时也高喊一句"瓦西里！"这种情景的复现并非展现了一种文化暴力，而是青春期的躁动的身体中爆发出来的幻想性"革命"力量。《钢铁是怎样炼成的》及改编电影《保尔·柯察金》，还有《青年赤卫队》等苏俄时期的经典作品在中国50—70年代红极一时，某种意义上象征并代表了一种充满革命理想社会主义的文化。《阳光灿烂的日子》在忠于王朔小说的基础上增添了一些"后现代"元素，并随意散落在影片中。马小军和米兰的爱情故事中穿插进了保尔和冬妮亚

---

① 姜文：《阳光灿烂的日子》，中国电影合作制片公司，1994年。
② 路学长：《长大成人》，北京电影制片厂，1997年。
③ ［苏联］阿洛夫：《保尔·柯察金》，基辅电影艺术制片厂，1956年，长春电影制片厂译制，1957年。

的爱情故事，马小军梦中的场景是对五六十年代中国电影中"鬼子进村"段落的滑稽戏仿，这样的复制或戏仿片段来自于影片导演的个人记忆和改编。电影戏仿、拼贴了"文化大革命"时期的种种政治符号，并做了夸张和分裂的处理，如高音喇叭里广播的"文化大革命"歌曲、政治新闻，伫立的毛主席塑像、中学生胸前别着大红花手里挥舞着彩条迎接领导的场景等。甚至小痞子们打架时的背景音乐都是《国际歌》，神圣的事物在无形中被消解了，这是一种深刻的反讽。当马小军撬开父亲的抽屉，别上所有军章，在房间里正步走，模仿革命英雄的飒爽英姿时，他潜意识里想成长为保尔·柯察金式的"布尔什维克"，他却无法克服青春期的莫名的焦躁和无力的冲动。这是一部关于成长的寓言，又是一部青春幻想曲，影片从非主流的人和事的文化表达中挖掘出"文化大革命"时期真实且本质的"人性"。

影片《长大成人》基本上是以《钢铁是怎样炼成的》作为戏仿的前文本，与《阳光灿烂的日子》相比，这部影片更加凸显了锻造英雄的过程。主人公周青在京郊野长城的烽火台上捡到小人书《钢铁是怎样炼成的》上册，了解了保尔·柯察金的故事。直到他去铁路接母亲的班工作，遇见了他人生的"精神导师"——火车司机朱赫来，周青才读到了全本的故事，备受感染和鼓舞，在繁重的体力劳动中追寻梦想。在一定意义上，"文化大革命"改变了中国读者与《钢铁是怎样炼成的》的关系。上海作家王晓鹰曾谈到，如果没有"文化大革命"，我们的思想也许会沿着保尔·柯察金的道路走下去，"文化大革命"摧毁了之前建立起来的所有光辉理想。周青的"保尔"梦想很快破灭了，此时接近"文化大革命"的尾声，他却因一次意外事故撞断腿，朱赫来移植给他一块骨头后却永远消失了。此后的十余年间，周青为了生活奔走，面对矛盾重重的家庭、堕落复杂的朋友圈子以及改革开放后的大千世界，他在迷茫中再次想到了朱赫来，得知他已在一次见义勇为中被刺瞎双眼。影片最后，周青冲进餐厅戳瞎经理的眼睛为朱赫来报仇完成了"长大成人"。影片中的"朱赫来"和《钢铁是怎样炼成的》中老布尔什维克朱赫莱互相呼应，而"朱赫莱"作为个人主义式的英雄已经越来越模糊。《阳光灿烂的日子》和《长大成人》两部影片不同程度地

第四章　文化视野中的戏仿艺术

包含着对苏联小说和电影的戏仿片段，形成了电影文本之间的互文性。不过，影片中的显在的时代和隐含的时代已经无法重叠，集体主义的革命英雄已经被在孤独和焦虑中成长的个人所代替。当旧有的意识形态业已失效，被"借用"的文化心理"资源"又苍白无力时，个人只能陷入精神信仰的危机。

不管是王朔的小说，还是姜文、路学长的电影，都自觉不自觉地在大众文化中唤起"老北京"的种种文化记忆。80年代初，台湾作家林海音的自传体小说《城南旧事》在大陆出版并拍摄成同名电影，胡同、四合院成为"老北京"的浓重历史痕迹。90年代，王朔小说中的京痞"顽主"、姜文电影中的军区大院、路学长镜头里的京郊烽火台，似乎在重塑一种被淡忘，或者被遮蔽的"红色"北京。马小军、周青、顽主，通过对革命话语的戏仿和挪用，印证了他们经历过的时代，也将这种文化记忆永远留在了历史的图像中。

90年代的中国电影界，对戏仿运用的"登峰造极"之作当属周星驰主演的《大话西游》。该影片在1995年投放内地市场，票房惨淡，观众大都不能理解《大话西游》中的无厘头风格和后现代式喜剧元素。1996年拷贝片进入北京电影学院，学生们得风气之先，推崇该片。直到1997年春节期间央视电影频道播出《大话西游》，一夜之间刮起"大话热"，人们纷纷通过盗版DVD、网络等传看该片，衍生品滋生，甚至出现局部戏仿该电影的电影《天下无双》。《大话西游》的横空出世，填补了人们在主流文化之外的空白地带。美国文化学者库恩认为，"亚文化产生于文化与结构的冲突之处"。[①]"大话"作为一种亚文化形态正是在主流文化的裂隙中找到了生发的土壤和空间。如果说90年代前半期，王朔的小说及其改编的影视作品以独特的京式"痞子"腔走红文化圈，以其市民文化的身份与主流意识形态文化、精英知识分子文化分庭抗礼，那么在90年代后半期，以"大话"文化为典型代表的网络文化后来居上，以更低于王朔的姿态和模糊的身份涌现出来，"大

---

① ［英］阿雷恩·鲍尔德温：《大众文化导论》，陶东风等译，高等教育出版社2004年版，第326页。

话"之风已经渗透进日常生活的方方面面，消解一切的态度似乎比当年王朔引发的关于"崇高"的讨论更具颠覆力量。

戏仿是《大话西游》的主要表达方式，主要体现在游戏态度、话语狂欢两个方面，这基本与小说中戏仿叙事手段相近。小说《西游记》已经被改编为电影"戏游记"，西天取经的神圣严肃早已化为背景式的叙述，转世后的孙悟空"至尊宝"与白晶晶的爱情故事贯穿影片始终。《大话西游》以无所顾忌的游戏态度指向经典前文本，于是故事变了形——悟空不愿去西天取经，与来吃唐僧肉的白晶晶陷入感情纠葛，人物变了形——唐僧仍然慈悲，却多了啰唆的毛病。唐僧那些莫名其妙、自相矛盾、风马牛不相及的语言同义反复的"啰唆"冲破了经典的藩篱，语言获得空前解放。一时间，周星驰风格的"无厘头"表达方式广为流传，至尊宝的爱情誓言被以不同形式不同方言演绎，唐僧令人无法容忍的"经典"啰唆引用率很高。《大话西游》的思维逻辑和话语逻辑已经是"后现代"式的，电影文本和话语方式是德里达所谓的"分延"的，没有任何超本质的、圆满的存在，并且产生了一场"自由的游戏"，通过语言的"撒播"，揭示电影文本的松散、凌乱和重复，宣告了电影的断裂和不完整性。如杰姆逊所言："在后现代主义中，关于过去的这种深度感消失了，我们只存在于现实，没有历史。"[1] 戏仿中一般融入模仿、仿作、改编等情况，属于有意识的二度创作。实质上，最初传媒界引入戏仿是为了增强娱乐效果，营造轻松愉快的氛围。相对于话剧、舞台剧、音乐等领域，影视界的戏仿率先成规模并发展得比较完善和成熟。《大话西游》属于整体上戏仿《西游记》，周星驰的另一部影片《功夫》中有对李小龙功夫的滑稽模仿，周星驰主演的《少林足球》则有对英国007系列电影经典造型的变形和戏仿。张建亚导演的《王先生之欲火焚身》有对张艺谋电影《大红灯笼高高挂》中"锤脚"场景以及样板戏《红灯记》中一些段落的戏仿，这也是电影内部的一种"自我戏仿"方式，观众无意识的积累和对前文本的印象是观看和

---

[1] [美] 弗雷德里克·杰姆逊：《后现代主义文化理论——弗·杰姆逊教授讲演录》，唐小兵译，陕西师范大学出版社1987年版，第164页。

第四章 文化视野中的戏仿艺术

理解影片中戏仿因素的一个条件,在人物、环境的落差中从戏仿桥段中获得某种视觉快感或精神愉悦。

本书在第二章曾论及王朔的戏仿语言,这几乎成了王朔安身立命的话语方式和思维方式,他也将这种风格带入了电视剧。1991年,由赵宝刚导演,王朔、冯小刚、马未都等编剧的25集电视连续剧《编辑部的故事》一经上映,反响强烈。该剧讲述《人间指南》编辑部6位个性迥异的编辑们之间形形色色的故事,剧中的调侃、幽默、戏仿、讽刺开创了电视喜剧的先河。这部剧带有浓重的王朔式的个人化色彩,已经完全告别70年代的语言和意识,并将以往那种固化的意识形态"对象化","官样文化"所表现出来的各种语言、表情、态度成为戏仿的对象。之后出现的情景喜剧《我爱我家》,导演英达非常聪明,把具有政治化色彩的作品移植到家庭剧中。文兴宇扮演退休老局长,他的思维和语言都已经被老派的意识形态固化了,总流露出一股子官腔,比起家中的晚辈,他似乎跟不上时代的步伐,却不服老,想老有所为,晚辈们不时调侃他。整体而言,该剧是在90年代的情境下对七八十年代的语言和思维的戏仿。王朔和英达的喜剧直接跨越"集体意识"而走向一种更个人化、个性化的表现空间。

2006年后,影视界的戏仿之风强势袭来,章回体古装情景喜剧《武林外传》,电影《疯狂的石头》《大电影之数百亿》《天下第二》等影视作品在大众化的消费语境下取得不俗的收视率或票房。"在消费文化影像中,以及在独特的、直接产生广泛的身体刺激和审美快感的消费场所中,情感、快乐与梦想、欲望都是大受欢迎的。"[①]《武林外传》带着历史的"面罩",却以"同福客栈"中的一群小人物反映了当代人的一些心声,更贴近普通大众的情感,很多人都在剧中找到自身心态的对应物,引发强烈共鸣,这与该剧娴熟使用戏仿、反讽、拼贴等后现代主义艺术手法密切相关。剧中戏仿的原型多取自社会文化的热点、流行事件、知名度较高的作品。"鸡王争霸赛"前主持人对大型晚会开场白的

[①] [英]迈克·费瑟斯通:《消费文化与后现代主义》,刘精明译,译林出版社2000年版,第18—19页。

戏仿。《疯狂的石头》制造了一场文化消费时代的快感盛宴，国际大盗模仿汤姆·克鲁斯的间谍形象，下岗女工模仿春晚中《千手观音》的舞蹈，戏仿直接带来了一种形式快感。《大电影之数百亿》的戏仿指向了电影本身。影片大约杂糅了20余部其他影片中的经典片段，经常观看电影的朋友很容易在其中找到《红高粱》《英雄》《十面埋伏》《人鬼情未了》《阿甘正传》《黑客帝国》等中外电影的"蛛丝马迹"，还能看到2006年足球世界杯比赛中黄健翔"激情"解说的原画复现。影片的主创几乎挖空心思，极尽拼贴、戏仿之能事，无处不戏仿、无一没来历：歌舞场面复制中国歌舞片电影《如果·爱》，英雄救美情节来自韩国电影《雏菊》，台词"人生就如一盘烤乳鸽"明显是对美国电影《阿甘正传》中阿甘妈妈口中"人生如一盒巧克力"经典比喻的"偷梁换柱"。"掉书袋"式的电影叙述将戏仿推向一个极致，观看者无不捧腹大笑。

　　商业运作和大众文化合谋下的戏仿影片取得了高票房。戏仿的大行其道一方面将我们带入尼尔·波兹曼所谓的"娱乐至死"的戏仿时代，面对民众日益麻木的神经，只有更强烈、更新奇的刺激才能带来娱乐和消费的快乐；另一方面，这种随意轻薄的戏仿又把我们带入重重迷雾，面对某些电影"经典"或是普通影片被肆意地嘲弄和消解，观众无意识的"看客"心理被重新激活，热闹过后是什么？历史不见踪影，美学失去原则，反叛的快感却十分"有理"。大众文化消费时代的商业影片注重市场效益，增加了情感、欲望、快乐的佐料也属正常。若过度迎合市场不免陷入"后现代"式的媚俗之中，暴露出文化深层中的一些问题，不仅不利于影视自身的发展，也会导致文化品格的错位。

　　电视剧中有一类"戏说"剧近年来十分流行，它们是以电视或互联网为传播媒介的大众文本，其中的"戏仿"色彩鲜明，较有代表性的有《戏说乾隆》《宰相刘罗锅》《少年包青天》，到近年来的《还珠格格》《步步惊心》等。"戏说"类电视剧涉及的皇帝、宰相、阿哥、格格或者历史传奇人物等形象，有的在历史上确有其人，有的人物是凭空杜撰出来的，这类剧并非要"讲史"，而多是通过对正史的滑稽改编，依托皇帝与草根、忠臣与奸臣、贪欲与清廉等一些对立且交织的文化符号，表达某些现实的或想象中的情感诉求。作为一种大众文本，"戏说"剧经常公然地从正统或高雅文化中吸取素材，又以戏仿的手法处理这些素材，于是我们看到了类似巴赫金描述的中世纪狂欢节场景。在电视剧《还珠格格》中，作为"民间符号"的小燕子为了融入"宫廷文化"闹出不少笑话，她的鲁莽、仗义、没文化却机灵可爱与皇族子弟永琪、尔康等人的稳重、智慧形成互补关系。雅与俗、民间与宫廷存在于同一时空中，小燕子以其"民间"视角看待世界、人与人的关系，"戏说"剧中不时闪现民间诙谐文化的火花。"戏说"剧对历史人物、历史场景、事件等的虚构、改编和再现，可以看成其代表的大众文化对于"正史文化的戏仿和冲击"。"戏说"剧一般取材于历史，却与历史"真相"相去甚远。比如《康熙微服私访记》在总体结构上构成对清朝一段历史的戏仿，内容上可能"哈哈镜"般映射出当下生活中的一些现实状况。《宰相刘罗锅》戏说皇上和臣子刘墉及和珅之间的关系，忠奸对立模式在当下社会仍有现实意义。电视剧中的"戏说"若上升到学理层面，几乎等同于"戏仿"策略，喜剧性背后仍有反讽意味。

二 多元化：作为文化"魔镜"的戏仿

有学者指出："后现代主义的复制、戏仿，提供的并非连接前现代与现代（后现代）中国文化的浮桥，而是一面避开刺眼的眩光以直视90年代中国社会的文化魔镜。"① 戏仿是后现代主义常用的文体策略，也是一种文化策略。中国八九十年代乃至新世纪以来文学艺术中存在着大量的戏仿艺术实践，戏仿除了在文学创作、影视作品、网络文化中多有体现，还悄然入侵了戏剧、美术、音乐或者建筑等艺术领域。作为文化魔镜的戏仿，以其特定的角度和思维方式折射出中国当代大众文化中的多元化景观。

先锋戏剧在80年经历了"话剧危机"之后，90年代的先锋话剧更多在形式方面作出积极的尝试和探索。戏仿、反讽以及重复等表现方法

---

① 戴锦华：《隐形书写：90年代中国文化研究》，江苏人民出版社1999年版，第242页。

不仅丰富了剧本本身的形式和内容，也在话剧演员的表演过程中增色不少。1998年，孟京辉的话剧《一个无政府主义者的意外死亡》在小剧场演出数百场并引起轰动。这个剧本由意大利诺贝尔文学奖获得者达里奥·福原著，黄纪苏改编。与20世纪初中国照搬并演出西方经典戏剧不同，该话剧在秉承了原著喜剧性、革命性的同时，融入了不少中国本土元素。《一个无政府主义者的意外死亡》中的疯子在警察局受审时，滑稽模仿了天津相声的腔调："我来到了天津卫，嘛也没学会，学会了开汽车，轧死二百多，警察来抓我，我说不是我，我连滚带爬钻进了女厕所，厕所没有灯，我掉进了粪坑，我和粪作斗争，我差点儿没牺牲。"在第二幕话剧中，有一段警察局长和疯子的对话，明显戏仿老舍《茶馆》中的片段和人物说话特有的"京腔"，"茶馆"变成了警察局，王利发变成了"无"爷。《坏话一条街》将市井俚语、歌谣、歇后语搬上舞台进行戏仿。最极端的话语方式和演出方式是话剧《我爱×××》，不同演员以不同方式重复了700多个"我爱×××"的句式，孔子名言、北岛诗歌、朱自清散文等逐一被挪用和戏仿。

戏仿是先锋戏剧的一种实验策略，也是文体上的一次突破。感性、幽默的话语方式融入话剧的总体风格和表达方式之中，形成了非常强烈的戏剧效果，带给观众惊喜和快乐，同时博得阵阵喝彩和掌声。有研究者将孟京辉话剧通过戏仿、反讽或重复等手段制造出来的幽默、滑稽的效果称作"孟氏快感"。[①] 仅就戏仿的运用而言，话剧中高密度的语言重复和类似"狂欢"化的戏剧语言，与王蒙、王朔小说中的语言戏仿极为相似，《狂欢的季节》中一连七八十个模拟政治术语的成语连用，《千万别把我当人》中赵宇航的"滔滔不绝"同时也构成了语言自身的戏仿。

20世纪八九十年代，莫言、残雪、王朔、王蒙等作家的一些小说中具有戏仿政治意识形态的因素，这种潜在的戏仿政治文化倾向也以某种潜隐的方式在其他艺术领域得到或明或暗的体现，美术界、流行音乐界或多或少地浸染了政治戏仿的因素。美术界在90年代后盛行的"政

---

① 陈吉德：《打造"孟氏快感"（续）——孟京辉论》，《剧本》2002年第2期。

治波普"艺术潮流具有鲜明的政治元素和戏仿意识,是"85新潮"美术后中国当代艺术影响深刻的艺术潮流。"85新潮"是20世纪中国艺术史上辉煌的一页,是中国当代文化史上的创作高潮。① "85新潮"是当时中国艺术学院美术研究所的批评家命名的,他们以《中国美术报》为平台,在1985年后的四年间集中介绍欧美的前卫艺术,并大力推荐中国新一代的先锋艺术家。"85新潮"并不局限于美术界,也不仅仅是一场美术界的前卫运动或是精英文化的一个支流,与之遥相呼应的还有文学界马原、洪峰等的先锋小说,海子等诗人的现代派诗歌,以及影坛"第五代"探索电影或者乐坛的先锋性质的"红色摇滚"。"政治波普"是继"85新潮"后艺术界对于艺术与现实关系的全新探寻,重点被放置在政治符号和现实生活的关系上,借此表达在社会转型时期特有的社会文化心理或者体验。

波普一词是英语Popular的音译,意为大众的、流行的,波普艺术(Pop Art)源于20世纪50年代的英美等国,它在艺术上追寻达达主义的精神。大众文化中的任何消费品图像如广告、电影图像甚至废弃图片都可以经过组合、拼贴,用以表达标新立异的思想文化,反映了二战后成长起来的青年一代的社会文化价值观念以及消费时代资本主义社会的一些文化特征。美术界的波普艺术中就存在大量的戏仿和拼贴现象。美国艺术家安迪·霍沃尔在1967年创作的《玛丽莲·梦露》中,以单一的色调纵横重复排列这位著名好莱坞女星的头像,传达出一种迷乱和虚无的情绪。实际上,在中国的影视界也能觅到波普艺术的踪迹。2009年的《建国大业》及2011年的《建党伟业》两部影片中,平均几十秒闪现一位明星脸的电影叙事,不妨看作是对主流意识形态的一种"波普"化呈现。中国的政治波普是20世纪八九十年代社会主义国家出现的一种独特文化现象,中国的政治波普借助西方的波普艺术,将具有中国特色的政治符号与消费文化形象结合,以达到对特定现实的揶揄与嘲讽,这其中包含着有意识的戏仿。被誉为中国"波普艺术"第一人的王广义,在其《大批判》系列绘画作品中把中国的政治历史图像化后

---

① 费大为:《'85新潮档案》Ⅰ,上海人民出版社2007年版,第1页。

与生活中的流行符号进行拼贴，其中《大批判·可口可乐》《大批判·万宝路》《大批判·GUCCI》①等系列作品将"文化大革命"时期的工农兵大批判图像与可口可乐的广告图片、万宝路香烟以及世界著名奢侈品牌Gucci、Dior等融合并置，"文化大革命"时期的历史图景被"戏仿"后展示出来，政治符号与消费符号之间巨大的时空、内涵差异构成了对政治符码的消解与颠覆，同时表达了对当下社会生活的深刻反思。同时期的方力均、刘伟等艺术家基本也是采取同样的方法，通过挪用与戏仿政治元素或符号来将日常的生活艺术化，艺术作品不再是含义丰厚的一段历史或政治启示录，而仅仅成为一种意象、记忆。政治乌托邦和商品消费主义在政治波普艺术家的戏仿和反讽修辞中一并被戏谑和消解了。

"政治波普"这一艺术形态为艺术家提供了一个现实与政治之间巧妙契合的点，它把权威形象庸俗化，用戏仿和反讽的拼贴手法消解来自历史的巨大压力。政治与生活二者间的隐秘关系以及这种关系形成的张力结构，正是波普艺术的魅力来源。值得注意的是，政治波普在初期创作时以戏仿和反讽作为批判力量的建构来源，发展到后期，面对日益复杂的社会状况和暧昧不清的政治关系以及市场利益的诱惑，波普艺术家时常感到无所适从，主体精神的"抽离"会造成随意对政治素材和生活片段的戏仿和拼贴，具有批判性的艺术行为可能落入商品消费的俗套。

对于潜隐存在的政治戏仿的文化潮流，不得不提及的是八九十年代流行乐坛上出现的一些"红色摇滚"歌曲，有崔健的《南泥湾》《新长征路上的摇滚》，唐朝乐队版《国际歌》，张楚翻唱的《社会主义好》等。这些"摇滚"范儿十足的翻唱革命歌曲，充满了力量的叫喊和个性的张扬，却以某种怀旧的方式拆散了"革命"的意义。詹明信认为戏仿是后现代主义怀旧文化的一种形式，我们看到了这种形式的脆弱性——它并不能真正捕捉到文化经验中的历史性，翻唱版的《南泥湾》基本瓦解了红色的信仰，《国际歌》中充满了失落和迷惘，《社会主

---

① 王广义：《王广义：艺术与人民》，四川美术出版社2006年版。

好》骨子里充满了虚弱。

红色经典歌曲《南泥湾》由贺敬之作词,借用了陕北民歌的曲调。1943年春节,延安鲁迅艺术学校秧歌队表演新编《秧歌舞》向王震旅长率领的三五九旅致敬,《南泥湾》是其中的一首插曲,热情歌颂开荒生产的八路军战士"自力更生,艰苦奋斗"的革命精神,将不毛之地"南泥湾"变成"遍地是牛羊"的"陕北好江南"。歌曲《南泥湾》既通过赞颂革命红色政权鼓舞了士气,又十分贴合民众的心理稳定了民心,还能表达革命胜利后的喜悦和自豪之情,因此从其诞生到新中国成立后的80年代一直作为"红色经典"曲目广泛传唱。1986年,崔健在上海的一次演唱会上,演绎了一曲摇滚版的《南泥湾》。他嘶哑的唱腔、不屑的口吻、迷离的眼神在贝斯、电子键盘等西方乐器的伴奏下彻底消解了红色曲目的正统地位和特殊意义。歌曲以戏仿为手段,置换并挪用了歌曲《南泥湾》本来的能指要素。不料此曲一出引起轩然大波,当年的旅长王震愤然离席,崔健本人也受到很大影响。《新长征路上的摇滚》借用了诸多词语:"领袖毛主席""步枪和小米""雪山和草地",等等。这些我们耳熟能详的词语已被剥离出原有的历史语境,成为宣泄荒芜空虚青春情感的空洞"能指"。八九十年代之交,崔健的摇滚歌曲将政治戏仿与现实寓言组合起来,在对时代记忆的改写与倾覆中,完成了具有"毁坏"性力量的历史"重述"。如果说21世纪的小说《沙家浜》对于经典的戏仿和冒犯更多是以消费叙事置换革命叙事,那么崔健的《南泥湾》是以挪用政治文化符号的方式,《新长征路上的摇滚》变集体记忆为个人的青春想象,传达出时代剧烈变动下个人或集体的情绪涌动和宣泄。

三 娱乐化:"大话""恶搞"之风盛行

网络文化是依托新型的互联网技术所衍生出来的人类文化活动,是传统文化的延伸和多样化表现。网络的产生和发展为文化的发展传播提供了更为宽阔和开放的媒体平台。戏仿艺术借助网络媒介的平台,在新世纪十余年间蓬勃发展。网络上流行的"打酱油""俯卧撑""杯具""雷人""有木有"等新兴词,表明了戏仿已经渗透进日常的语言单位中。网络民众的表达变得更为轻松、随意甚至是嚣张，戏仿弥漫在日益壮大的公共空间之中。在网络文化中，网络文学的发展势头正劲，而在网络文学中，戏仿已然成为主要的书写手段之一。网络小说对于传统经典文学、文化文本的大肆戏谑与调侃，体现了大众文化的价值立场，其通俗幽默的风格、强烈的游戏与狂欢精神，符合大多数网民娱乐轻松的需求。

90年代后期，周星驰的电影《大话西游》掀起了一阵戏仿经典名著的"大话"风潮，这股流行风潮逐渐蔓延到网络文学中。2000年，24岁的网络作家今何在率先在新浪网上发表戏仿古典名著《西游记》的网络小说《悟空传》，赢得广大网民一片叫好声，随后，光明日报出版社出版了该小说，又在图书市场引发轰动。《悟空传》具有多重主题的表达，比如悟空对宿命的反抗、唐僧的真挚爱情、沙僧的奴性和愚昧等主题中贯穿了对宗教、命运的思考。小说又具有一般网络小说的特点，如时空的交错、重叠，多条情节线索，还存在《西游记》《大话西游》等"前文本"的影子。作家将网络小说的特质与传统小说完美结合，主要通过戏仿来实现创作意图。小说从语言、人物、情节、结构等多个方面对《西游记》和《大话西游》构成戏仿，悟空、唐僧、白龙马等人物形象更贴近生活现实，故事情节非常有趣，令人捧腹。这样的戏仿中有反叛、有自嘲，也充满了无奈的黯然神伤。传统的经典文本在网络世界中得到另类的表达和延伸，也寄托了一代人的文化理想与精神。

林长治在2003—2004年连续创作了《沙僧日记》《Q版语文》《周猩猩作文》等作品，这些具有"大话"风的搞笑作品被称为流行文化作品更为合适，目的也十分明确，为了休闲和娱乐。在这类搞笑作品中，戏仿成为贯穿始终的基本写作方式。林长治通过语境转换、"偷梁换柱"、仿写复制等便捷有效的途径，快速拼凑出一个个与"前文本"貌合神离的搞笑文本。《沙僧日记》将戏剧、诗歌、传说、寓言、成语、歌词等文本种类"戏仿"了个遍，《天净沙·秋思》变成《天净沙·西游》，《唱支山歌给佛听》的对象已经从"党"变成"佛"。流行的电视广告、《幸运52》等电视节目也被"改头换面"。《Q版语文》的创作初衷即是娱乐大众，语文教材中的重点课文、课后习题——被

"大话"式地"篡改",一改往日的严肃"面孔",尤其受到中小学生的欢迎。鲁迅先生笔下的《少年闰土》变成"问题少年"《闰水》,朱自清的名篇《荷塘月色》被戏仿成《荷塘夜色》等,不一而足。林长治这类搞笑文本或者说"大话"文本具有"另类"的创新力,对这些文本和文本中的"极端"戏仿大致有赞同、批评或中立包容的几种态度,"大话"文本连同各种批评声音经过媒介的渲染和传播已经演变成一个文化热点或文化事件。

新近的网络小说中涌现出一类以"穿越"时空为特征的小说类型,有月关的《回到明朝当王爷》、李歆的《独步天下》、琉璃薄苏的《大清遗梦》、桐华的《步步惊心》、阿越的《新宋》、张小花的《史上第一混乱》、小逍主的《穿越只为遇见你》等作品。这类小说运用戏仿策略,对历史人物戏仿,对现实文化戏仿,有的小说如妖舟的《穿越与反穿越》、小佚的《潇然梦》则构成对"穿越"小说自身的戏仿。网络"穿越"类小说以游戏化的态度消解了历史与真实,颠覆了经典的严肃和神圣,体现了世俗化的气息以及强烈的娱乐和消遣精神。

论及戏仿,必然要提到恶搞,这二者犹如一枚硬币的正反面,虽然泾渭分明,却有着自然形成的关系。"恶搞"(KUSO)最初源于日本游戏领域的词,被译为"酷索",原意是如何让游戏玩家把一款无趣的游戏玩得很开心,后来发展成游戏界的一种时尚,经由台湾、香港传入大陆,有"恶作剧""整蛊"的意味。恶搞文化的流行与近年来互联网的迅速发展密切相关,也受到"戏说"连续剧、电影界"大话"风、"无厘头"风格等影响。

詹姆逊在《后现代主义与消费社会》一文中,精辟地指出了戏仿和拼贴的区别,他认为:"拼贴,像戏仿一样,是对一种特殊或独特风格的模仿","是一种中性的模拟方式,没有戏仿的隐秘动机,没有讽刺的冲动",是失去"幽默感"的"空洞"的戏仿。[①] "恶搞"也如拼贴一样,"遮蔽"了戏仿,它同样是一种失去主体和立场的"空心"戏

---

① [美]弗雷德里克·詹姆逊:《文化转向》,胡亚敏等译,中国社会科学出版社2000年版,第5页。

仿。戏仿和恶搞都属于"二度创作"的"二级文本",二者仅一步之遥。任何审美形式都有底线和临界点,过了这个底线,审美形式会走向相反的方向,恶搞就可以看作戏仿的极端形式。如果说戏仿是对其模仿对象的讽刺、否定或消解的话,恶搞就是无节制、无底线的过度戏仿,并且一味地打破审美规范去迎合大众文化和消费文化。

2006年,网络短片《一个馒头引发的血案》继周星驰的"大话风"之后掀起一阵"恶搞风"。网友胡戈重新剪辑并恶搞了陈凯歌导演的电影《无极》以及央视社会与法频道的节目《中国法制报道》,原作导演陈凯歌异常愤怒,斥责胡戈"无耻"。紧接着,雷锋被恶搞,网上流传雷锋和其初恋女友的照片。小英雄潘冬子也未能幸免,在《闪闪的红星之潘冬子参赛记》的恶搞短片中,潘冬子摇身一变成为现代社会中的富二代,阶级斗争被置换成无聊的游戏。此举引发八一电影制片厂的强烈不满。这些恶搞行为已经远远超出"戏仿"范畴,充斥着无聊和荒唐,在情感与道德丧失的同时,也自行消亡。戏仿的载体主要是文学或艺术作品,恶搞的载体主要是网络媒体,网络空间具有极大的自由性以及网民的集体参与性,恶搞潮流借助网络媒介的传播、大众的参与,近几年发展态势愈演愈烈,是大众文化、网络文化以及商业性消费文化合力的结果。其中鱼龙混杂,参差不齐,集体的娱乐或狂欢却很难形成一个严肃的文学艺术空间。

朱大可在《大话革命和小资复兴》一文中将以周星驰主演电影《大话西游》为肇始的文学艺术潮流提升到"革命"的高度,相对于"一体化"特征较为鲜明的80年代、逐渐走向"多元化"的90年代,"大话革命"是21世纪初文化发展的突出表征之一,并呈现出相应的"大话美学"特征:混合着黑色幽默、后现代主义、言情、武侠、市民趣味,等等,也以百科全书的方式融入了反讽、夸张、荒谬、错位等因素。朱大可认为大话作品中的戏仿、拼贴、替换等技巧或手段共同构建了所谓的"大话修辞学"。[①] 尽管其中不乏"恶俗"的成分,无法阻挡的趋势却是,这种新的、颠覆性的话语方式不断发展起来,尤其成为民

---

① 朱大可:《大话革命与小资复兴》,《二十一世纪》(香港)2001年第12期。

间的一种话语源泉。

戏仿作为一种修辞学技术，散布于文学、艺术领域中，并从文学艺术走向了生活，从 21 世纪之初到现在的十余年间，戏仿生活化一个重要体现即是戏仿在互联网上的蓬勃发展。最初的阶段，网络上的戏仿指向的大都是经典文本或官话话语、流行事件、焦点人物等，构成"经典化戏仿"的文化表征。近两年的一个明显趋势是，网络平台上的戏仿早已渗透进了最小的语言细胞，其中不乏对一些敏感词的谐音戏仿，或是"语言"嫁接现象。2009 年一句流行语："人生就像一个茶几，上面摆满了杯具（悲剧）和餐具（惨剧）。"模仿了张爱玲的名言："人生是一件华丽的旗袍，爬满了虱子。"接下来的"神马（什么）都是浮云""有木有（有没有）"等网络流行用语已经进入生活，网络新生代似乎乐于这种造词、造句的游戏，这是对现有汉语语法和使用规则的挑战和颠覆，网络中的戏仿语言和戏仿事件随着大众文化的潮流热热闹闹地进行，开拓了话语反叛的新空间。流行文化在成功地拆解掉历史、知识以后，企图以当下为立足点搭建起满足大众传媒的平台。当崔健身穿军装，在用红布装饰成的舞台上声嘶力竭地演唱着植入了"红色 DNA"的歌曲《南泥湾》，当电视剧《武林外传》让披着古装的现代人演绎文化"外套"、词语"外壳"隐蔽下的当下生活时，当东北的"二人转"在"戏仿"的思维方式下展示民间的快乐文化时，一切不免烙上了戏仿历史和生活的娱乐行为的印记。

第三节　文化语境及其文化意味

自新时期以来，戏仿经过三十余年的发展，逐渐形成较为成熟的戏仿文体。戏仿文体不仅是文学艺术作品的话语体式，是文本的结构方式，还是文化的重要表征。戏仿文体的发展演变折射出社会生活的多样性，也体现了人们对自身与世界的理解方式的变化。文体的发展与文化有着密切的关系，本节将从文化研究的角度阐释戏仿文体演变的文化机制。

一 文化语境中的戏仿文体

文化研究有两种基本的范式，20世纪前50余年间，"文本中心论"一直占据重要位置，"文本"被置于研究的中心，其意义也是被作者赋予的、相对固定的，此时的文体研究往往囿于语言学的框架中。之后，以葛兰西为代表的新文化研究提出了"相关性"研究的文化研究范式，这一范式开始挑战和质疑"文本中心论"，也将文体问题拉出封闭的"文本"以及"固有意义"的牢笼，文体的创造者、接受者以及与之相关的日常生活、社会文化背景等可能产生意义的范围都被纳入研究的视野。"文化研究通常关注文化文本的诸多意义，也就是它们的社会意义，它们如何被挪用以及在实践中被使用：作为归属（ascription）的意义而不是作为刻录（inscription）的意义。"① 不过，文化的"相关性"研究在一定程度上过于强调文本之外的社会文化语境或相关性因素，而忽略了文本自身的存在。本书在对戏仿进行文化层面的分析时，借助文化研究中两种范式的"合力"，既立足文本自身，又充分发掘文本之外对文本意义产生重要影响的因素。

社会文化语境影响着文体的发展走向，文体又以各种形式折射出社会文化的多元景观。社会文化语境既包括了作家、艺术家的心理情境或文化心态，又包含了制约作家、艺术家心理情境的社会文化情境，文体是凝结了作家、艺术家的心理情境、文化心态和整个社会文化情境的语言表达或文类体式。

考察戏仿文体的文化语境，作家、艺术家的心理情境是关键性要素。以王蒙为例，王蒙的小说离不开政治因素，从《青春万岁》到《组织部新来的青年人》，再到"季节"系列，政治成为王蒙小说的一个鲜明特征，这其中不乏对政治话语或事件进行的戏仿与调侃。例如《失态的季节中》中对三年困难时期政治话语的揶揄，"新三年，旧三年，缝缝补补又三年"，对革命口号的戏弄，"斗争、失败、再斗争、再失败"。小说对于意识形态话语的戏弄与反讽无疑构成了一种乌托邦

---

① 陶东风：《文化研究精粹读本》，中国人民大学出版社2006年版，第88页。

式的语言。王蒙与政治的关系，一定程度上体现了社会大环境中群体的历史经验，因为 20 世纪 50 年代以来，中国社会频繁的政治运动和政治事件构成了一种"潜在"的文化存在。李子云提出了王蒙几十年以来一直存在"少共情结"，王蒙自少年时代怀揣信仰积极投身革命，"少共情结"是王蒙创作的一个精神支点。不过王蒙也对自己小说中过多的政治话语和政治事件表示不满和遗憾，如他所言："我也曾不满于自己的作品里有着太多的政治事件的背景，包括政治术语，我曾经努力想少写一点政治，多写一点个人，但是我在这方面并没有取得期待的成功。"①

政治为何在王蒙小说中有显著的地位，这也与王蒙自身的心路历程和心理情境密切相关。《恋爱的季节》中的钱文就带有王蒙自己的影子。钱文因为父母关系不合跑去参军，王蒙小时候因父母经常吵架，放学后迟迟不愿回家，14 岁就加入北平中共地下组织，这一点在王蒙夫人方蕤的回忆文章中能得到印证。王蒙虽然反思自己创作中有过多的政治因素，但在他的潜意识中，偏爱"政治"题材仍重于日常生活题材，于是，其艺术成就或许不及表现个人或生活的小说。曹丕在《典论·论文》中提出了"文以气为主，气质清浊有体"的"文气说"，所谓"气"是作家的性格气质以及心理情境，"气"之差异造成"文"体之不同。同样是表现对政治和革命的戏仿，王蒙的戏仿与调侃更加温和与厚重，有一种"过来人"的复杂的况味，并且呈现出内庄外谐的特点。王朔则以"局外人"的姿态，对旧事物、旧权威给以当头一击，京痞腔式的调侃内外皆谐。东西笔下对革命的戏仿和调侃更为生活化，革命经验和生活经验在一定时空条件下重合并相互印证，革命中嵌入了当下生活的经验，当下的生活又浮现出历史的"幽灵"，因此获得一种深刻的反讽意味。同一种文体在不同作家心理气质的"影响"下呈现出不同的特质，也是各个作家不同文化心态的体现。王蒙前后期的整体创作可以被理解为一种"微缩"版的时代"镜像"，既映射出时代发展的某些动态和趋势，又勾勒出作家纷繁复杂的心理图景，尽管王蒙有其历史

---

① 王蒙：《道是词典还是小说》，《读书》1997 年第 1 期。

的局限性，但永远无法抹去的是作家内心深处永不熄灭的政治热情。

　　作家的文体意识对于文体的创造与发展尤为重要，文体意识与作家的心理及精神结构有着某种隐秘的对应关系。文体，特别是文类文体，通常是惯例化、规范化的，是一种相对稳定的语言操作模式。戏仿即这样一类文类文体，是一些作家或民间艺术家的创造性实践，并在一定的历史时期获得一定程度上的有效性或惯例性，形成了某种习惯或趋势。而文体意识，即一个人在长期的文化熏陶中形成的对文体特征的或明确或朦胧的心理把握。作家的文体意识要置于其所处的社会文化关系中去考察，每一位作家、艺术家都生活在社会文化语境中，其中包括一些先于他们产生的文化环境，文体范式或文体惯例，这些外在范式或惯例会内化为作家、艺术家的文体意识，而他们在一些既有的文体范式或文体惯例的基础上进行一些创造性的活动。一般来说，富有创造力的作家、艺术家通常具有比较强烈的反传统意识，若表现在文体方面就是一种"反文体"意识。戏仿就是作家有意识的文体探索和创新，不少戏仿作品包含了强烈的"元意识"，即小说的自我意识。元小说突破了现实主义的成规，探索和尝试一种新的叙述方法和叙述语言。戏仿文体具有较强的"反文体"意味，叙述行为虚构的本质不再被隐匿于叙述之中，而是被刻意"暴露"出来。尽管戏仿文本或语言存在或清晰或模糊的"前文本"或"前语言"，但读者通常能够根据作者有意的"暴露"和自己的阅读经验或生活经验判断出来。巴赫金在谈论陀思妥耶夫斯基的诗学问题时，指出一种新风格或新文体都包含对此前文学风格作出反应的成分，这个成分中含有内在的辩论，可是说是对他人风格隐蔽的反叛或否定，同时经常伴随赤裸裸的滑稽模仿。作家对传统或惯例既依赖又对立，是一种矛盾的张力状态。戏仿既依赖其模仿的"前文本"，又对"前文本"作出"反应"——致敬、调侃、否定、消解或颠覆。

　　在文化的"关联性"研究中，文本的接受者即读者的能动作用也是产生文本文化意义的一个重要方面。大众在意的是文本和日常生活之间的契合点，他们对于文本的辨别能力并不直接作用在文本的内在。戏仿文本的读者与一般的读者别无二致，可能需要更多一些的阅读积累或纳新意识。戏仿话语存在着巴赫金所谓的"两套代码"，戏仿文本拥有

"双重文本"，戏仿作品期待着被"理想的读者"所接受、理解，甚至期待"理想的读者"能辨别出原文本和戏仿文本的局部模仿或整体性转换，不但看出表层的变化，也能洞悉深层的意味，这实际上给读者提出了较高的要求。如王小波的《青铜时代》、李冯的"戏仿小说"，基本都属于学者型的戏仿体小说，接受起来有一定难度。如《万寿寺》《红拂夜奔》等作品，所书写或戏仿的并非是某个前文本或者某段历史，而是权利与历史本身。这里的戏仿有着或显或暗的标记，有着作者有意或无意的创作，所以辨识起来相对困难。巴赫金在《小说的美学和理论》中指出戏仿辨识不易的情形："若不了解其言外之意以及另一层语境，则戏拟一般说来是颇难识别的，除非它流于粗浅。在这世间的文学之中，也许我们甚至对其中大量作品的戏拟特性依旧浑然不觉。"[①]读者的接受和理解也在一定程度上参与文本文化意义的构建，但凡能体悟到语言或文本中的深味，一定能为阅读增加不少乐趣或思考。读者的反应为作者的创作提供了有益的反馈。

以上对于影响戏仿文体存在和发展的作家、艺术家的心理情境、文体意识以及相关的读者接受心理进行了考察，通过读者和接受者这两个中间环节，本书仍需进一步探讨社会文化语境对于戏仿文体的制约和决定性作用。

如果将戏仿文体置于一个宏观的文化背景中来看，它不仅与转型期的时代文化、社会心理相关，并且与话语权利有实质性的关联，一定程度上"文体革命"对其起到推波助澜的作用，社会转型期中蕴含着的复杂的文化矛盾催生了戏仿文体的复杂形态。这种文化矛盾包含传统与现代的矛盾、自由与秩序的矛盾、个人与集体的矛盾，等等，这些矛盾的深层根源是文化的"断裂"。艺术家们以"反叛"的姿态面对文化的"断裂"。以诗歌为例，20世纪90年代的一些诗歌中，诗人们大胆引入反讽、戏仿、互文等手段来扩充与丰富诗歌的维度。程光炜在论述90年代诗歌的叙事策略时说："证实一个诗人与一首诗的才赋的，不再是

---

① [法]蒂费纳·萨莫瓦约：《互文性研究》，邵炜译，天津人民出版社2003年版，第85页。

写作者戏仿历史的能力，而是他的语言在揭示事物'某一过程'中非凡的潜力。"① 于坚在1994年1月《大家》杂志创刊号发表了长诗《0档案》，当时引发文坛的关注和讨论，尽管褒贬不一，不可否认的是，这部兼具历史感和现场感的诗作不但展示了诗人"戏仿"历史和现实的才能，同时体现了他运用诗歌语言洞悉事物本质的非凡潜力和禀赋。

《0档案》模仿了档案的文体格式，由长度不等的七卷编年体例"档案"组成，306行诗句勾勒出一位活了30年的普通人的出生史、成长史、恋爱史、日常生活等几个生命阶段，这无疑是一种戏仿。诗作中，个人在档案中被标记为"0"，个人的成长史被以历史的"公共话语"描述出来，过滤了生命、情感等形式，只剩下冰冷的政治或道德符码。

如卷一"出生史"：

他的起源和书写无关 他来自一位妇女在28岁的阵痛
老牌医院 三楼 炎症 药物 医生和停尸房的载体
每年都要略事粉刷 消耗很多纱布 棉球 玻璃和酒精
墙壁露出砖块 地板上木纹已消失 来自人体的东西②

卷四"日常生活"中的思想汇报：

（根据掌握底细的同志推测怀疑揭发整理）
他想喊反动口号 他想违法乱纪 他想丧心病狂 他想堕落
他想强奸 他想裸体 他想杀掉一批人 他想抢银行
他想当大富翁 大地主 大资本家 想当国王 总统③

《0档案》中，戏仿不是目的，剥开戏仿文体的"形式"外壳，隐匿其中的权力关系凸显出来。档案就是权力运作的一个集中体现，意味

---

① 程光炜：《叙事策略及其他》，《大家》1997年第3期。
② 于坚：《0档案》，云南人民出版社2004年版，第30页。
③ 于坚：《0档案》，云南人民出版社2004年版，第36页。

着国家机器的权力体制对个人进行严密的监视、考察、记录、评价。不经过"组织"监视、考察、记录的"个体"是存在问题的、危险的。卷四中的"思想汇报"中记录了"他"被同志揭发的种种"反动"倾向,"他"思想中的阴暗词汇也被记录在案,诗句戏仿了领导"批示":此人应内部控制使用,注意观察动向。但从后来此人的日记、行踪,及遗留物品来看,他并无实质性的"反动"行为,家世甚为清白,渺小的"无名"个体被时代巨大的"共名"话语体系无情吞噬掉了,连同"他"的话语权一并被公共书写及权力话语"强暴"。话语也是权力的一种明显表征,戏仿文体有很大一部分都将对象指向了主流意识形态以及其话语体系,表明了一种挑战或冒犯的姿态。从更大的范围来看,我们的日常用语与革命/政治话语是唇齿相连的关系,不妨将戏仿看成联结日常用语、民间意识形态和主流意识形态及其话语表征的一座"浮桥",它模糊了界限、取消了等级,既是文本的一种生存策略,又是文化矛盾的一种集中体现。

作为新时期以来当代文学中的一种新兴文体,戏仿在"文体革命"的影响和推动下迅速发展起来。当时新理论、新方法的输入令人目不暇接,我们兴奋匆忙间将西方近一个世纪的文学艺术革命进行了个遍,收获与问题并存。鉴于时代背景不同、东西方文化差异,中国对于西方文学艺术革命的学习和借鉴很大一部分都限于技术或形式层面,心灵或精神层面的思想和内蕴却是无法模仿和复制的。余华在80年代末的几篇文类戏仿小说是对后现代主义写作方式的一种尝试与探索,对武侠程式、才子佳人、公案侦探小说类型的戏仿式重写,实质上隐藏着对以这些文类为代表的价值观念的批判。传统小说文类中的价值体系来自于传统道德,被以不同的形式固化到了小说的程式中。《鲜血梅花》的武侠程式中就体现了很强烈的血亲复仇的原型模式。阮海阔的父亲被杀,母亲将其养大成人后自焚,促使儿子一心一意替父报仇,不过这个故事颠覆了传统的复仇模式,复仇者陷入了缥缈的境地。余华戏仿的对象若从表面看来只是传统的文类或故事模式,深刻之处却在于借助故事为中介,深入到传统文化的内质当中去。《古典爱情》在伪"才子佳人"程式下展现的"吃人"残忍图景,成为文化反思和自省的一个切入点。进入20世纪90年代以后，先锋派的余华、格非等作家都有了不同程度的创作转型，不再如80年代那样进行轰轰烈烈的文体实验，创作更为质朴和深刻，更加深入到小说的精神层面。"新写实"小说以还原"原生性"历史场景和当下生活构建起除却革命现实主义之外的另一种现实主义话语形态，一定程度上对先锋及新潮小说极端的文体实验进行了反拨。稍后出现的新历史主义小说通过戏仿和反讽的后现代式写作，成功消解和颠覆了传统的历史观及叙事模式，深刻反映了小说创作中历史观念和语言观念的变革。戏仿文体也在此过程中发展得更为成熟和稳定。

二 有意味的文化悖论

海登·怀特认为，历史学家只能在叙述形式之中而不能在它之外把握历史。叙述形式具有独立于叙述内容的意义，叙述形式的发展与变革往往与社会文化形态相关，而且叙述形式通常比叙述内容更为明显地体现了文化观念对于文学生产的影响与制约作用。无论是作为修辞技巧的戏仿，还是作为文体结构的戏仿，都鲜明地体现了一种"模仿"与"被模仿"的形式结构特征。对于叙述形式的实质的分析和理解，必须深入到产生这种叙述形式的社会文化之中去。

丹尼尔·贝尔认为："文化观念方面的变革具有内在性和自决性，因为它是依照文化传统内部起作用的逻辑发展而来的。在这层意义上，新观念和新形式源起自某种与旧观念、旧形式的对话和对抗。"[1] 先锋剧作家孟京辉声称："我们追求一种形式上的鲜明性和标新立异的前卫意识，我们要与传统戏剧中陈旧的东西决裂。"[2] 在新与旧的对话和对抗中，往往能产生新观念、新形式，文体革命往往剧烈而频繁，欧洲文学史上的现代主义与后现代主义时期即是如此，我国20世纪80年代也一度进行了轰轰烈烈的文体革命和文学实验。一定意义上讲，对于文体和叙述形式的选择就是对于文化价值观念的选择。戏仿小说是文本的自

---

[1] [美]丹尼尔·贝尔：《资本主义文化矛盾》，赵一凡等译，生活·读书·新知三联书店1989年版，第101页。

[2] 孟京辉：《话剧·实验话剧·票房》，《戏剧电影报》2000年10月6日。

我复制和"悬置",主动暴露出文本欺骗性与虚构性,当戏仿掀开了牵线木偶的幕帘,一切了然于眼前。从现实主义创作中作者千方百计隐藏叙述行为或虚构行为,再到后现代主义创作中有意暴露叙述和虚构行为的文体深层变化,新的叙述形式或文体不仅是意识形态的编码方式,也是文化的表征,折射出人们对于自身和世界的理解方式。因此,戏仿不但具有文体革命的意义,也具有文化革命的意义。

在小说或其他艺术门类中,戏仿常常是与写实主义针锋相对的,而且将这一矛盾表现出来。刘震云、王小波、莫言等作家在小说中多处进行戏仿时,也在更广阔的层面上对历史、权力、理性等进行了反讽。戏仿既有学术性,作家李冯刻意在制造戏仿文本,对现代生活进行古典式的讽喻;戏仿又具有通俗性,成为大众文化的一个催化剂,影视剧、网络小说中皆是戏仿的身影。错综复杂且波及面甚广的戏仿显然不只是为学术型读者设计的一个语言游戏,还时时展示我们所处的社会文化语境,以便通过戏仿自身的批评性反思拷问现在或者过去。"戏仿式的自我指涉可能自相矛盾地导致这样一种文学的产生,一边维护自己作为艺术所具有的现代主义自主性,同时又力求探究自己在社会里的写作、阅读语境之间剪不断、理还乱的关系。"[①] 戏仿既使用又在某种程度上滥用传统的文本和惯例,戏仿既将矛头指向戏仿对象,同时指也向自身。它质疑中心化、一体化、等级化或任何可能暗含等级制的二元对立模式,并且力图消解或摧毁权力秩序。

司马云杰在《文化的悖论》中指出:"将文化的悖论定义为文化、价值上的自我相关的矛盾性和不合理性;价值和功能之间的自我相悖的运动法则;文化世界的人的建构的价值思维方式的悖谬。"[②] 戏仿就是这样一种有意味的文化悖论,在文化、价值层面有其自身的矛盾性,作为一种互文形式,戏仿时常表现出与戏仿对象之间的异质性和差异性。戏仿内在的矛盾构成的"自我悖反性"是其喜剧性因素的重要来源。原文本和戏仿文本二者之间的人物、语言、情境存在落差和背离,由此产

---

① [加]琳达·哈琴:《后现代主义诗学:历史·理论·小说》,李杨、李锋译,南京大学出版社2009年版,第63页。

② 司马云杰:《文化悖论》,山东人民出版社1990年版,第121页。

生的间离效果作用于审美机制，时常产生辛辣的讽刺和滑稽的幽默。这种"自我悖反性"发展到极端情况，便是戏仿小说中的"黑色幽默"。

戏仿常以悖谬的思维方式质疑小说或艺术对于历史和现实的再现和反思，具有文化批评的潜能。琳达·哈琴对戏仿的文化批评功能和意义给予肯定："戏仿和反讽成为重拾形式和意识形态批评的主要手段。之所以如此，我认为戏仿和反讽能使作家从文化自身出发谈论文化，但又不完全受制于那种文化。戏仿所包含的讽刺和距离导致了意义的分离，但与此同时，戏仿的双重结构（两层意义或文本的重叠）又要求承认它的意义的相互契合。对于戏仿的事物，戏仿既给以肯定又大挖其墙角。"① 琳达·哈琴所设想的是较为完美的戏仿的文化批评功能，究竟能在多大程度上实现这种功能，怎么实现，应结合具体的作家作品以及相关的文学和文化语境，戏仿只能在阅读和接受中被定位。

第四节 戏仿面临的困境与危机

从先锋文学时期严肃的戏仿，到 90 年代作为一种普遍写作和思维范式的戏仿，再到新世纪以来以网络为主要媒介的戏仿潮流，戏仿的发展格局随着社会语境的发展转换经历了变迁，同时昭显了其自身发展与意识形态、大众文化等方面的复杂关系。戏仿的创作困境已经在 90 年代显现出来，进入新世纪后，随着"大话"文学、"恶搞"潮流的肆意发展，戏仿面临表层化的困境越发显著，主要体现在语言表征困难、主体性弥散以及审美表层化等几个方面。

戏仿力图破除逻各斯中心主义以及二元论的既定框架，和后现代主义文化追求差异性、多元化、边缘性、矛盾性是一致的。戏仿语言因此呈现出过度膨胀和狂欢的典型特征，戏仿的能指是任意滑动的，可以随机与所指对接产生新的意义。传统的语言链条逻辑在追求差异性、悖论

---

① ［加］琳达·哈切恩：《加拿大后现代主义》，郭昌瑜译，重庆出版社 1994 年版，第 21—22 页。

化和新奇化的过程中被断裂开来。语言不再被精雕细琢,高密的重复、词语的狂欢跟随着感觉倾泻出来,语言丧失了方向感、思想性和本质意义,朝四面八方扩散开去,碎片化的语言似乎无所不包却制造了大量单调的快感泡沫,成为语言的"废墟"。文学语言同时呈现出审美向审丑转化的趋势,粗俗、色情、残酷、病态的语言在文本中抛头露面,挑战大众的阅读体验,莫言在《红蝗》中间接表达自己的创作愿望:"总有一天,我要创作一部真正的戏剧,在这部戏剧里,梦幻与现实、科学与童话、上帝与魔鬼、爱情与卖淫、高贵与卑贱、美女与大便、过去与现在、金奖牌与避孕套……互相掺和、紧密团结、环环相连,构成一个完整的世界。"① 王朔、徐坤小说中的部分戏仿语言实践,同样存在这样的倾向。语言的意义和能力贬值,让位给戏仿和反讽。不少使用戏仿的浅薄作品只停留在语言能指的表层,在一个平面上来回滑动,失去了意义的"重量",也失去了表征的能力。语言表征的困难从深层看是主体表达的危机、文化的危机、价值的危机。要么主体陷入困顿,思想匮乏、语言贫乏,难以触摸到本质、真实的深层意义,要么主体不得不采取"极端"的方式,组装语言和思想的碎片表达对抗世界的荒诞无意义。文学创作由创作变成了写作,写作变成了仿作,缺乏历史深度的语言平面化,并不能成为意义生成的肥沃土壤,也不能突破精神困境。

　　戏仿文本时常呈现出主体性的弥散和衰颓。自文艺复兴以来,主体性一直是现代哲学的奠基石。在政治学领域,现代主体性通常产生不同寻常的个体主义,把"自我"作为理论认识的中心,还作为社会行动和相互作用的中心。文学创作尤其是小说创作,则要将很多异质的、分离的、吊诡的成分融为一个整体,各成分之间的关系可能是抽象的、具体的、复杂的或者单纯的,文本建构中起关键性作用的是创作主体性及创作的伦理原则。当下不少戏仿作品透视出创作主体的衰颓以及写作伦理原则的"位移"。

　　主体性的衰颓一方面表现为作者的"隐退"或"消亡"。如果说余华、莫言等先锋派以戏仿为形式革命,主体有意识地"退隐",强调精

---

① 莫言:《红蝗》,民族出版社2004年版,第143页。

英文化或个人风格,那么当下泛滥的、无底线的"戏仿"是公然宣称"主体死亡","作者也在作品中完全消失,所以他们将滑稽模仿用作主体消亡的见证"。① 主体性颓势另一方面表现为作品中人物形象、故事情节的符号化及碎片化。朝廷、客栈、古庙、侠士、太后、书生等一系列富有历史感和文化感的符号,被"收集"到创作中,置于各种伪经验构筑的"伪历史"中迷失了方向。20世纪90年代,在多元、自由文化的背景下,在"存在即合理"的生存法则下,主体性得到极大的表现和张扬,过度挥霍主体性的背后是价值体系和内在品质的缺席、失散甚至崩塌。加之图像化强势来袭,考验着大众的审美趣味和生理体验。电影、电视剧、电视节目、巨型广告、流行杂志等泛滥的图像视听随时随地吸引大众的目光,启蒙时代建立起来的主体性,在图像化时代及自我的迷狂、放纵中失去了理性的主体性地位,过度的强调和滥用导致主体性大面积的衰颓和弥散,不可避免接受它的"黄昏"。

在我们所处的大众传媒时代,以产业形式出现的小说、影视剧、电视节目、流行歌曲等文化艺术产品琳琅满目,并借助高科技和新型传媒的审美形式渗透进大众的日常生活。艺术实践向生活实践进军,给日常生活注入了审美气息和审美体悟,与此同时,艺术实践在向生活实践的渗透过程中难免遭遇被误读或弱化的情形,艺术的深度模式进而转化为日常生活实践平面化、粗糙的效果以及日常生活审美的疲劳。面对日常生活审美化的倾向,德国学者韦尔施有清醒的认识:"迄今为止我们只是从艺术当中抽取了最肤浅的成分,然后用一种粗滥的形式表征出来。美的整体充其量变成了漂亮,崇高降格成了滑稽。"②

英国社会学家迈克·费瑟斯通在其著作《消费文化与后现代主义》中对"日常生活审美化"进行了三个方面的分析与反思,其一,20世纪20年代在"一战"出现的达达主义、历史先锋派及超现实主义等亚文类消解艺术与日常生活的界限,导致高雅艺术的衰落;其二,日常生活向艺术作品逆向转化,追求新体验、新趣味,是消费文

---

① 胡全生:《英美后现代主义小说叙述结构研究》,复旦大学出版社2002年版,第133页。
② [德]沃尔夫冈·韦尔施:《重构美学》,陆扬、王岩冰译,上海译文出版社2002年版,第6页。

化的主旨所在；其三，各类的符号与图像渗透进日常生活，出现了"仿真文化"。①费瑟斯通指出了审美及艺术全面进入生活的后现代现象，日常生活审美化已经形成势不可当的潮流。戏仿、拼贴、复制已经成为日常生活审美化的重要生产及运作方式，它们都依赖于前文本，津津乐道于对前文本复制或者拆解的行为，任何触手可及的对象都能够成为被戏仿和拼贴的对象。世界名画《蒙娜丽莎》多次被黏上胡子、戴上眼镜、剃去头发，这种经典的再生产方式不仅亵渎了高雅的艺术，求新求怪的行为暴露出畸形的心态，也对艺术的原创性构成了巨大的嘲讽。

"日常生活审美化"是消费文化带来的必然结果，中国的消费文化是20世纪90年代兴起与发展起来的，并且与官方意识形态形成共谋关系。大众文化和消费文化中的戏仿、复制、拼贴这类生产及运作方式将文本和旨趣限定在过去之中，模仿詹姆逊所说的"已死的风格"，沉溺于幻想和假设之中，文学、艺术作品的社会干预力量势必减退，导致日常的审美文化遮蔽现实的价值。创作主体置身于商业浪潮和消费文化的裹挟下开始变得犹豫和犹疑，并且伴随批评性的普遍衰落。在这种情况下，戏仿创作仍显得表面繁荣，并在"二人转"、电视节目《七天乐》、小说、电影、戏剧中凸显了喜剧性的娱乐功效。接受者在感官刺激中寻求精神的愉悦，他们在喜剧性的气氛中流连忘返，逐渐开始变得健忘、麻木，有效地遗忘了自身的思考能力和主体精神。戏仿以喜剧姿态示人，缺乏深层的悲剧意识。大多数的戏仿作品还停留在表层的喜剧性上，戏仿创作悲剧性的缺乏实质上反映了主体思想情感的缺失。一味地戏谑、模仿只能导致戏仿创作失去悲剧性的精神内涵而误入虚无主义和相对主义的歧途。

---

① [英]迈克·费瑟斯通：《消费文化与后现代主义》，刘精明译，译林出版社2000年版，第95—99页。

结　　语

　　戏仿通过能指的滑动打破固有作品语言、结构中能指与所指的对应关系。固有的对应关系正是传统的一种表征，不妨将戏仿看成对传统成规"有意"反拨而形成的创造性活动，是对现代主义以来"本质化"叙事的一种反拨，在反拨的同时带来新的形式、新的意味。戏仿自身具有两套话语及两重文本，既参与模仿对象的重构，又与之保持适度距离，在参与和保持间建立起对话的关系。戏仿是一种"矛盾"的混合体，对于传统它既延续又消解，既颠覆又重构，同时具有生长点和建设性。巴赫金在他的文化诗学研究中非常重视小说叙述中的戏仿，他认为小说具有未完成性、杂语性、反规范性、多样性等固有特性，在这其中，戏仿起到了重要的作用。戏仿正是在不断发展中形成对小说叙事艺术的自觉探索，其杂语性的特点包容了小说文本与其他文本之间的隐含对话关系，以及社会中的各种话语方式，使文本走向了开放。戏仿以反规范、反传统的姿态出现，它所调度的符码多种多样，因此生成了多元化的文本形态。鲁迅小说、杂文中的戏仿融入了生命的情感与体验、思想的智慧与思索，开创了戏仿叙事艺术的新境界。新时期以来余华、莫言、格非、王小波、刘震云、李洱等作家，凭借个体独特的感悟，利用戏仿式重写，给历史、权利或生命注入了鲜活的体验和理解。成熟的戏仿作品所表现出来的对理想的自由追求、对理性价值的坚守，以及对社会政治的洞悉与批判，价值绝不逊于由宏大史实构建起来的历史小说或体现写实深度高度的现实主义小说。

　　在西方，学者们对戏仿进行诗学理论研究时，往往将它与后现代主义文化联系在一起。人们很容易在后现代主义文学、建筑、电影、绘画或音乐领域捕捉到戏仿的踪迹，它同时成为黑人、少数民族、同性恋、女权运动者这些中心之外群体中非常流行和有效的策略。戏仿既被看作体现后现代主义悖谬诗学的完美形式，又在很大程度上体现出后工业社会文化产品复制、仿真等特点，构成一种深刻的文化讽喻。在中国，如著名批评家陈晓明所说，当代社会经济、文化环境提供给后现代主义最低限度的产生和发展的历史条件，我们并没有迎来一个"后"的时代，但后现代的知识会使我们的时代变得更加生动和富有活力。戏仿在当代文学艺术中的发展，大致是先有创作的探索与实践，后有理论的归纳和总结。在转型时期的中国，历史的误置，思想文化方面的风云激荡给戏仿提供了足够的发展空间、思想力量以及解构的激情。戏仿在中国社会找到了"用武之地"，并走上了本土化发展的道路，同时体现出与西方后现代主义戏仿艺术异质性的特点。新时期以来文学艺术中的戏仿更多指向了中国社会特定的政治现象、文化成规、历史意识等，融入了中国本土特色的幽默与讽刺艺术。戏仿的使用范围涉及文学、戏剧、电影、音乐、美术等艺术门类，并在互联网等电子传媒平台蔓延开来。

戏仿的意义取向体现了与现实的价值联系，既有借戏仿对历史、权力或人性进行的严肃思考，也不乏"戏仿至上""娱乐至死"的消费目的；既有充满人文关怀的温情调侃与嘲弄，也有无情的讽刺与解构；戏仿可以指向某些具体的话语或模式，也可以尽情表达个体生命的狂欢，走向荒诞和虚无的层面。戏仿不但指向文本之外的"世界"，同时有强烈的自我指涉性，它渴望既利用又破坏它依据的常规——从形式到内容再到情境等不一而足。戏仿在一定程度上体现了后现代主义既/又的思维方式，形成了一定的包容性，它打破了非此即彼的二元对立思维模式，以质疑的态度面对世界。

詹姆逊认为，后现代主义文化表现出来的虚无主义和相对主义已经无力处理历史和时间。戏仿以讽刺和批评的方式重述历史，目的是撩开历史神秘的面纱，将历史和真实、话语和权力、文本和世界的关系推至幕前，引发更深刻的思考与政治文化批评。传统史学对于历史总体面貌的追求，使得历史固有的非连续性被忽视或者曲解，福柯为了矫正这种偏失，在《知识考古学》中提出并论证了历史的"差异性"原则。一些作家显然矫枉过正，将历史视为"任人打扮的小姑娘"，时常利用戏仿和反讽消解来自历史的巨大压力，迥然不同的历史拼贴不但将历史连根拔起，同时昭示了历史和时间的消亡。对于文学创作中的这类取向，我们应当警惕与反思。

我们在借助后现代主义的知识解读中国当代的文学和文化现象时，将更多的注意力集中在形式技巧、语言修辞、叙事结构等方面，对于文学或文化现象本身存在的价值形态、存在悖论、文化逻辑等层面涉及相对较少。而且普遍存在一种倾向，将一种修辞技巧或文体形式与某种文化形态一一对应。包含戏仿、反讽因素的作品被归为"后现代主义"文本，不免有些以偏概全。王朔的小说曾被纳入"后现代主义"的范畴，他自己却宣称压根不知道什么是后现代主义。王小波的小说经常使用黑色幽默、戏仿、反讽等所谓的后现代主义表现方法，他却以自己的方式塑造了我们民族的"文化现代性"。新时期以来文学艺术中的戏仿并不是对西方后现代主义戏仿创作的挪用，它面对的是中国特有的社会文化语境和意识形态背景。戏仿一度体现了先锋文学的"纯文学"诉求，对意识形态和文学成规发起挑战，形成反叛姿态，又在大众文化潮流袭来之时作出妥协和让步，逐渐被商业社会和消费文化收编。当然，"先锋"精神的戏仿与融入"大众"文化的戏仿遭遇到不同的理论危机和现实困境，它在不同的历史时期呈现不同的形态与面貌，也对应了不同的文化意识形态，戏仿本身就是一个矛盾的存在。

当尼采宣布"上帝死了"，福柯宣称"人死了"，罗兰·巴特认为"作者已死"，在我们这个时代，"经典终结论"似乎已成定论。孟繁华指出，21世纪是一个没有文学经典的世纪，不是因为别的，只因为这是文学的宿命。米兰·昆德拉预言，当有一天小说真的消失，那它并非精疲力竭，而是处于一个不再属于它的世界中。面对巨大的"影响的焦虑"，面对日常生活审美的文化潮流，新的经典已经无从诞生。文学重复制造着已经失去文学精神的形式，艺术表现出对于存在的遗忘，文学艺术创作陷入对自身戏仿的悖论之中。时下，戏仿的潮流仍在延续，并且愈演愈烈。戏仿承担着"生产"和"运作"文学及文化产品的重要功能，它早已不具备鲁迅《故事新编》中的"稳定反讽"场域，而走向"泛戏仿""泛讽刺"的歧途。戏仿表现出知识的匮乏、即时消费性的特点,抹平现代性深度的倾向也十分明显。在《存在与时间》中,海德格尔在寻找一条通向事物本真性的澄明和开阔的道路。戏仿文体要想获得"可持续发展",唯有克服主体牵绊,在艺术形式上返璞归真,不断超越现实经验层面,直达心灵和存在的本真性,才能获得澄明和开阔的道路,才能获得隽永的艺术审美价值和思想生命力。

附 录

一 论"重述神话"的创作机制及其价值取向
——以奔月、射日的"重写"为例

在中外文学史上,文学创作的"重写"现象——尤其是对经典神话(传说)的重写极为普遍。在通常的意义上,"重写"不仅是一种文学家们乐于追捧的创作方式,更是一种为现代、后现代批评家们津津乐道的文学传播途径。据此,"重写"体现了人类普遍倾向于通过借鉴已有文学、文化资源进行再创造的思维习惯和实践方式。"故"事不断被"新"编,熟悉的人物、情节与场景被反复书写,这往往能激发并引导读者寻求对"历史—当下"的关联性想象,从而形成新的意义蕴含。或许正是站在这样的理论立场,哈罗德·布鲁姆在《西方正典》中激烈地断言:"伟大的作品不是重写即为修正……一首诗、一部戏剧或一部小说无论多么急于直接表现社会关怀,它都必然是由前人的作品催生出来的。"[1]

如果说布鲁姆的激烈多多少少确认了文学"重写"的价值取向,那么中国现当代小说史上不时出现的、对中国古代神话(传说)的"重写"之举,有理由引起评论家们的关注。如"嫦娥奔月""后羿射日"两则神话,在历史典籍中原是两则独立的故事;在历代作品中,它们往往被熔于一炉,反复重写,注入了不同作家的奇思妙想,呈现出不同的意蕴。半个世纪以前,鲁迅的《奔月》、邓充闾的《奔月》,都

---

[1] [美]哈罗德·布鲁姆:《西方正典》,江宁康译,南京译林出版社2005年版,第8页。

以嫦娥、后羿为原型展开故事；到了当下，李洱的《遗忘》、叶兆言的《后羿》又都以此为蓝本再次翻写。几部小说同构异质、古今杂糅、互为隐喻，形成巨大的"互文"场域。有鉴于此，本文试图以嫦娥奔月、后羿射日这两则经典神话的重写"景象"为例，考察其文学演绎轨迹，论证其创作机制并在此基础上探讨神话"重写"的价值取向。

1. 鲁迅"悖谬"式重写

相对于西方丰富而完整的神话谱系，中国上古时期的神话传说资料保存不全而且分布零散。《山海经》中集中保留了一部分，其他则散见于经史子集。

嫦娥奔月源自《淮南子·览冥训》："羿请不死之药于西王母，姮娥窃以奔月，怅然有丧，无以续之。"后羿射日载于《淮南子·本经训》："尧乃使羿诛凿齿于畴华之野，杀九婴于凶水之上，缴大风于青丘之泽，上射十日而下杀猰貐，段修蛇于洞庭，禽封豨于桑林。"奔月和射日的神话虽然在典籍中记述的文字不多，但成为中国古代最具代表的神话原型之一。奔月的神话有"仙化"的倾向，嫦娥窃取不死药服用后升天，寄托了古代人民长生不老、羽化升仙的美好愿望。《淮南子氾论》中又说："羿除天下害，死而为宗布。"可见后羿在神话中反复被塑造为"神化"了的英雄形象，肩负着创世之功，是道德操行的榜样和实践者。这些只言片语的典籍早已在历史长河中积淀成为民族文化心理结构的一部分，具有某种内在的稳定因素。而有关这两则神话的"重写"，往往意味着作家们试图对人们原有的文化记忆及其心理结构进行某种"改造"的冒险性挑战。

一般认为，"神话"的概念在 20 世纪初经由日本传入中国，梁启超、蒋观云等人把"神话"的概念引入现代汉语之中，周作人、茅盾、谢六逸等人开始系统介绍西方神话学，神话学在此时获得长足发展，有人认定："重写神话小说的发生和神话学的兴起在时间上有相当程度的一致性。"[①] 不少神话学研究者，如鲁迅、茅盾、郑振铎等人，同时还

[①] 祝宇红：《"故"事如何"新"编：论中国现代"重写型"小说》，北京大学出版社 2010 年版，第 85 页。

创作出了"重写"神话的小说。鲁迅在《破恶声论》和《中国小说史略中》均有对神话和传说的精辟论述，他的《故事新编》八篇，可谓完全自觉地、系统地展开神话（传说）"重写"的艺术尝试，取神话传说的"一点因由"而"随意点染"，形成了独特的"演义"笔法。

鲁迅1926年创作《奔月》时，离开长期从事思想斗争的北京，来到气氛相对平静的厦门，在异常寂寞和无聊的情绪中将"故"事"新"编，塑造出末路英雄羿的形象，如严家炎所言："《故事新编》所收的小说，大体上都寄托着作者不同境遇中的不同心态和不同意趣。"[①] 小说中，英雄后羿和美人嫦娥落入凡间世俗生活，为"食"发愁，飞禽走兽大都被羿射杀尽，他整日奔走觅食也不能改善愈加困顿的生活，嫦娥终于不能忍受整日吃乌鸦炸酱面和索然无味的生活，在物质匮乏和精神空虚双重夹击下，偷食仙药，弃羿升天。小说还增添了冯蒙暗害恩师羿的情节，这在历史前文本《淮南子》《孟子》中均有记载，羿虽然用嘴唇衔住暗箭的"啮镞法"躲过一劫，但无不增添小说的悲怆气氛。鲁迅严密的考据功夫和丰富的想象力昭示了神话传说可以被如此重写，从而再现了神话、传说、历史的"现实"。

《奔月》中的羿寄托着鲁迅对个体生命的深刻省思。羿的生命体验充满悲剧性，从英雄变成凡人，无用武之地，在困境中艰难营生却不被理解，落得被徒弟反间、妻子抛弃的悲凉境遇。小说具有鲜明的历史指向和现实穿透力，神话传说与当下现实相互渗透，古今对话，形成了多层面的话语空间。以羿为代表的"个人"与嫦娥、冯蒙等"庸众"之间如此隔绝，仅靠个人的力量启蒙庸众是可笑、可悲且无力的，《奔月》正是启蒙精神的一曲挽歌，也是鲁迅心头挥之不去的深刻痛楚。在《故事新编》的整个创作过程中，鲁迅流露出复杂的情感态度，《补天》中的女娲造福苍生，死后不得善终；《奔月》中的羿当初射日是为民除害，如今却陷入命运怪圈；《采薇》中的伯夷、叔齐虽愚昧可笑，但也值得同情。鲁迅在消解了原神话传说或历史故事的同时，建构起一个文化乌托邦。"他似乎很用心地建构了一个创世神话的经典文化世

[①] 严家炎：《论鲁迅的复调小说》，上海教育出版社2002年版，第128页。

界，实际上，在他一一检视之后，发现这只是个幻灭的乌托邦，尽管其中包含了许多人，甚至也包括鲁迅自己的向往或幻想。"① 鲁迅未必没有意识到这是一种绝望的反抗，但他仍以斗士的姿态反抗绝望。

小说中的一些情节，如羿与老太太在鸡被误杀后产生的争执，连同他被冯蒙倒打一耙，回家后却见嫦娥奔月后愤恨的一射难免被看作是鲁迅与高长虹间的恩怨在小说中蛛丝马迹的影射，那么鲁迅正是以这种"油滑"笔调或者绝望的反抗姿态来实现创作主体自然而然地介入小说。他游刃有余地穿梭在神话与现实之间，熔古铸今，在尊重历史典籍的前提下，有限度地消解和重建历史。鲁迅在"有我之境"中重写神话传说，神话并未被肢解得支离破碎，而是有机地与现实水乳交融。鲁迅在神话传说的掩护下，将现代话语和思维穿插入古代神话，解构和再创造了历史时空，主体精神的投射正是他独异的个人化的内心体验。

1947年邓充闾在《文艺先锋》上发表与鲁迅小说同名的《奔月》。嫦娥成为母系社会的一个女王，天上的十个太阳普照着十个女王的王国，充满和谐和温暖。女王嫦娥从民间挑选了羿为夫君，善射的羿在征战别的母系王国时，野心和权力欲无限膨胀。他一连射下九个太阳，使人们"失却了光与热""失却了颜色与声音"，进而"获得了女王们的柔媚"和整个王国的统治权。以嫦娥和其他九位女性国王为代表的女权社会被以羿为中心的男权社会所取代，这是男权对于女权的胜利，嫦娥奔月也是女权文化没落后无奈的选择。

这篇重写保留了《淮南子》中后羿射九日的记载，嫦娥吞不死药升天的情节被置换成羿靠射九日获得对世界的征服，并取代了嫦娥的王位，导致夫妻关系破裂，嫦娥不得不"奔月"的结局。茅盾曾在《神话杂论》中指出，嫦娥奔月神话和羿射日神话等关于日月的自然现象的神话，就是在古代也不能历史化。小说将嫦娥奔月、后羿射日的神话传说移植入父权/母权的对抗关系中，在从母权到父权的自然更替中为神话传说开辟另一条"合理化""历史化"的阐释道路，流露出一定的

---

① 朱崇科：《张力的狂欢——论鲁迅及其来者之故事新编小说中的主体介入》，上海三联书店2006年版，第221页。

"观念性""历史化"倾向。这在邓充闾同时期创作的小说《女国的毁灭》中也有所体现。

2. 当代"消解"式重写

如果说鲁迅的《奔月》是顺应近代神话学发展之势而创造出的"有意味的形式",邓充闾则是借助某种学术观念演绎了另一版本的奔月、射日故事,那么在20世纪行将结束的最后一年,李洱、海男、蒋志等作家因痛感"文学失却了轰动效应"而刻意对上述神话故事展开"重述",他们的作品如《遗忘》《女人传》《雪儿》等被《大家》杂志作为"凸凹文本"推出,期盼"唤起人们对文学的一次苍凉的注视"。所谓"凸凹"正是这些小说的形式主义策略,看似杂乱无序,实则形散神聚。

正如约翰·巴斯在《枯竭的文学》中预想,文学几乎穷尽了新颖的可能性。文学发展至今日,充满了"影响的焦虑",李洱的《遗忘》是在焦虑中的一次艺术实验,他将古代神话与当代生活拆解分散,再把一个个情节碎片拼贴起来,神话和现实在诸多裂隙中弥合衔接。小说是在调动各种中外历史文化典籍、知识的过程中不断考证、推论嫦娥奔月的传说与历史学教授侯后毅、妻子罗宓、弟子冯蒙之间的转世对应关系。大历史学家侯后毅给弟子冯蒙一个博士命题论文《嫦娥奔月》,让他实事求是地把嫦娥下凡的前因后果记载下来,因为侯后毅坚信自己是夷羿转世,嫦娥下凡是为了对自己表达爱意。冯蒙实在无法找到神话与现实的对接点,他的论证始终不能得到导师的认可,毕业一再推迟,他只能假设侯后毅是后羿转世作为命题充分必要条件,进而论证出与他有情感纠葛的师母罗宓是洛神转世,自己则是前世杀死夷羿的冯夷,冯蒙和罗宓前世本是恩爱夫妻,侯后毅才是横刀夺爱的人。貌似严密的推论,确凿无疑的史料,荒诞滑稽的结论使小说呈现悖谬状态,这是对历史、现实的巨大嘲讽。

历史研究学家"遗忘"了历史,"遗忘"了自身,同时他重建了自身的历史——侯后毅就是后羿前世今生,是历史英雄。弟子冯蒙在论证过程中也"遗忘"了已然的身份和历史,不自觉地进入了导师虚构的世界。虚构的历史通过"遗忘"变成真实的历史,神话传说与现实世界得以对接，神话人物与现实人物获得转世。小说是各种话语和文体拼贴后的产物，混杂着神话传说的历史记忆和当下人生存的焦虑感和荒诞性。后羿、嫦娥、侯后毅、冯蒙等符号化的人物打破了时空秩序，任意穿梭在各个碎片化场景中，小说在对神话经典支离破碎的戏仿中用伪证和谎言构筑起一个虚幻的世界，历史在这里被"遗忘"，被消解、重组、模糊化，作家李洱以其智慧和学养与"历史"进行了一次精彩的博弈，破碎的历史在一次次伪证中获得多种可能性，也宣告了历史的严正性。

2005年，中国文坛启动的"重述神话"项目无疑是当下在全球范围内有影响力的跨国写作和出版事件，也是对世纪末兴起的"新神话主义"文化浪潮要求回归和复兴神话的有力回应。这种类似命题作文式的跨国写作运动不失为一种跨文化交流的有效传播手段，也是对各民族国家自身传统文化的重新审视和理解。"重述神话"系列已出版的有苏童的《碧奴》，叶兆言的《后羿》，李锐、蒋韵夫妇的《人间》，和阿来的《格萨尔王》。中国的"重述神话"不单是对远古神话的重构，还融入了当代语境下对历史的重述，对现代性的反思。正如叶舒宪在《神话意象》一书中论及："我们长久以来习惯于把神话看作语言文学的一种形式。其实神话也是人类记忆的根本，其文化资源价值只是到了反思现代性弊端的后现代思潮的时代才逐渐为人们所认识、所珍惜。"[①]

叶兆言在小说《后羿》中以现代眼光和思维重写"后羿射日"和"嫦娥奔月"的神话。人物关系和人物性格被重新设置：后羿是嫦娥在洪水中遇到的救命葫芦所生，他们最初是母子关系，后发展成夫妻情人关系。羿在嫦娥的帮助下完成了从人到神的转变，嫦娥却在羿成为皇帝后日渐绝情和沉沦，相比于鲁迅《奔月》中嫦娥为摆脱死寂的生活而升天，《后羿》中的嫦娥因为对爱情的绝望而愤然奔月。小说基本保留了神话的完整性，既有对后羿射日壮观场景浓墨重彩的描写，也有嫦娥无奈偷吃仙药升天的悲情结局。人与人之间的真诚与背叛，阴谋与爱情，仇恨与报复在情欲、权力欲的纠葛中轮番上演，众生相、世俗化被

[①] 叶舒宪：《神话意象》，北京大学出版社2007年版，第91页。

淋漓尽致地刻画出来。

人类是受生命原欲所支配的，历史的变迁与个体本能欲望之间有着深层的渊源。小说充满着欲望化的叙述，性欲则是诸多欲望的核心，它既给人快乐的希望，也带给人毁灭性的打击。情欲描写贯穿小说始末：吴刚和两个儿子的性欲冲动，嫦娥和布的私情，后羿和嫦娥、末嬉、玄妻三个女人的情欲纠葛；而某个生命瞬间的本能冲动就有可能改变事态的进程，比如后羿不断膨胀的权力欲让他登上宝座，对女人的征服欲让他获得男性的权威，而嫦娥在失宠后只能以无奈的升天实现对羿的报复。小说无疑可以看作20世纪90年代以来欲望化写作在新世纪的延伸。但应警惕的是，并非所有的欲望化叙事都能达到开掘人性的深度和反思现实的广度，在当今大众文化喧嚣的语境下，有意或无意为之的欲望化描写或渲染却成为取悦读者的重要手段。小说中能隐见男权至上、女性物化的思想观念，后羿身边的三个女人实际上是按照男性欲望化法则创造出来的女性形象，这些都是作家在创作中、读者在阅读中需要甄别和警醒的。

3. 重写的多种可能及价值取向

或许正因为嫦娥奔月和后羿射日的故事原型在典籍中记载简略，只有基本的人物和简单的情节，后世的小说创作才有可供想象和发挥的广阔空间，从而形成后现代批评家们声称的那种"互文性"效应。按照克里斯蒂娃的论述，互文性意指"每一个文本都是另一个文本的吸收和转化"。[①] 据此，以上四部小说均以奔月和射日神话为蓝本进行再创作，尽管作家所处的社会语境、人生体验和观念意识各不相同，四部小说无形中跨越时空，形成一个巨大的"互文性"场域。

事实上，与其说是作家们偏爱奔月和射日的神话传说，一再对其进行重写，不如说这几部小说是在神话传说的瑰丽外衣下完成的作家们的一次次个人化写作。在这个过程中，一个显而易见的创作趋向即是：在神话原型中十分突出的"神性"光芒随着作家们的一次次"重写"渐趋褪色，神话的人物包括人际关系，以及故事、情节、场景与结构被巧

---

① [法]萨莫瓦约：《互文性研究》，邵炜译，天津人民出版社2002年版，第145页。

妙嫁接到了世俗化的生活场景之中。鲁迅的《奔月》中，开场羿和嫦娥就生活在凡间，为柴米油盐发愁，为生活琐事吵架，神话人物的超凡脱俗丧失殆尽，俨然一对平民夫妻。邓充间的《奔月》和叶兆言的《后羿》，则成为上演人间权欲和情欲的舞台，你方唱罢我登场，后羿和嫦娥不过是被借用到小说中的神话人物。尽管《奔月》中羿仍有射日神功，《后羿》中后羿一再被强调是神人，然而作家固守的最后一点神性也被现实的人性慢慢遮蔽或是吞噬。这两篇小说中的嫦娥都因丈夫羿得势后失宠而愤然奔月，"奔月"的行为在人世间等同于"出走"，是嫦娥们对爱情绝望后的无奈选择，"奔月"的最后一点神性色彩也被消解了。《遗忘》的场景又切换到知识分子群体，身处学院的李洱深谙当代知识分子的精神处境，他运用具体喧嚷的日常世事加以呈现，嫦娥"成仙后不甘寂寞"，主动下凡，居然做了教授侯后毅的情人，这才有了下文的侯后毅认定自己是夷羿转世，逼弟子冯蒙论证嫦娥下凡的一系列荒诞故事。加拿大学者弗莱认为，神话反映了原始人的欲望和幻想，神的超人性不过是人类欲望的隐喻性表达。神话重写中世俗化、人性化风格的体现，实际上是作家对神话的抽象性、概括性进行普泛化的结果。

D. 佛克马指出："重写则预设了一个强有力的主体存在。重写表达了写作主体的职责。"[①] 重写神话的行为融入了神话原型、作家自我和时代背景等诸多因素，而作家主体对于小说的介入，或者说介入的方式和深度，直接影响到重写文本的意义。鲁迅对小说《奔月》的主体介入表现出独到的控制能力，收放自如，出入古今，从一篇《奔月》到一部《故事新编》都是"神话，传说及史实的演义"，"人们不能不承认，无论历史（或神话）小说，抑是写实小说，从来未有如此写法。鲁迅正是以其思想家和文学家的灵性，使神话、历史和现实的时空错乱并加以杂文化，从而创造出新的小说体制"[②] 李洱在小说《遗忘》中给人以驾轻就熟的印象，他就是一个拼贴大师，游刃有余地穿梭在神话

[①] ［荷兰］D. 佛克马：《中国与欧洲传统中的重写方式》，范智红译，《文学评论》1999年第6期。

[②] 杨义：《中国叙事学·杨义文存》第一卷，人民出版社1997年版，第118页。

和历史、现实的碎片化场景之中,凸凹不平的文本隐含着作家对时代荒诞性和刺痛感的把握和体验,带有先锋性质的文本操作手段模糊了虚构和真实的界限,小说有很强的现实洞穿力和指向性。导师侯后毅至死也没有在冯蒙的博士论文上签字,因为他的考证与现实有悖,冯蒙却在历史与现实混淆的恍惚精神状态中彻底发疯了,李洱笔下的"知识分子"是这般贴近于生活和存在的荒谬性本质。在邓充闾的《奔月》和叶兆言的《后羿》中,作者的观念化写作倾向体现较为明显,作家仿佛戴着"神话"的镣铐跳舞,两部小说基本上都是"人性在场"而"神性缺席",神话成为小说创作的背景和支撑,而台前的人物和故事又必须时时关涉神话,所以创作主体的过度介入和欲盖弥彰的叙述反而让神话和现实的套接略显费力和生硬,这也是作家在创作中以何种姿态介入神话与现实的矛盾所在。

特别值得注意的是,鲁迅的《奔月》和李洱的《遗忘》之间的创作跨越六十余年,二者都带有某些后现代的因素或者色彩。《奔月》和《遗忘》在一定层面上可以看作对神话的戏仿,小说对所谓的"历史"赋予了一种怪诞有趣的戏仿形式,充满戏谑讽刺的意味。《奔月》通过老太太、侍女之口化用了高长虹的语言,"你真是白来了一百多回","有人说老爷还是一个战士"等,滑稽地描摹出高长虹的恶意行径。《遗忘》一方面运用实证手段大量引用准确年代下的确凿史实,增加文本的可信度,另一方面,又对这段努力建构起来的荒诞历史进行消解,小说戏仿了神话学传奇,又对此自我否定,历史图景又化为纷繁的碎片。至此,鲁迅和李洱戏仿的不过是神话外衣掩盖下的"历史"本身。

事实上,这几部小说的结局也颇有意味,嫦娥们要么无奈奔月,要么下凡作乱;后羿们有的称王称帝,有的英雄末路,还有的甚至被徒弟暗害,虽然没有了《淮南子》中好奇自私的嫦娥和为民造福的后羿,他们的如此结局却可以概括为黑格尔的"历史的讽刺"。神话原型随着社会时代变迁不断置换变形,在世俗的权利体制下,后羿必将完成从神到人的衰落,嫦娥注定从仙女堕入俗人怨妇,这是社会历史发展的必然。综观以上四部以奔月和射日神话为原型的重写小说,大都出现在社会文化重要的转变时期，对同一个神话的反复重写和言说伴随着作家对文学、历史范式的反思或者突破，也是对当时话语资源的重构。

至此，我们似乎有理由认定："重述神话"是作家们有意通过神话对日常生活和精神的现代性转换来完成对世界的隐喻性理解和表达，它消解了神话与现实、神性与人性、真实与虚构之间的鸿沟，又绵里藏针地刺破神话世界，直指复杂的现实生活。小说家们的创作或熔铸古今，自成一体，或具有历史化、观念化的倾向，或充满世俗化的欲望，抑或在焦虑之下继续突围，续写"嫦娥下凡"的后现代的传奇。从《淮南子》到鲁迅、邓充间的现代神话重写，再到当代李洱、叶兆言的小说创作，他们所营构的奔月、射日神话并不着眼于神性的获得，也不在于有意为神话"褪色"，而是致力于作家主体、神话传说和社会环境的沟通互融。同样的神话传说母本，同样的跨时空对话，不同的创作机制，不同的言说方式及价值取向，从中衍生出来的多样小说文本为我们提供了在不同语境下神话如何被重写的多种可能。

二　消费文化视域下"重述神话"价值辨析

20世纪末期形成的"新神话主义"文化潮流，有着回归、复兴和再造神话、魔幻等想象世界的强烈诉求，并直接诱发了2005年起全球多个国家共同参与的"重述神话"运动。中国的"重述神话"项目迄今为止出版了苏童的《碧奴》，叶兆言的《后羿》，李锐、蒋韵夫妇的《人间》和阿来的《格萨尔王》。然而，这种处于文化消费时代的带有某些商业性质、功利目的的重写行为已不单纯是作家的"个人"的创造，它变成文化产业的重要环节，市场和媒介的有力介入甚至可以直接左右创作的走向。从这个角度看，"重述神话"成为一个规模庞大的"命题作文"，作家不得不戴着神话的镣铐跳出新的舞步。因此，厘清"重述神话"的文化属性，参照文学史上经典的神话重写，分析当下重述中的得与失是本文的题中之意。

1. 重述神话与意义拓殖

鲁迅在《破恶声论》中认为神话是"太古之民，神思如是",[①] 神话体现上古人民的神思妙想，是当今文明的根源。神话故事早已在历史长河中积淀成为民族文化心理结构的一部分，具有内在的稳定因素。重述神话意味着作家对人们原有的文化记忆和心理结构进行想象和叙事的冒险性挑战，在解构、重构中重塑神话原型，从而使神话在当下获得文学和历史的双重意义增殖。重述神话的作家无疑要面对来自神话原型这个前文本的巨大压力，重述必定绕不过故事原型，若简单移植人物和故事情节则毫无创新可言，若只是象征性借用神话原型创作，又与"重述神话"的初衷背道而驰，不能挖掘出传统文化中的精髓。如何处理神话与重述之间的微妙关系成为创作的难点和生长点。孟姜女的传说最初的原型只是写了"岂梁之妻知礼而不受郊吊"的故事，到了西汉时期才有她哭倒长城的情节。顾颉刚的《孟姜女故事的转变》一文对这一神话传说追根溯源，时间跨度两千余年。白蛇传的故事起源于宋朝，明末《警世通言》中已有记载，足见神话原型经过历史积淀后内在呈现的稳定结构。此外，作家还要试图摆脱前代作家重写产生的"影响的焦虑"。嫦娥奔月、后羿射日基本上是被重写次数最多的神话故事，现代文学阶段，鲁迅的《奔月》、谭正璧的《奔月之后》、邓充闾的《奔月》都是以后羿射日和嫦娥奔月为前文本的重写。《格萨尔王》是被传唱至今的"活史诗"。但中国神话在历代口头传说或记载中被逐渐剥离地仅剩下简单的情节、人物和故事框架，这也为重述带来新的可想象、可建构的空间，作家们可以在叙事时间、叙事空间或者叙事策略上寻求突破口。

苏童的《碧奴》是中国"重述神话"项目最先推出的一部，小说是对孟姜女故事的重写。苏童首先将孟姜女重新命名为"碧奴"，表明求新的意图，至少使重写的对象获得一个独立的文学性名称。孟姜女的故事在千百年来的流传中，情节已经逐渐被剥离，仅剩下"千里寻夫"和"哭倒长城"两个符号化的事件。苏童沿用了这两个基本故事情节，

[①] 鲁迅：《鲁迅全集》第八卷，人民文学出版社2005年版，第32页。

主人公碧奴踏上漫漫寻夫路，故事中增加青蛙、鹿人、断掌人等具有神话意味的形象。苏童在哭和泪上极尽想象，碧奴在少女时代只会用浓密的头发哭泣，在丈夫岂梁被抓去大燕岭修长城时，她身上的每一寸肌肤都能哭泣、喷涌出眼泪。历经坎坷，碧奴越接近大燕岭身体越发瘦弱，眼泪却越来越汹涌，碧奴的眼泪获得人性和神性的巨大能量，周围的山川树木，鸟兽虫鱼一齐哭泣，"整个大燕岭似乎都抽搐起来，长城在微微颤动"。碧奴在飞洒的泪水中获得完整的灵魂，这个民间底层女子的善良、坚韧让人神共泣。从这个意义上说，孟姜女的传说不过是被借用到小说创作中的元素。苏童放弃了解构神话，也没有将神话移植进现代语境，他只是将碧奴和孟姜女加以置换，以感人的故事情节和浪漫主义精神连缀故事。他对孟姜女故事的重写是在神话原型基础上的建构，而非解构之后的重构，苏童强调自己采用了"比神话更神话的写作思维"。苏童正以非理性的神话思维和丰富大胆的想象力，完成了从神话到"人化"的再叙述。

凯伦·阿姆斯特朗在《神话简史》中提道："一个神话的成败并不以给出多少事实为凭据，最重要的是它是否能指导人们的言行举止。它的真理价值必须在实践中得以揭示——无论是仪式性的还是伦理性的。如果它被视为纯粹理性的假说，那么，它将离人类日渐遥远，而且变得越来越难以置信。"[①]《后羿》借千年前神话人物的原型，表征出现代人自私、贪婪、狭隘等的现代文明病。

《人间》是李锐、蒋韵夫妇首度合作的小说，故事以三条线索和三重视角的方式展开对白蛇前世今生的叙述。如果说白蛇的前世在人间遭受的苦难来自于人们对妖的本能排斥和敌意，任凭白娘子舍血救人也不能换来人们的信任和接纳，那么白娘子的今生"我"，一个名叫秋白的现代知识分子所遭遇的劫难就是前世白娘子在今生的翻版。反右斗争中秋白的坦率直言让她在阶级内部发出不和谐的声调，作为"异己"杂草需要被清除，而揭发她的正是在《雷峰塔》中扮演"许仙"的她的

[①] [英]凯伦·阿姆斯特朗：《神话简史》，胡亚豳译，重庆出版社2005年版，第24—25页。

丈夫。前尘未断，今生再续，人妖之分，阶级斗争，排除妖怪，清扫异己，白蛇和秋白以绝对真理的名义被诛灭或驱逐，小说除了包含对白蛇前世今生的"身份认同"或"文化认同"问题的思考外，更深层面是对传统文化遭遇现代文明或文化后呈现出何种状态的追问。小说中三种不同声音，一种声音来自现实生活中的"我"——秋白的自述，一种来自法海的内心独白，他在追杀白蛇过程中面对人妖身份的困惑与矛盾，再一种是作者以全知视角叙述白蛇下凡、巧遇许宣、遭受苦难等广为人知的白蛇传说，三种声音交叉互现，各自独立又藕断丝连，"我"说、"他"说、隐形的作者在说，言说中的历史构成三重对历史的言说。文本中还交叉运用了自述、神话、梦境叙述、手记、新闻报道等，在文体互渗中，文本内部再次形成多种对话关系。

相对于《碧奴》《后羿》和《人间》以短篇神话传说为原型进行重述的小说，《格萨尔王传》对藏族史诗《格萨尔王传》的重述在驾驭史诗素材和承载历史重量的意义上更突显难度。格萨尔王历史上确有其人，他一生戎马，扬善抑恶，弘扬佛法，传播文化，他的形象在历代传唱中上升到闪烁着神性光辉的英雄，最终凝固蜕变成一个神话原型。阿来设置了两条线索互相作用推进叙述，一个是以藏族活的史诗《格萨尔王传》为故事底本，再现了英雄的成长和经历，另一条是围绕说唱人晋美的故事展开。《格萨尔王》中的神子降生、赛马称王、雄师归天三段宏大叙述烙印上史诗的印迹；牧羊人晋美在梦境中机缘巧合获得神授技艺，成为声名远扬的"仲肯"，他在说唱中与格萨尔王发生心灵碰撞，他更喜欢走下神坛具有本真"人性"的格萨尔王。小说透过格萨尔王和晋美对人性悖谬和心灵蒙昧的质疑，指向对人类共同的悲悯，充满宗教的慈悲，阿来也借这本书向伟大的藏族文化、艺术致敬。

人物是小说叙述的重要支点，中国神话传说中的典型人物形象受到作家们的垂青，成为作家戏仿或美化的对象。从叙事角度来看，重述神话通过对神话人物的"降格"达到对模仿事物的颠覆或者重构，而作为前文本的神话传说，基本是褒扬和肯定的。后羿、格萨尔王是中国民间传说中的英雄，后羿虽然有射日神功，但是非人所生，是从嫦娥捡到的葫芦中出来的，经由嫦娥启蒙和引导最终称王，后又陷入贪欲、情欲与权力欲的泥沼。格萨尔王是天界的神子崔巴葛瓦下凡拯救人类化身的英雄，居然被人间的妖风侵蚀了容貌，变成丑陋的觉如；就连吴刚也不是被玉帝贬去砍伐桂树的青壮男子，而是形象猥琐腿部有残疾的从事阉割工作的老男人。戏仿成为作家们有利的重述工具，它的颠覆和解构对读者的传统记忆和期待视野是一种涂改和反叛，新文本与前神话文本实现了佛克马所谓的重写的差异性和创造性，人物形象脱胎换骨成为新的存在。

碧奴、嫦娥、白蛇形象的重塑流露出作家们对神话中女性人物的偏爱，她们往往被作家"升格"处理。她们善良、隐忍、理智、通达，昭显儒家文化中"仁义"的光辉。碧奴还在桃村的时候，始终善待对她充满恶意的顽劣侄子，在寻夫路上把无人理睬的棺材推上官道，避免亡者的灵魂遭人践踏；嫦娥面对后羿的冷酷、暴戾和其他宫妃的嫉妒、迫害泰然处之，极力挽回颓势；白蛇不惜用自己一身热血挽救对她充满敌意和不解的村民，善良和仁义与自私、贪欲形成强烈的反讽场域，也成为测量人性深度和广度的试金石。

重述中的戏谑性语言也构成反讽意味。《格萨尔王》中的那只乌鸦"飞的比过去慢多了。作为百鸟之王，它的脖子上带着宝石串，爪子上戴着金指套，这些东西太多沉重了"。这分明是被动物化的人的形象，已被压在权力和财富的大山之下。碧奴路途中遇见的钦差大臣被移植了现代人的用语："种葫芦不好，种棉花好……你种了棉花纺线织布，给前线战士做战袍，女子也要为国家作贡献啊！"官腔和现代话语相杂糅，使得语言本身显得不伦不类，从而消解和瓦解了战乱时期所谓的官方论调，讽刺意味油然而生。

重述神话的几部作品整体而言体现了指涉古今、时空交错的叙事特点，以强烈的现代精神实现对"过去"和"当下"的渗透和融合，有力地指向现实。如果说《碧奴》和《格萨尔王》在重写中追求神话的"原生性"，那么《后羿》和《白蛇传》则更多地对神话进行改写和做出预言化的诠释，某种程度带有"反神话"的味道。重述文本渗透了重述者的观念意识、思想情感和个人体验，重写文本与神话原典之间在作家有意识的选择、裁剪和补充中形成了新的互文关系。

2. 现代重述与当代反观

时至今日，中西传统文本的重写现象仍在持续，这场全球范围内在"神话复兴"和"重构经典"背景下掀起的重述浪潮，可以看作当代小说重写现象的一部分。这其中也包括其他作家对神话传说的重写，如李冯的《牛郎》、张想的《孟姜女的突围》、李洱的《遗忘》等，分别是以牛郎织女、孟姜女、嫦娥后羿的神话素材为原型的重写。

若要探究当代重述神话的发展状况，结合现代阶段的神话重写实践做一对比参照是十分必要的。一般认为，"神话"的概念在20世纪初经由日本逐渐传入中国，周作人、茅盾、谢六逸等人开始系统介绍西方神话学，神话学在此时获得长足发展。因此，"重写神话小说的发生和神话学的兴起在时间上有相当程度的一致性"。[1] 鲁迅的《故事新编》是完全自觉地重述神话，他取了女娲补天、后羿射日、嫦娥奔月、大禹治水等神话传说的"一点因由"，点染成《补天》《奔月》《理水》等成熟的重写神话传说之作。同时代的重写神话传说之作还有谭正璧的《奔月之后》、邓充闾的《奔月》，都以嫦娥后羿为原型；曾虚白的《怀果》重写《山海经》中余鸟、怀果的故事。

当下的"重述神话"小说并非完全自觉的重述，作家的权限仅是选择自己偏好且能驾驭的神话素材，这种类似"命题作文"式的写作有形无形之中都给创作带来一定程度上的制约。从文体表象来看，当代的"重述神话"系列小说与新历史主义小说有某种相似之处，文体内在结构却与鲁迅的《故事新编》有一定的渊源。同为"故"事"新"编，"鲁迅对先秦诸子、中国神话的重写，是在传统内部对传统的批判与继承，是对本民族文化本根的探寻与张扬"，"《故事新编》是对前文本所代表的传统的'对话式理解'而不是'硬性解释'，其作为'重写型'小说的'观念性'也体现在这里"。[2] 重写不是要依附史书或者复述史实，而是要将古人和今人共同面对的人生境遇或内心指向用艺术的

---

[1] 祝宇红：《"故"事如何"新"编：论中国现代"重写型"小说》，北京大学出版社2010年版，第85页。

[2] 祝宇红：《"故"事如何"新"编：论中国现代"重写型"小说》，北京大学出版社2010年版，第284页。

渠道沟通联结。女娲、后羿、大禹是中国脊梁式的英雄，孔子、庄子、墨子都是古代圣贤，对这些英雄圣贤，鲁迅用对于历史"信口开河"的"演义"笔法，消解了他们头上的神圣光环，如陷入性苦闷的女娲、滑入末路的后羿，娶不上老婆的老子，等等。鲁迅在《故事新编》中重塑的人物或历史在事实层面可能子虚乌有，但在文化精神建构层面却是丰富和深刻的。

鲁迅在重述神话的过程中对原神话给予充分尊重，并挖掘出神话中蕴藏着的价值功能和审美功能，用现代人的视角审视神话故事的同时，从古代人的视角反观现代社会，摒弃了观念化写作。重述神话系列小说的观念化写作倾向体现较为明显，作家仿佛戴着"神话"的镣铐跳舞，基本是以现代人的视角回望神话。《碧奴》《人间》两部小说基本上都是"人性在场"而"神性缺席"，即使《后羿》和《格萨尔王》的作者努力使主人公后羿和格萨尔王闪现出神性的光辉，那也是极力建构在世俗人情之上的人性，人性的缺点根本无法掩盖。不难看出，神话成为小说创作的背景和支撑，而台前的人物和故事又必须时时关涉神话，所以创作主体的过度介入和欲盖弥彰的叙述反而让神话和现实的套接略显费力和生硬，这也是作家在创作中以何种姿态介入神话与现实的矛盾所在。

当下的重述神话作品与鲁迅当年的启蒙立场相去甚远，不仅作家、作品被无形吸纳入消费文化时代的大潮，就连体现民族传统文化精髓的神话故事也被拿来"消费"了，只是命名和手段更加高明和隐蔽。我们不得不反思，这场全球范围内的神话重述浪潮是否落入商业文化和消费策略的窠臼，而神话是砝码，重述是手段，文化消费才是目的？重述行为将神话移植入世俗社会，利用"神话"的文化记忆，使神话与现实在某种意义上实现对接，运用拼贴和戏仿、反讽等手法成功消解并抹平了神话和现实的历史纵深感，使得小说体现出去历史化、去深度模式的倾向。这其中还有不少的情欲描写，《后羿》中后羿是嫦娥在洪水中遇到的救命葫芦所生，他们最初是母子关系，后发展成夫妻情人关系。羿在嫦娥的帮助下完成了从人到神的转变，当上帝王的后羿贪恋女色，日渐冷落妻子嫦娥。小说中的描写涉及乱伦和情欲，人性的变异、人物性格的蜕变在这些赤裸大胆的欲望化描写中得以呈现。并非所有的欲望化叙事都有挖掘人性的深度，一定程度上情欲描写也是商业文化语境中文学迎合大众的媚俗手段，这些也都是需要甄别警醒的。

神话故事是经典的文学素材，代表了不同时代的审美记忆，重述神话的作家应在神话故事中找到新的生长点，努力摆脱"影响的焦虑"，使作品获得鲜明的原创性和宽广的精神空间，而不是沦为经典的附庸或影子，这样的重述或改写才是有意义的。米兰·昆德拉就指出："采访、对话、谈话录。改编，改成电影或电视。改写是这个时代的精神。终有一天，过去的文化会完全被人改写，完全在它的改写之下被人遗忘。"①"当旧的经典被反复地篡改、曲解、误读，而新的经典又无从诞生时，文学就患上了健忘症。"② 作家的主体精神容易在消费文化浪潮的裹挟下萎缩困顿遗忘自身，而作为消费文化的文学作品注定要被时代迅速遗忘。

神话可以看作解读历史的另一种方式，是一条联结历史与现代、传统与未来的文化纽带。尼采认为，"没有神话，一切文化都会丧失其健康的天然创造力。唯有一种用神话调整的视野，才把全部文化运动归束为统一体"，"神话的形象必是不可觉察却又无处不在的守护神"。③ 神话以其诗性智慧构筑了人类文化和文明的广阔空间，神话以其带有神性的生命关照与现代科学理性的霸权思维和话语权力形成鲜明的对照，这就是当代再重写神话的意义，凭借神话的转化功能，借助神话的路标，追求永恒的生命关怀。重述神话使封闭的文本走向开放，重述神话对神话原型的再现、吸收和转化不是个别的、局部的，而是整体地、宏观地重新创造一个文本。在重写、仿写的冲突对照中制造熟悉感和陌生化的双重体验。神话重述更深层面源于作家对文学虚构本质的认识，小说家们不在乎生活的必然性，而是生活的无限可能性。按照约翰·巴斯在《枯竭的文学》中的设想，文学史几乎穷尽了新颖性的可能，重写或许是一个不错的突破口，对原文本看似不经意的裁剪和拼贴，形成"有

---

① [捷克]米兰·昆德拉：《小说的艺术》，上海译文出版社2008年版，第159页。
② 黄发有：《文学健忘症——消费时代的文学生态》，《南方文坛》2005年第6期。
③ [德]尼采：《悲剧的诞生》，周国平译，生活·读书·新知三联书店1987年版，第100页。

意味的形式"。不过，在此过程中也要看到，当代对神话或者其他前文本的重写显现出去历史化、去深度化的写作倾向，重写中的讽喻往往带有浓重的虚无主义色彩，也没有《故事新编》中稳定的反讽场域，重写文本也容易成为詹姆逊所说的"失去隐秘动机的拼贴"。重述神话唯有在现实经验层面不断超越存在的层面，向着存在的高度、深度，人性的悖谬、荒诞做不懈追问和探索，才能获得深层次的意义。

三　论新时期小说戏仿叙事的演变及类型

作为一种叙事方法，"戏仿"原指小说家在叙述过程中通过有意识地模仿他人的文体风格而形成一种新的小说文本的做法，即有意识地模仿一个小说文本的内容、形式特征，包括人物、故事、情节和语言风格等方面，并将其运用到不适宜甚至相反的语境中，以达到对模仿对象的曲解、嘲讽和颠覆。本文按照中国新时期戏仿小说文本的总体规模划分三个戏仿类型：人物性戏仿、故事性戏仿（包括题材、情节、结构等）、文体性戏仿。

中国古典文论中并无"戏仿"这一概念，但将戏仿作为一种创作手法的运用，在古典诗文中不乏例证。从中国现代小说的发展渊源来看，现代小说家对戏仿的运用始于鲁迅的《故事新编》。"五四"小说家中，女作家凌叔华对"闺怨"题材的戏仿，显示了她特有的文学才情。30年代中国文坛，海派名家施蛰存借鉴精神分析理论话语，大胆"重写"历史人物与故事，推出了一批戏仿小说。40年代以后至70年代末，随着文学环境变迁，戏仿叙事渐渐退出小说家的创作视野，小说家陈翔鹤之死，"验证"了戏仿作为一种具有极度颠覆性与解构性的叙事方法在高度一体化的政治文化体制下走向消亡的必然命运。

新时期小说家们拆毁真实性、典型性与倾向性等新文学成规，把戏仿叙事推向了一个"创作规范"的高度。从新时期戏仿小说的故事内容及其价值尺度上来看，戏仿叙事的文学价值是唯一的，其在于以一种激进的，然而却是行之有效的手段扩张了小说文本的"寓言"或互文功能。对于新时期小说家而言，戏仿的叙事策略，意味着一种全新的小说创作方法，它是虚构、互文和隐喻的一次历史性合谋。

新时期戏仿叙事呈现出"集束化"态势。余华、莫言、王蒙等人的戏仿小说，"开创"意义是空前的。90年代以后，戏仿叙事"蔚然成风"，成为一种新的写作态势和文本操作方式。新历史主义小说将戏仿的对象指向了现代"正史"。小说家们对于历史的"重写"，使得历史在现实之中的传统意义动摇。作为新时期文学的"后来者"，90年代崛起于文坛的一批"晚生代"作家对戏仿情有独钟。他们的戏仿策略与规模，堪与"前辈"看齐。在戏仿叙事到达高潮的时候，也显露了衰落的征兆：戏仿叙事开始走向闹剧化、游戏化，失去了思想批判的方向。

（一）纵向：新时期戏仿叙事的动态演变

1. 开场：戏仿的叙事功能呈现为对经典小说文体的解构

新时期伊始，小说创作以重温"现实主义传统"的方式迈出了"复苏"的第一步，"伤痕文学"悲天悯人，"反思文学"沉郁自重，"改革文学"豪情勃发，这样的写作姿态，不可能为戏仿叙事提供生存的空间。从某种意义上说，是寻根文学、先锋文学的创作热潮为戏仿叙事创造了适宜的文学语境。先锋派作家因对历史的血腥体验和记忆，往往将批判的矛头指向记录这种血腥体验与记忆的"历史文本"，这为戏仿叙事的生发提供了明确的对象。

在《红高粱家族》中，莫言大段戏仿革命现实主义和革命浪漫主义文体，并借助这种极端夸张和变形的具有拉伯雷怪诞现实主义的狂欢化话语重建了一个想象中的革命与暴力的现实。例如，"高密东北乡无疑是地球上最美丽最丑陋、最超脱最世俗、最圣洁最龌龊、最英雄好汉最王八蛋、最能喝酒、最能爱的地方"。①

在先锋派作家中，余华是一位对"经典"及其文学陈规表现出最强烈颠覆意识的作家。百善之首的"孝"在《世事如烟》中被逆转：九十多岁的算命先生奸幼女来采阴补阳；六十多岁的哭丧婆和孙子同床怀孕，等等；小说充满父辈对子辈生存权利的扼杀。"与塞万提斯的经典戏仿不同，余华用的武器不是夸张，而是反讽性的低调陈述，程式受

---

① 莫言：《红高粱家族》，作家出版社1995年版，第2页。

到尊重，受到礼遇，没有被恶意扭曲，只是按程式行动的人物不再具有相应的动机，这样的程式就成了无根据的空壳，成了为程式而程式，转向自己的否定。"①

如果我们试着探询莫言、余华等先锋派作家所处的社会现实，就能深刻体会到这种灼热气氛下的力量源泉：文化转型的高潮。80年代中期以来，新一轮的"文化热"无疑催化了先锋派作家对文化价值体系的重估热望，而重估就意味着拆解的先行。

80年代末，先锋小说遭遇到消费文化的强有力冲击，"新写实"应运而生，尤以王朔"痞子文学"最为抢眼。在王朔笔下，戏仿作为一种话语策略同样扮演重要角色。《千万别把我当人》中有这样一段精彩的叙述："关于中赛委秘书处的工作我讲四点……首先我要说秘书处的班子是好的，工作是有成绩的。第二，我要说秘书处的工作是辛苦的……从秘书处开始工作以来我们上上下下所有工作人员没吃过一顿安生饭没睡过一个安全觉……共计吃掉了七千袋方便面，抽了一万四千多支烟，喝掉一百多公斤茶叶。"②

1988年，彻底告别"少共情结"的王蒙发表《一嚏千娇》和《星球奇遇记》两部小说，引起文坛震动，被认定为"对小说成规的戏仿、质疑乃至解构，其最终目的并不是建立一套规范的小说成规，相反，它揭示各种小说成规的人为性、假定性、虚构性和任意性，以及由此带来的局限性和相对性，探索小说叙述的新的可能性。"③

就整个新时期戏仿叙事的"历史"纵深而言，余华、莫言、王蒙等人的戏仿小说，其"开创"意义是空前的。如果从戏仿叙事的文体价值和文化意义上考量，开创期的戏仿叙事不仅改变并丰富了新时期小说叙事方法，而且强化了对历史、对现实的批判性。

2. 成熟：戏仿的叙事功能呈现为对小说文体的建构

进入90年代以后，戏仿叙事可谓"蔚然成风"，许多作家都把笔伸向了"历史"，开始了戏谑式调侃，通过对神话故事、历史传说、经

---

① 赵毅衡：《非语义化的凯旋》，《当代作家评论》1991年第2期。
② 王朔：《王朔文集》矫情卷，华艺出版社1992年版，第2页。
③ 赵志军：《成规的戏仿——论王蒙的元小说》，《广西社会科学》2003年第9期。

典名著的一次次"重写"来构筑自己的文学领地。戏仿俨然成为一种新的写作态势和文本操作方式,而调侃则变成世纪之交中国文坛的"文体征候"。

提到调侃,人们总会想到王朔。但是要考察它的起源,我们不能不提及王蒙。早在20世纪80年代初期,王蒙在小说《说客盈门》和《买买提处长轶事》中就尝试了调侃笔法。到了90年代,调侃几乎成为王蒙戏仿叙事的专利,这一点在"季节"系列中表现得淋漓尽致。"虎踞龙盘今胜昔,天翻地覆慷而慨","斗争、失败、再斗争、再失败,直至胜利","新三年旧三年,缝缝补补又三年",这些我们至今耳熟能详的政治俗语,被"一本正经"地移植进文本之中,其意图不言自明:当它们面对一个"开放"成为时代共鸣的文化语境,原初的尊贵与权威变成了一个乌托邦的语言标签!

对于新时期戏仿叙事而言,"新历史主义小说"的登场适逢其时;它无所顾忌地将戏仿的对象指向了现代"正史"。正如一位研究者指出:"新历史主义小说对官史文本的颠覆可视作更高一层次上的戏仿。"① 刘震云在《故乡相处流传》中运用反讽手法展开对宏大历史叙事的戏仿,将一部几千年的中国历史演绎成一幕幕荒诞的闹剧,消解了正史的真实性与合法性。小说中,戏仿的运用"使它本身同被模仿内容和形式之间的冲突达到了令人不能忍受的程度"。② 苏童的《我的帝王生涯》就利用皇帝、大臣、妃子、太监等宫廷文化符号仿造出一段虚假的历史,使得传统的宏大叙事范式受到无情的质疑与嘲弄。格非的《褐色鸟群》《青黄》以幻想构筑非现实或反现实的语言和文本,北村的《张生的婚姻》将经典西厢故事置入一个现代的审美视野……小说家们对于历史的"重写",使得历史在现实之中的传统意义遭到动摇。

诸多的新潮、"后"新潮小说家纷纷加入戏仿的行列。叶兆言坦言:"家的叙事是现代小说的重要母题,鸳鸯蝴蝶派小说是现代文学史上重要的小说流派,革命加恋爱是现代小说的重要情节模式,张爱玲的

---

① 黄发有:《90年代小说的反讽修辞》,《文艺评论》2000年第6期。
② [英] 菲利普·汤姆森:《怪诞》,黎志煌译,北方文艺出版社1988年版,第67页。

小说在现代小说史上也有着重要地位，所以我拿它们作为戏仿的对象。"[1] 他的《夜泊秦淮》系列中，《追月楼》表现了当代人对《家》的重新认识。《状元镜》是对鸳鸯蝴蝶派的反讽，《十里铺》是对革命加恋爱小说的戏仿，《半边营》戏仿了张爱玲的小说《金锁记》。此外，《风雨无乡》可看作对《青春之歌》的戏仿。

从某种意义上来说，王小波的小说创作起步于戏仿叙事。《青铜时代》中《红拂夜奔》主要人物和情节取自杜光庭的《虬髯客传》，《寻找无双》来自薛调的《无双传》和皇甫枚的《绿翘》，《万寿寺》中的薛嵩主要借自袁郊的《红线》。作者在这几部长篇中，借助才子佳人、夜半私奔、千里寻情、开创伟业等风华绝代的唐朝秘传故事，将今人的爱情与唐人传奇相拼贴，使唐人传奇现代化，在其中贯注现代思考，追问生命的终极价值。

作为新时期文学的"后来者"，90年代崛起于文坛的一批"晚生代"作家对戏仿显然情有独钟。如毕飞宇的《武松打虎》，徐坤的《先锋》《呓语》《轮回》《传灯》《竞选州长》，李冯的《牛郎》《祝》《另一种声音》《庐隐之死》《中国故事》《我作为英雄武松的生活片断》，东西的《商品》，述平的《一张白纸可以画最新最美的图画》，等等，他们的戏仿策略与规模，堪与"前辈"看齐。

客观说来，90年代戏仿叙事的"强势"姿态是令人难忘的：戏仿小说的主题维度和文体张力在这一时期得到了极大拓展，几乎触及了文体建设的高度。

3. 衰变：戏仿沦为消费文化的附庸

在王小波、刘震云、徐坤、李冯等作家将戏仿叙事推向高潮的时候，戏仿也显露了走向衰落的种种征兆：戏仿叙事开始走向闹剧化、游戏化，无节制的戏仿、解构、颠覆已不再是精神叛逆的冲动，甚至失去了思想批判的方向——这也许是一切先锋的宿命。新世纪以来，消费文化势力日盛，大众传媒主宰一切艺术的创作与传播，小说创作首先要满足娱乐性的功能要求，崇高、理性这些在戏仿叙事中作为"内驱力"

---

[1] 周新民、叶兆言：《写作就是反模仿——叶兆言访谈录》，《小说评论》2004年第2期。

的积极要素，逐步消解，呈现"退场"态势，导致戏仿叙事的合理机制出现蜕变，即向"媚俗"甚至"恶俗"妥协，当前盛行的"恶搞"艺术，即戏仿叙事走向蜕变的征候之一。

浙江省作协主办的文学双月刊《江南》在2003年第1期刊登了署名薛容的小说《沙家浜》。时间还是那段时间（抗战），地点还是那个地点（沙家浜镇），人物还是那些人物（阿庆嫂、阿庆、郭建光、胡传魁），只不过作者的叙事策略完全立足于"世俗""民间"的所谓"潜经验"：阿庆嫂之于潘金莲，郭建光之于风流书生，胡传魁之于草莽英雄，阿庆之于武大郎……在小说文本中一一构成了对等关系，这种"肉麻当有趣"式的叙述手法，不但颠覆（解构）了现代京剧《沙家浜》的经典文体，更颠覆（解构）了小说叙事的合法审美空间，甚至戏仿本身的艺术机制。更有甚者，有人将鲁迅的《孔乙己》改写成《孔甲己》，朱自清的名篇《背影》被篡改成《老爸的背影》……如此"戏仿"，令人想起鲁迅笔下高尔础的改名之举——既颠覆了戏仿的对象，也颠覆了戏仿者自身！

由此可见，尽管戏仿和恶搞只有一步之遥，两者却有着天壤之别：如果说戏仿还有价值追求和责任承担，有"破"有"立"，那么恶搞就是"空心"的戏仿，有"破"无"立"，只有"形式"毫无"意义"。戏仿作为一种叙述手段可以成为娱乐的工具，却不能丧失基本的价值判断和社会责任。在"恶搞"那里，除了"娱乐"还是"娱乐"，是非曲直无关痛痒，真理价值走向荒诞，这样的"戏仿"，显然已经超越了思想、道德的底线。

不言而喻，对于新时期戏仿小说的历时性描述与真正的文学史写作要求相距甚远，但如果此举确乎触及了新时期小说创作的某种"历史真相"，那么这样的描述仍然是必要的。至此，我们无法预知戏仿叙事在未来中国文坛的命运如何，但至少为它的合法性存在提供了一点思考。

（二）横向：新时期戏仿小说的叙述类型

1. 人物性戏仿

人物是小说叙事的起点与终极，中国神话传说、历史典籍中丰富的人物形象资源受到新时期小说家们的垂青，导致人物性戏仿成为戏仿叙事的突出类型。

"重述神话"活动中的三位作家就不约而同将笔触伸向我们耳熟能详的神话传说人物。苏童在《碧奴》中讲述的故事与流传两千年的那个传说貌合神离。小说基本遵循了传说中孟姜女千里寻夫、哭倒长城的故事主干。但碧奴对丈夫的寻求就是对哭的权利的寻求，碧奴的寻找就成为整个体制对于其臣民的压迫过程。苏童用讽喻性语言在碧奴身上赋予了更多统治、性别和文化的寓言。叶兆言的《后羿》表现了"独裁者的爱情"。在小说令人目眩的叙述中，阴谋与爱情、奉献与贪婪、忠诚与背叛、欲望与尊严轮番上演，流传一段可歌可泣的惊世情缘。叶兆言完成了对于"英雄"和"爱情"的颠覆与解构。李锐、蒋韵夫妇共同创作的小说《人间》根据《三言二拍》的记载将"许仙"正名为"许宣"，表述重点已由传统《白蛇传》故事中许仙和白娘子的人蛇爱情转换为人蛇冲突斗争。在这里，戏仿成为作家们有力的重述工具，人物形象脱胎换骨成为新的存在。

各种典型的"历史"人物形象也成为新时期作家的戏仿对象。苏童的《罂粟之家》是对革命者形象的戏仿。陈茂作为一个农民革命者居然"干遍了枫杨树的女人"，这个"乡间采花大盗"还当上了农会主任，甚至被称为自觉的农民革命者。这与以往革命斗争史中的形象大相径庭。《酒国》中，莫言消解了现代侦探（公安）的英雄主义神话，在叙事模式上也颠覆了传统侦探小说"事件，悬念，迷雾，真相大白"的叙述结构。省高级侦察员丁钩儿贪杯、好色、刚愎自用，被"王牌侦察员"的特殊身份和在"省城"立下的赫赫战功所掩盖，这种对侦探小说的戏仿构成表里双重讽刺：从表层看，丁的失败直接暴露酒国官员的腐化，深层则寄予对所谓体制化生存的忧虑和思考。

李冯一类戏仿作品超越了对文字文本的关照，将文化文本和社会文本纳入视野，形成对人物形象全面的戏仿。如《中国故事》对利马窦中国境遇的戏仿，《庐隐之死》对庐隐、石评梅和高君宇真实人生故事的戏仿等。

徐坤笔下的知识分子不是甘达定义的那种被放逐或被钉在十字架上的象征性人物，他们缺乏批判精神和理想主义情怀，事实上是一群以知识谋生的庸常大众。《斯人》中的诗和《先锋》中所谓的画，这些知识分子用来安身立命的"知识"，在有些常识的人看来都很滑稽可笑。小说中人物对待知识严肃正经的态度与他们庸常的目的形成强烈对比，产生巨大的反讽效果。《传灯》中南宗慧能与北宋神秀曾为了争夺衣钵大打出手，反映了宗教人士的世俗性生存。《竞选州长》中，美籍华人约翰张为了打败竞选政敌不惜自我阉割，作者用游戏之笔暴露政界人士的尔虞我诈。宗教偶像，政界偶像，就这样一一土崩瓦解。徐坤的一系列小说形成了对知识分子形象的戏仿，具有强烈的反讽意味。

2. 故事性戏仿

故事是小说的内容主体，包括主题、题材、情节、场景等要素，所谓故事性戏仿，同样涉及上述各个方面。

新时期戏仿小说大面积地使用了故事性戏仿，这不仅改变了既往小说结构单纯的面貌，而且极大丰富了小说的思想意蕴。作家们通过对经典文本的主题、题材、情节、结构等的戏仿，十分有效地拆解了经典文本的叙事成规。先锋派作家余华最先推出典型的故事性戏仿小说，使得"主题性颠覆变成了文类性颠覆"。[①]

《河边的错误》可以看作对公案侦探小说的戏仿，《古典爱情》是反才子佳人的小说，《鲜血梅花》可视为对武侠小说的颠覆。这三种都是中国俗文学中有悠久历史的文类，其故事情节"程式"有着对大众经久不衰的吸引力。在余华这里，"这些程式似乎被遵守了，却被剥夺了其中最主要的因果性动力，他的小说成为这些亚文类的颠覆性戏仿"。[②]

格非的《迷舟》解构了战争。小说中战争只是一个模糊的背景，文本充满各种情感纠葛。迷舟就象征主人公萧的命运：像一叶大海中迷失方向的偏舟，无论怎样飘摇最终还是走向毁灭。格非解构了我们习见的战争，萧在各种偶然与困惑中的行动，带我们进入真真假假、虚虚实实的现实和虚幻交融的世界。

徐坤对历史场景的戏仿从《热狗》中就能鲜明地看出。小说有一处

[①] 赵毅衡：《非语义化的凯旋》，《当代作家评论》1991年第2期。
[②] 赵毅衡：《非语义化的凯旋》，《当代作家评论》1991年第2期。

写陈维高回忆"文化大革命"时期的一段生活场景：当年他入赘马家后，大舅子领着几个造反派，穿着黄军装闯入"现实主义与批判现实主义"研究所，解下皮带抡圆了骂，皮带呼呼呼抽掉了许多墙皮。戴厚英的小说《人啊，人！》中也有"文化大革命"批斗的场面：大礼堂正在召开批斗奚流的大会，"打倒——！"的口号此起彼伏，挂着"奚流的姘头孙悦"牌子的孙悦，头发蓬乱，面色泛黄，沉重的牌子压弯了她的腰。徐坤笔下的"文化大革命"场景却是带有搞笑色彩的戏仿，轻松而滑稽。这种滑稽不是来自于"文化大革命"本身导致的生活荒谬，而是来自叙述者的戏仿效果：刻意为之的场面描述和故作夸张的语言。

晚生代作家李冯是第一位自觉地把戏仿作为其小说创作的叙事策略、结构和创作原则的作家。他将中国传统小说故事、西方现代小说手法和现实生活气息三者融为一体，在变幻中写作具有中国特色的戏仿小说。《十六世纪卖油郎》前后部分分别以冯梦龙的《卖油郎独占花魁》和《杜十娘怒沉百宝箱》为仿本，作品中花魁对卖油郎的情感及对金钱的求索，绵里藏针地刺破了情感至上的神话。《牛郎》中的织女嫌贫爱富，牛郎无奈主动向织女提出离婚，这有悖于海枯石烂山盟海誓的爱情宣言，充满了对爱情的怀疑。

莫言的《檀香刑》与威廉·福克纳的《喧哗与骚动》在结构上的对应是很明显的。《喧哗与骚动》是多声部的复调，班吉、昆丁和杰生分别讲他们自己的故事，作者再讲述迪尔西的故事。《檀香刑》不顾人物的基本面貌和语境，官话民用、民话官用、胡话醒用、洋话中用、怪话正用，构成多声部的交织和回应。这种任意放纵的叙事行为不仅破坏了人物性格的完整性，打乱叙述语境的同一性，而且直接瓦解了作者主观上的"民间立场"和"民间叙述"。

3. 文体性戏仿

从某种意义上来说，语言形式决定了小说的一切，它既是小说家或读者迈向人物与故事的必由之路，也是表现小说文本结构与语言风格的不二手段，所以语言既是内容，又是形式。语言的这种"双向性"特征，在戏仿叙事中得到了充分的验证；从最普泛的意义上来说，戏仿叙事的一切"类型"，最终都要归结到语言层面。

讽刺性地模拟戏仿权威话语，进而达到解构的目的，可谓王蒙运用文体性戏仿的一大特色。《风筝飘带》对"文化大革命"语言的戏仿比比皆是。"他的姓名、原名、曾用名？家庭成分，个人出身？土改前后的经济状况？政历？……"① 王蒙把这些典型的"文革语言"运用在父亲对女儿婚姻大事的粗暴干涉上，语言和语境明显错位，反讽性地揭示了这些语言教条、僵化和滑稽可笑的本质。再如《蝴蝶》中，"我们要兑换伪币、稳定物价，于是货币兑换了，物价稳定了"。② 这显然仿拟的是《圣经》中的话："上帝说，要有光。于是，就有了光。"上帝是最高权力的化身，权力关系导致的就是专制话语。专制话语的权威不容亵渎，让人心生敬畏，戏仿语言使权威话语紧绷严肃的面孔显出滑稽本质。

徐坤的语言也充满着戏谑。《呓语》中对岳母刺字、坐怀不乱等传统文化的调侃，《梵歌》中武则天、韩愈等历史人物的对白，《含情脉脉水悠悠》《白话》中博士、编辑、青年批评家口中的现代文科的专业术语和日常口语的混用等无不充斥着戏谑意味，而且贯穿文本始终，有一种消解的力量。

在巴赫金的理论中，"戏仿"是语言狂欢化的重要策略，其特点就是"众生喧哗"，语言无所谓高贵与低贱，官方或民间，所有的话语都是平等的。莫言的《透明的红萝卜》中，公社刘副主任的训话一张嘴便是连篇的谚语、顺口溜和粗俗的骂人话，还夹杂着一些半通不通的官方辞令。《欢乐》更是将各种知识话语片断、俚语、俗话、顺口溜、民间歌谣等混为一谈，卑俗与崇高的界限消失了，高雅粗俗相互纠结，精英大众不分彼此。在这里，戏仿似乎不具备叙述功能，与小说的情节也没有太大的关系，却具有一种语言的快感，一种狂欢的意味。

王朔善于把权威用语通俗化，庸俗化，达到对这种权威用语的嘲弄，进而讽刺权威话语代表的意识形态。小说《千万别把我当人》中，一群"顽主"攻击领导逼其退位，给领导的"致敬信"中有"敬爱的赵航宇同志"，"废寝忘食，日理万机"，"生的伟大，死的光荣"，"待

---

① 王蒙：《王蒙文集》第四卷，人民文学出版社1988年版，第278页。
② 王蒙：《王蒙文集》第三卷，人民文学出版社1988年版，第77页。

到山花烂漫时,你在丛中笑"① 等语言。这显然戏仿了对领袖的"致敬信"的内容,再从局部细看,歌颂性话语、官方悼词、毛主席语录和诗词、民间话语等相互杂糅,互相拆解,使得"致敬"本身不伦不类,作者通过语言戏仿将那个时代的荒唐与滑稽暴露无遗。

我们发现,王蒙、王朔、莫言、刘震云、徐坤等作家不约而同将矛头指向特定时代的流行语言、权威话语、政治术语、伟人语录等,在美丑两极对峙中轻松将崇高的话语颠覆和瓦解。语言狂欢的背后隐藏着一个不争的事实:权威话语长期压制、侵蚀民间话语。语言的狂欢使人们释放出压抑已久的诉说愿望,长期失语使他们又不得不向主流话语靠近,在这种话语与现实语境错位的游戏中让宏大叙事的话语及其意识形态意义自行瓦解、消失。

新时期小说的戏仿叙事开拓了当代小说的表现领域,实验了小说的多种叙事可能,也冲击了传统的小说观念,颠覆瓦解了一些既有的文学成规。戏仿叙事自身经历了开创实验期、发展繁荣期和衰落变异期。在戏仿叙事的实际操作过程中,各种戏仿性叙述行为,总是互相交叉、互为支撑,以一种"复合"形式出现。戏仿经历了由最初带有"探索""实验"的动机到后来娴熟、自如的广泛运用,这一过程与新时期小说家们反讽意识的萌发和自觉相联系。新时期众多的戏仿小说文本与形态各别的戏仿手段,体现了"文体革命"的高度,表明了戏仿叙事本身鲜明的艺术"自律"/"自觉"倾向。

戏仿在文学思维层面上表现出一种求异的特性,它试图拆解确切的或者不确切的文本的本意,并填充或赋予原文本新的文体内涵。小说家们表现出解构的勇气往往高过建构的热情,使得"破"总大于"立"。戏仿的出现涉及新时期文学一切核心命题,如题材问题、创作方法问题、内容与形式问题、真实性与倾向性问题,等等,这些问题归根结底变为一个小说家们需要面对的现实问题:小说该"怎样写"的问题。当代小说中大量存在的戏仿提醒我们,小说的创作过程确乎存在着那种"影响的焦虑"(the anxiety of influence),戏仿正是在前代作家"影响

---

① 王蒙:《王蒙文集》第三卷,人民文学出版社 1988 年版,第 150—151 页。

的焦虑"下产生的一种"误读"手段。人物戏仿、故事戏仿还有语言戏仿,不同类型的相互重叠和交叉会在实际的文学创作中产生更多的意义冲突或是增殖。

作为新时期小说的"另类写作",戏仿的显著特征就是在精神血脉上割断了与传统文化谱系的联系,在颠覆经典文论的同时重建小说创作的艺术规范,如果说初登文坛的戏仿之作是消解权威、解构历史的反常化叙事,那么到了戏仿蔚然成风的时候,戏仿所表现出来的强烈的互文性和游戏性就凸现出来了。

戏仿小说也不可避免地具有种种缺憾:戏仿文本是原文本的"文本寄生物",离开了戏仿对象,戏仿便成为空谈;语言的无限膨胀导致语言本身的缺失;戏仿在消解历史消解现实的过程中,也把文学的责任感、使命感和人文关怀一步步消解掉了;历史的平面化、经典的庸俗化、人物的符号化、语言的肆意化,戏仿的这种消解和拆毁犹如一把双刃剑,在带来叙事解放的同时,也将自己的精神内核破坏掉了。

戏仿叙事经历了跌宕起伏的发展过程,目前在文学创作中呈现低迷状态,尽管网络小说、影视剧作等艺术形式对戏仿的运用热火朝天,导致"恶搞"事件层出不穷,但是作为小说手法的戏仿将何去何从仍然是个问题。答案也许是唯一的,只有当戏仿深入涉及人的生存困境,并且在现实经验上不断超越"存在"的经验层面,向着"存在"的深度、广度、悖论、荒谬、困境、虚无作不懈的追问与勘探时,戏仿才能克服表面的光怪陆离和肤浅,获得健康、合理的生存领地。

四 20世纪90年代以来文学戏仿现象研究述评

1. 戏仿概念及理论发展演变

"戏仿"译自英文 parody,也可称为讽刺性或滑稽性模仿、戏拟等。戏仿的概念最早可追溯至公元前4世纪的古希腊,在《诗学》第二章中论及"首创戏拟诗的塔索斯人赫革蒙",①用"戏拟诗"一词描述并评价其对史诗的滑稽模仿与改造,这种戏仿类的作品相对于具有悲剧性质的史诗来说,显然是一种较低级的文学样式,也使得戏仿从一开始就具有依附典型文本的寄生性。

公元1世纪时,古罗马修辞学家昆提连将戏仿定义为"原名于模仿他者吟唱之歌曲,但后被语言滥用于指称诗或文的模仿"。②文艺复兴时期,斯卡利格尔用戏仿描述了滑稽的一面,这对后世英国批评家影响颇深,使得很多英国批评家都把戏仿定义为以夸张琐碎小事嘲弄严肃主题的滑稽讽刺作品。此后,戏仿一词开始与"恶作剧""笑话""伪装"等具有贬义色彩的释义联系在一起,在很长一个时期内用来指称一种内容粗俗、风格拙劣的模仿作品。

20世纪以来,随着现代派文学的崛起,戏仿手法被广泛运用,进而发展成为一种"形式革命"。西方文学评论家开始重视对"戏仿"这个古已有之的创作手法的研讨,他们把此前批评家赋予它的"拙劣模仿"之意抹去,用以指称一种现代派小说中具有独特叙事功能和技巧的叙事方法及其相关的叙述行为。

俄国形式主义批评家什克洛夫斯基格外推崇《项迪传》这样的戏仿文本,作者斯特恩经常从幕后跳出来大谈自己的创作构思,评价自己的小说和其他作家的小说,使《项迪传》带有元小说的特点。这种戏仿是以另一部小说为背景,"暴露那部作品的'技法','背离'那部作品"。③实际上,什克洛夫斯基将戏仿当作获得"陌生化"效果的工具。此后,作为一种叙事"技法",戏仿在现代、后现代小说家那里几乎成为一种"共识",一如二战后英国文学批评家伯纳德·伯贡奇在《小说的状况》一书中所说:"几乎所有的后现代主义小说都要依靠戏仿现实主义小说来安身立命,因此它们与后者的关系是一种寄生物和寄主的关系。"④

---

① [古希腊]亚理斯多德:《诗学》,罗念生译,人民文学出版社2002年版,第7页。
② 胡全生:《英美后现代主义小说叙述结构研究》,复旦大学出版社2002年版,第118页。
③ [英]特伦斯·霍克斯:《结构主义和符号学》,瞿铁鹏译,上海译文出版社1987年版,第71页。
④ 殷企平等:《英国小说批评史》,上海外语教育出版社2001年版,第300页。

后来巴赫金运用其"对话"理论深入分析戏仿的双重文本结构,并从民间诙谐文化角度发掘戏仿文学的狂欢化色彩;结构主义学者克里斯蒂娃继承发展巴赫金的"对话"理论,融合索绪尔的共时语言观,认为任何一个文本都与其他文本有着千丝万缕的联系,戏仿文本的双重结构决定了仿文本必须借鉴、改造和模仿原文本才能获得新的意义,戏仿因此具有"互文"的特点。法国学者吉拉尔·热奈特在《隐迹稿本》中提出了五种跨文本关系,进一步区分了互文和戏仿,互文性是一篇文本在另一篇文本中切实地出现,而戏仿则有一种超文性,是一篇文本从另一篇已经存在的文本中派生出来。

从以上对"戏仿"溯源的梳理中可以看到,"戏仿"作为一个具有拓殖性意义的文学术语,在它诞生和发展过程中,被人们赋予了不尽相同甚至完全不同的意义。现代意义上的"戏仿",在兼容原来"滑稽模仿"含义的基础上,增殖为一种叙事方法及其相关的叙述行为,颠覆了传统的小说观念,充分揭示并还原了小说的虚构本质。按照 M. A. 罗斯的阐释与分析,戏仿的价值,在于显现了小说"元小说/互文""喜剧/幽默"[1] 等后现代文学品格。借助于戏仿,小说家们获得了更为深广的话语空间,从而传达出更深切的创作意图。

2. 戏仿现象研究现状述评

从现有资料来看,国外学者主要从语言、结构特征、文化、政治等方面对戏仿现象进行研究。此方面研究专著有:约翰·邓普的《论滑稽模仿》;法国学者蒂费纳·萨莫瓦约的《互文性研究》;另两部是英文原著,分别是玛格丽特·罗斯(Margaret A. Rose)的《戏仿:古代、现代和后现代》(*Parody*:*Ancient*,*Modern*,*and Postmodern*)以及加拿大女学者琳达·哈琴(Linda Hutcheon)的《论戏仿:20世纪艺术形式的训导》 (*A Theory of Parody*:*The Teachings of Twentieth Century Art Forms*)。

约翰·邓普在《论滑稽模仿》中将英国中世纪以后的具有滑稽模

---

[1] Margaret A. Rose, *Parody*: *Ancient Mordern and Postmodern*, Cambridge: Cambridge University Press, 1993, pp. 282 – 283.

仿特点的作品分为"升格"和"降格"①两类,又沿着以上两种分类线将滑稽讽刺作品分为四支,勾勒出英国中世纪以后具有滑稽模仿特点的作品的基本面貌。法国批评家蒂费纳·萨莫瓦约把戏仿归于互文性的一种特殊形态:"戏仿是对原文进行转换,要么以漫画的形式反映原文,要么挪用原文。无论对原文是转换还是扭曲,它都表现出和原有文学之间的直接关系。"②

玛格丽特·罗斯的《戏仿:古代、现代和后现代》考察了戏仿的古代传统、现代演变及其后现代意义,她发现历史上对戏仿的界定引发了几种误解,其中《牛津英语大词典》(OED)对戏仿的注释"所依的主要是18世纪对戏仿的见解","同样未能充分注意该词的古代传统",③因此她以一种更具历时性和批评性的方法考察戏仿的发展历史。

加拿大女学者琳达·哈琴在后现代小说理论方面的研究成果颇丰。在《后现代主义诗学:历史·理论·小说》④一书中,哈琴指出后现代主义既是现代主义矛盾造成的结果,又是对其的背离与质疑,它具有强烈的自我指涉性和戏仿性。后现代主义的悖谬在艺术方面体现得尤为明显,尤其是文学和建筑方面,而文学中最能体现这种悖谬的重要一方面就是"戏仿"的运用。

戏仿在一定程度上可视为"舶来品",因此国内相关研究起步较晚。目前可见到的论述,戏仿是被纳入叙事学范畴,作为现代主义和后现代主义小说的叙事手法和技巧被研究和论述。胡全生的《英美后现代主义小说叙事结构研究》,历时性地梳理了戏仿的古代含义、现代含义和后现代含义。王洪岳在《现代主义小说学》⑤的叙述技巧论一章将反讽和戏仿这两个既有区别又有联系的叙述技巧并置进行研究。祖国颂

---

① [美]约翰·邓普:《论滑稽模仿》,项龙译,昆仑出版社1992年版。
② [法]蒂费纳·萨莫瓦约:《互文性研究》,邵炜译,天津人民出版社2003年版,第41页。
③ Margaret A. Rose, *Parody: Ancient Mordern and Postmodern*, Cambridge: Cambridge University Press, 1993, p.5.
④ [加]琳达·哈琴:《后现代主义诗学:历史·理论·小说》,李杨、李锋译,南京大学出版社2009年版。
⑤ 王洪岳:《现代主义小说学》,百花文艺出版社2004年版。

的《叙事的诗学》① 提出后现代主义文学中的互文方式主要表现在文本间的杂糅和文体间的戏仿性上。在《先锋小说技巧讲堂》② 中，刘恪为戏仿和反讽辟专章，在区别和联系中鲜明阐释这两种"先锋"技巧。

从20世纪90年代到2010年，中国期刊网公开发表的以戏仿或戏拟为主题的文献有近600篇，相关研究主要集中在戏仿理论研究和戏仿文本研究两个领域。

戏仿理论研究方面，有赵宪章的《超文性戏仿文体解读》，赵毅衡的《非语义化的凯旋》，陈晓明的《暴力与游戏：无主体的话语》，还有《非历史化：后现代语境下新小说的文本策略》《超文本文学：一种新的文学形式的研究》《解构"戏仿"：从仿史诗到后现代戏仿》《后现代主义文学戏仿策略阐释》等文章。

还有一类论文侧重梳理研究戏仿共时性和历史性的发展脉络。如《神圣的游戏——当代小说中的讽刺、戏仿和反讽》《由解构到建构——从"戏拟"看中国当代小说创作》《90年代小说的反讽修辞》《重写与戏仿：九十年代小说创作的新趋势》《简析戏仿—反讽模式在新时期小说创作中的应用》《戏谑 调侃 戏仿——论新时期小说中的反常规叙事手法》等。

对于戏仿文本的研究大致分为两类。一类研究多以单一文本为中心，通过对原文本和仿文本在人物、情节、语言等方面的对比分析来揭示戏仿的内在机制，分析文本多为当代西方现代主义或后现代主义小说。如《超文性戏仿与经典童话解构——以巴塞尔姆的〈白雪公主〉为例》《试析〈洛丽塔〉中"戏拟"手法的运用》《由戏仿看阿德伍德的小说》等。

另一类研究以戏仿透视某些作家或作品的创作动机或特色，研究多集中在新时期以来的小说创作，《李冯戏仿小说的现实声音》《在拆解与改写中颠覆——浅析余华小说中的戏仿》《自由、戏仿及语言的魅力——评徐坤的小说创作》《戏仿与颠覆——评李冯的小说》《成规的

---

① 祖国颂：《叙事的诗学》，安徽大学出版社2003年版。
② 刘恪：《先锋小说技巧讲堂》，百花文艺出版社2007年版。

戏仿——论王蒙的元小说》《通往沉思和想象的陷阱——论王小波小说〈万寿寺〉中的"戏仿"》《论〈故事新编〉的反讽与戏仿艺术》《颠覆与消解：王蒙的荒诞小说的话语戏仿》等。

相关研究论文的涉及面从文学扩展到网络艺术、影视艺术等领域，此方面研究有《电视戏说剧的戏仿策略与反讽意象》《中国近期电影后现代策略与尝试》《"戏仿"的喜剧性动因与创造性建构——以中国当代影视喜剧为例》等。从国产的电视剧到电影，从网络文学到无孔不入的恶搞现象，中国文化中的戏仿现象呈现纷繁杂乱的景观：《论大众消费语境下中国影视的戏仿之风》《武侠并戏仿——简析电视剧〈武林外传〉的超文性戏仿机制》《网络时代的戏仿文化——以〈一个馒头引发的血案〉为例》《也谈"戏仿"与"恶搞"》等论文显露出戏仿走向闹剧化、游戏化的征兆，在消费文化势力日盛的今天，戏仿向"媚俗"甚至"恶俗"妥协，显示其退变的征候。

也有论文以戏仿为理论视角，探讨中国话剧、戏剧的发展历程或艺术特色。《从"求似"到"戏仿"——论中国当代史剧观念的演变》，论述了20世纪60年代初"失似求是"史剧观念确立并产生影响，直至90年代以后重构与戏仿的历史剧作全面登场之后历史剧思想与美学传统的嬗变过程。《当代小剧场舞台变革的焦点回顾与理性反思》一文涉及小剧场戏剧的语言戏仿问题。新近还有研究者甚至认为"二人转"的"去经典化"以"戏仿"思维将经典母题和崇高的文化意义改造成快乐的游戏，消解了传统的思维范式。

3. 戏仿研究存在的问题与展望

由于"戏仿"具有显明的"后现代"艺术特性，研究者们对它的探讨往往受到"主流意识形态"的制约，导致论证过程中往往有意无意地绕过"戏仿"叙事的文体价值及审美价值，甚至将它与当下大众传媒间盛行的"恶搞"艺术相提并论。文学中戏仿现象的大量涌现，必有其深刻的社会文化背景和一定的哲学理论根源，特别是从认识论到本体论的转变，促成了后现代主义作家对文学、对世界的再认识，国内相关研究对这种"本体论"的揭示缺乏全面性和系统性。戏仿作为一种文学或者文化现象，也是经历了自身的发展演变过程，戏仿的理论性和实践性之间的互动关系也应该得到更深入的挖掘与阐释。

然而究竟什么是戏仿？后现代主义文化语境下的戏仿到底有多大空间和能量？这些问题却并不容易回答。巴赫金认为戏仿是一种诙谐认知世界的微观技巧，克里斯蒂娃视戏仿为互文性的显著特征，琳达·哈琴更尖锐地指出戏仿具有"双重赋码的政治性"，詹明信则认为戏仿是后现代文化的一个标签，他在论及后现代主义特点时区分了戏仿与剽窃和拼凑等手法的不同，认为"一个好的活着伟大的戏仿者都必须对原作有某种隐秘的感应"。[①] 戏仿可以是一种技巧，一种文体，也可以作为反讽的一种，甚至披上后现代主义"政治"策略的外衣。学界对于后现代主义戏仿的本质及其文化政治争论的焦点，与其说在于对戏仿过于宽泛的界定，毋宁说在于对其文化功能的认识。对戏仿的研究方法也呈现多样化，有的从语言入手，有的从戏仿的深层构成机制切入，也有的从后现代文学、文化语境进入。单就不同时期不同翻译者的翻译来看，就有"滑稽模仿""戏拟""反讽式戏仿"等多种名称，这说明戏仿的含义非常复杂，学界还未找到一个普适性定义或者定论，"戏仿"这一称谓目前是比较适用且通用的译法。

戏仿进入中国，在新时期以来的小说、影视，甚至戏剧界产生不小影响。戏仿更多是作为一种文本操作方法，新时期小说的戏仿叙事开拓了当代小说的表现领域，实验了小说多种的叙事可能，也冲击了传统的真实观和小说观，颠覆瓦解了一些既有的文学成规。戏仿自身发展也跌宕起伏，在这一过程中，我们一方面要肯定戏仿的审美价值、思想价值和文化意义，看到戏仿作为一种以悖论形式出现的"审美结构方式"，它是虚构、互文与隐喻的一次历史性合谋。戏仿的颠覆和解构对读者的传统记忆和期待视野是一种涂改和反叛，具有对经典和权威的破坏性；而正是这种破坏后的重新建构给我们带来了别样的视野和新鲜感受。戏仿文体的"陌生化"和"反讽"的文体效果，增强了戏仿自身的文学

---

① [美]詹明信：《晚期资本主义的文化逻辑》，陈清侨译，生活·读书·新知三联书店2003年版，第400页。

表现力，互文与对话的存在让戏仿文本成为一个"双重声音"下的"双重文本"，极富立体性和层次感。戏仿文本也不乏人文关怀的温情和道德审视的深切思考。

另一方面，我们也要正视戏仿的局限性：作为一种文本的"寄生物"，戏仿有着很强的文本依附性；过度的语言狂欢造成当代性失语，使戏仿陷入虚无主义的泥潭；戏仿的批判和颠覆意图过分明显，会削弱其审美情趣，一味的解构带来形式上的空泛；戏仿所体现的思想艺术价值与时代精神、思想需求还有一定的差距，虽然戏仿文本层出不穷，可是真正触及时代灵魂的并且有深层精神建构的作品还不多；戏仿过于执着对历史、现实问题的考察，不能指向人类永恒的困境、世界荒诞的本质或是人性苦难等重大主题的勘问，新时期以来戏仿文本也缺乏真正意义上的伟大之作；不少作家拿戏仿当作写作的噱头，迎合读者颠覆、宣泄的心理需求，任意涂抹历史，践踏经典，导致戏仿庸俗化和变异。

五　大众文化中文学经典的戏仿和改编

文学经典是具有多重要素的统一体，超越了一般的文学文本，在思想意蕴、艺术价值方面有所建树，具有稳定性和神圣性。每个时代都存在文学经典，这是人类文化发展的内在要求。马克思指出，"历史不外是各个世代的依次交替，每一代都利用以前各代遗留下来的材料、资金和生产力"[①]。文学经典是人类精神生产力的宝贵遗产。

刘勰认为，圣人的经典能使君臣和军国大事得以昭显，是文学的根基。《文心雕龙·序志》："唯文章之用，实经典枝条，五礼资之以成，六典因之致用，君臣所以炳焕，军国所以昭明，详其本源，莫非经典。"[②] 经典代表君王意旨，能够主导社会价值。英语中的经典，包含"等级、差别"等意义。美国学者哈罗德·布鲁姆指出，莎士比亚构成

[①] 《马克思恩格斯选集》第一卷，人民出版社 1995 年版，第 88 页。
[②] 范文澜：《文心雕龙注》，人民文学出版社 1958 年版，第 726 页。

了一切正典的标尺,"正典"(Canon),在西方有"宗教法规""传世之作""经典"等意。陌生性是文学作品赢得正典地位的原创性指标之一。① 中西方传统意义上的文学经典,以某种标准确立,不仅作为一种文化被尊崇,而且集中体现时代内涵。在当代社会中,中西方遭遇到全球化时代社会经济、权利构架、信息技术等多方因素的冲击,传统意义上的文学经典受到质疑和挑战,文学经典的存在和发展是全球化时代中西方必须面对的共有问题。中国学者童庆炳较早关注文学经典和经典化的问题,提出文学经典构成由内部、外部和中介等六个因素构成②。荷兰学者佛克马坚称,"从历史和社会的角度来说,所有文学经典的结构和作用都是平等的"。③ 中西方学者的研究多集中在文学经典的界定、自救与重建、教育与传承等方面。当下,文学经典的存在与建构面临着比传统社会更为复杂的情况。一方面,传统的文学经典借助大众传媒产生了更深远的影响,互联网的普及对经典的延续和发展意义重大;另一方面,在大众文化潮流中,对文学经典的戏仿和改编现象层出不穷,文学经典背后隐匿着文化权力的博弈。本文在中国当代大众文化语境中探讨文学经典的戏仿与改编问题,阐释文学经典变迁的事实和内在缘由,由此反思文学经典的发展和走向,是具有切实的理论和现实意义的。

1. 大众文化与文学经典

大众文化是与现代工业社会密切相关的、以电子传媒为介质的、由消费意识形态主导的一种当代文化形态,区别于官方文化和精英文化,异于民间文化,具有显著的流行性、娱乐性、消费性、通俗性等特征。西方发达国家早在20世纪60年代便进入消费社会,对文学经典的相关问题,如文学经典与大众文化的关系,文学经典与批评观念,文学经典的改编等的探讨发生较早。耶鲁大学学者哈罗德·布鲁姆在1994年出版了《西方正典》一书,他试图通过对自莎士比亚以来西方26位经典作家的经典作品的深入解析,建立起自文艺复兴之后一个连贯而紧密的"经典"谱系,从而为文学拨正清源。他的研究具有鲜明的针对性,被

---

① [美]哈罗德·布鲁姆:《西方正典》,江宁康译,译林出版社2005年版,第2页。
② 童庆炳:《文学经典建构诸因素及其关系》,《北京大学学报》2005年第5期。
③ 陶东风:《文学经典的建构、解构和重构》,北京大学出版社2007年版,第17页。

他视为"憎恨学派"的新历史主义批评、女性主义批评、结构主义与符号学等批评理论，通常主张解构以往的文学经典，布鲁姆对此持反对态度，同时反对大众文化对文学经典的侵蚀。1993年荷兰学者佛克马、易布思夫妇来华讲学，《文学研究与文化参与》是他们在北大学术演讲结集的丛书之一，其中专门探讨了西方和现代中国经典构成的历史发展问题，以及经典作为批评和教学工具的功能价值。

20世纪90年代，随着社会主义市场经济体制的建立，中国社会逐渐出现西方消费社会的一些特征。大众文化也随之潜入我们的日常生活，并对文学创作产生了实质性影响。此阶段文学创作一个重要的转变，是文学与政治的关系逐步弱化与疏离，文学更加关注日常生活。如王朔的"痞子文学"、新写实小说、都市题材小说、女性私人写作等。尽管身处其时的作家们感受到扑面而来的大众文化潮流，但他们的文化心态以及文学观念相对滞后。王朔在一篇长文《我看大众文化、港台文化及其他》中提到，大众文化对作家有一定影响，但这种影响区别于西方消费社会，它是非工业化的、少数人的精神性创作。

20世纪90年代中后期直至新世纪的十余年间，文学经典与大众文化的关系问题日渐突出。大众消费心理悄然转变，文化市场陆续出现戏仿和改编经典的作品。1994年周星驰的电影《大话西游》在内地公映，该影片明显是对古典神魔小说《西游记》的戏仿。影片保留观音菩萨、唐僧、孙悟空、猪八戒、牛魔王等主要人物形象和西天取经的故事背景，不过《西游记》中孙悟空保唐僧取经的故事，被置换成孙悟空转世为斧头帮帮主至尊宝，他不尊师重道，反而鄙夷唐僧、沉醉女色的桥段。影片充满无厘头风格，带给观众既熟悉又陌生的强烈视觉冲击和心理体验。

在文学经典被大量戏仿和改编之前，中西方的文学经典已经存在重写或续写现象。"所谓重写（rewriting）不是什么新时尚。它与一种技巧有关，这就是复述与变更。它复述早期的某个传统典型或者主题（或故事），那都是以前作家们处理过的题材，只不过其中也暗含着某些变化性的因素——比如删削、添加、变更——这是使得新文本之为独立的创作。"①重写不仅是作家乐于尝试的一种写作方式,也是文学发展和延续的重要方式和途径。古罗马诗人维吉尔的叙事长诗《埃涅阿斯纪》取材于《荷马史诗》中的《奥德赛》,塞万提斯的《堂吉诃德》是对中世纪骑士小说的滑稽性重写。家喻户晓的小红帽经典童话历经了三百年的嬗变,出现若干不同的故事版本,反映文学经典的重写与社会、文化、伦理变迁之间的深刻关系。美国自由女作家凯瑟琳·奥兰丝汀的《百变小红帽——一则童话三百年的演变》一书正是以《小红帽》这则简单的童话故事为切入点,揭开小红帽那顶"帽子"下的所有秘密。

我国古代历来有续书传统。西方学者提出的重写更注重借鉴的同时在主题上有创造性,续书则更关注读者的阅读体验。"一切文学作品都是由阅读它们的社会'重新写过',只不过没有意识到而已;事实上,没有一部作品的阅读不是一种'重写'。"②古代文学经典《红楼梦》的续书多达近百种,或承续原作,或提取部分加以演绎,或根据原著进行仿作。神魔小说《西游记》,世情小说《金瓶梅》,侠义公案小说《水浒传》《儿女英雄传》《三侠五义》等都有续书。古典文学名著的续书者或为"圆梦"或为"泄愤",借续书之名平衡或矫正原作,以弥补阅读者之憾。但此类续书作品多难逃程式化窠臼,难以超越所续写的文学经典。20世纪的中国文学中,对文学经典的重写不乏优秀之作,如鲁迅的《故事新编》,其中收录的8篇小说从某种意义上来说是一种深刻的重写,《补天》《奔月》《出关》等篇目在语言、文本层面都体现出难以超越的独异性和思想性。20世纪三四十年代,不少作家模仿鲁迅故事新编笔法,进行"旧瓶装新酒"式的重写,如谭正璧的《拟故事新编》小说集、端木蕻良的《步飞烟》(故事新编之一)小说集等,但在思想和艺术方面都无出其右。

当前文学中大量存在的戏仿和改编之作,已经与古代的续书、现代

---

① [荷兰] D. 佛克马:《中国与欧洲传统中的重写方式》,范智红译,《文学评论》1999年第6期。
② Terry Eagleton, *Literary Theory: An Introduction*, Minneapolis, Terry Easota Press, 1983, p. 12.

的重写相去甚远。如果说古代的续书尊重原著，关注读者的阅读体验，现代的重写注重思想和艺术的创造性转换，那么当代的戏仿和改编之作则在很大程度上抛却了这些追求，直接指向了消费娱乐。读者无须深入思考，作者也放弃文学的独创精神，一味制造一种虚幻的快感与狂欢。文学经典被迫与大众文化"合谋"，被纳入消费文化的洪流之中。

2. 大众文化中文学经典的戏仿与改编

被奉为经典的文学作品，不可避免地成为被模仿或改编的对象。对于经典的戏仿和改编，广泛存在于文学、戏剧、影视、美术、音乐、广告等艺术门类中。在此过程中，经典的独创性会慢慢被吞噬掉，进而转化成巨大的互文性。法国学者朱莉娅·克里斯蒂娃指出："任何一篇文本都吸收了和转换了别的文本。"[1] 互文性作为分析理解文学的一个重要特征，自身具有一些显著的标记或特征，如原型、母题、典故，或者借用、引用、拼贴，还有大众熟悉的流行事件、热点话题、语汇等。戏仿和改编则是互文性的一种特殊表现形式。若要考察当下文学经典的发展问题，戏仿和改编在文学经典变迁方面的重要作用是必须要论及的。

"戏仿作为模仿的一种形态，除了向模仿的源文本表达敬仰和敬意外，但它毕竟有别于严肃的模仿形态，其不同之处在于它在认可那些神圣的史诗与悲剧作品的规范与价值的同时，其功能还在于通过其滑稽性的模仿，揭示和暴露那些神圣和经典作品的局限与不足。"[2] 从文本角度来看，戏仿的模仿对象是经典文本、话语风格或者创作范式；就作者而言，戏仿写作具有前提性，必有模仿的对象，或遵循现实主义原则，或进行想象性创作；从读者或批评家的接受角度看，戏仿能够制造出与原模仿对象的某种差异性。差异性是戏仿作品水准的考量标准，严肃的戏仿作品一定是追求同中有异，既遵循传统原则，又丰富美学原则，也有新的创造。改编与戏仿手法相类似，也是针对某个模仿对象进行创造性的改造，以取得某种效果。一般来说，改编一词多用于文学作品、影视剧作品的改写方面。

---

[1] ［法］蒂费纳·萨莫瓦约：《互文性研究》，邵炜译，天津人民出版社2003年版，第1页。
[2] 龚芳敏：《西方文艺批评中戏仿功能的历史演变探析》，《云南社会科学》2015年第2期。

传统观念中文学经典是相对稳定的，是作为一种抽象化、理念化的对象而存在。在当今的文学研究学者看来，文学经典并不是以纯粹的"文学性"标准入选的，文学经典是社会发展的产物，是权力话语所建构的。文化研究者主要从种族、时代、地域、性别等角度重新审视文学经典的生成和确立规范。从文化研究的角度而言，文学经典并不是凝固不变的，也不是被束之高阁的，而是存在于日常生活中的，文学性内涵与外延的变化也会投射到文学经典中，文学经典也会相应地发生解构和重构。

文学经典的解构和重构实质上是在同一时空进行的，有时候解构意味着另一重意义上的重构。对于经典文本的戏仿和改编存在几种类型或倾向：

第一，将戏仿视为一种严肃的文学修辞与叙事方法，并且与作家的主体思想情感密切关联。如詹姆逊所言："在任何情况下，一个好的或伟大的戏仿者都必须对原作有某种隐秘的感应，正如伟大的滑稽演员必须有能力将自己代入其所模仿的人物。"[①]《故事新编》无论从形式或内容，还是从语言修辞到文本叙事都有无可比拟的原创性和思想艺术魅力。王小波的《青铜时代》、刘震云的《故乡相处流传》等小说，在荒诞无稽的表象和玩世不恭的态度下，对我们置身其中的历史、现实、自由、权利进行严肃的洞察和反思。孟京辉的先锋话剧如《一个无政府主义者的意外死亡》《我爱×××》《坏话一条街》挪用了孔子名言、朱自清散文等，以戏仿、重复等手段制造出幽默滑稽的"孟氏快感"，以此表达对荒诞人生的体悟和反思。

第二，将戏仿和改编视为对抗神圣与禁忌的书写方式，将历史、政治、英雄等宏大概念进行祛魅。王朔的小说和他参与编剧的电影、电视剧都鲜明地体现了这一点。小说《顽主》《千万别把我当人》《玩的就是心跳》中对于市井地痞语言和神态的描写惟妙惟肖，小人物口中滥用的大口号产生了反讽的张力，也流露出对以政治为中心的传统的抵触和不

[①] [美] 弗雷德里克·詹姆逊：《文化转向》，胡亚敏译，中国社会科学出版社 2000 年版，第 7 页。

满。王朔在1990年代参与编剧的电视情景剧《编辑部的故事》，带有很浓重的个人色彩。剧中爷爷所代表的官样文化成为戏仿和调侃的对象。电影《阳光灿烂的日子》根据王朔小说《动物凶猛》改编而成，电影对"文化大革命"时期的代表性政治符号做出了夸张和荒诞化的处理，小流氓斗殴时的背景音乐甚至都是《国际歌》。王蒙对于官方辞令的戏谑模仿同样炉火纯青，小说《说客盈门》《恋爱的季节》《风筝飘带》中运用"性说政治""吃说政治"的策略，消解了"文化大革命"话语的伪崇高。新写实小说中，方方、刘恒等作家自然地将政治意识形态嫁接到琐碎平凡的日常生活之中，并且渗透到了人物的"语言无意识"当中。李冯的那类被称为"戏仿小说"的作品，如《另一种声音》《卖油郎与花魁》实际上借经典故事的原型表达对现实生活的理解。

第三，戏仿和改编作品的图像化趋势愈发明显，见诸电视节目、影视剧作品、互联网。我国古代四大文学名著已被多次翻拍成影视剧作品，《戏说乾隆》《还珠格格》等清宫戏层出不穷。步入21世纪，影视界兴起戏仿之风，喜剧电影《疯狂的石头》、古装情景喜剧《武林外传》、喜剧武侠片《天下第二》等作品获得不俗的票房和关注度。在消费文化的影像中，诸如情感、欲望、梦想、享乐等元素是十分普遍的，也是受欢迎的。图像化时代，大众需要更强烈、更直接的视觉刺激和消费，即时性的视觉消费极大冲击传统意义上的思考型阅读，影视剧作品的文化品格一定程度上让位于市场效益。

第四，大众文化中还存在一些毫无节制、没有底线，一味迎合市场或读者需求的欲望化写作文本，其过度增加情感、欲望的"佐料"，并通过戏仿和改编的途径达到尼尔·波兹曼所言的"娱乐至死"的极端状态，对此我们必须持否定的立场和态度。崔子恩是一例个案，他的写作涉及浓重的性别色彩，《丑角登场》和《玫瑰床榻》等小说叙事过程充满了暧昧与朦胧，充斥着对古典文本及欧美名著的戏仿、复制与拼贴，是对性别规范和性别文化的一次谋反，戴锦华称之为"异类文化的狂欢"。还有诸如《水煮三国》《悟空传》《Q版语文》之类的作品，存在各种形式的拼贴与戏仿，对于经典文本的篡改、涂抹，令人不忍直视。一味地迎合市场、任性地表达自我，不免落入现代性的媚俗之中，暴露出文化深层的弊病。

3. 文学经典改编中存在的问题

文学经典一旦落入商业文化、消费语境中，几乎难逃被改编甚至篡改的命运。我们所处的时代适逢商业文明、消费主义、电子网络发达且成熟，社会文化形态相应的复杂和多元。从20世纪90年代开始，从王朔对政治话语及意识形态的戏仿与调侃，新历史主义小说对于历史的艺术化处理，以《大话西游》为代表的"大话"风，"戏说"潮，到对各类经典的"再解读"，"经典"作家作品排座次，"经典"丛书的推出，再到新近出版的《刘心武续红楼梦》等一系列的文学或文化事件，体现社会转型时期大众和学界对于经典的态度和认知，反映了经典不断变迁和重构的过程。由此引发了一连串问题，有学者表现出担忧："当旧的经典被反复地篡改、曲解、误读，而新的经典又无从诞生时，文学就患上了健忘症。"①"健忘"是消费文化隐藏着的一种内在逻辑。消费文化注重即时性的体验，认为文化是被"生产"出来的。戏仿和改编一定程度上成为文化"生产"的重要途径和手段，但其对文学经典过度消解所带来的负面影响显而易见。

戏仿和改编过度依赖文学经典，一如"戴着镣铐跳舞"。暂且不论鲁迅小说及杂文中炉火纯青的戏仿和重写艺术，综观自新时期以来的戏仿与改编文本，只有极少数作品中融入了作者对社会及人生的深刻思考，多数作品仍摆脱不了前文本的影响，即本雅明所说的"机械复制"品。本雅明很早就注意到艺术与科学的互渗关系，他早在1935年发表的《机械复制时代的艺术作品》是关于电影理论的论著，在当下对于我们探究大众文化与文学经典之间的关系仍有重要的启发意义。"从原理上说，一件艺术作品总是可以复制的。"② 本雅明认为复制品往往使原作的本真性也就是其内在神韵或独创性消失殆尽，从而引发传统艺术的分崩离析。本真性的消失是与社会的发展变革、当代文化危机紧密相连的。戏仿、复制、仿真、拼凑已经是当下文学艺

---

① 黄发有：《文学健忘症——消费时代的文学生态》，《南方文坛》2005年第6期。
② ［德］瓦尔特·本雅明：《机械复制时代的艺术作品》，张旭东译，《世界电影》1990年第1期。

术面临原创性危机的沉疴顽症，是其内部产生的"病毒"，与生物技术领域的"克隆技术"相差无几。从这个角度上说，文学经典可被视为原作，而一般的戏仿和改编作品是复制品，复制品并未继承原作的本真性、独创性，而是在大量的模仿、参照中消融了经典的神韵和内在特质，从而将经典泛化、拆解，转化为混沌的互文性。这是当下包括小说在内的影视、网络、广告、戏剧、歌曲中普遍存在的问题。文学经典的大众化趋势愈加明显。从海德格尔的"世界图像时代"到托马斯·米歇尔的"图像转向"，再到尼古拉斯·米尔佐夫的"视觉文化时代"，在各种电子媒体冲击下，文学经典无可避免地被纳入"读图"时代。中央电视台的《百家讲坛》栏目的一系列经典讲座如易中天品读《三国》、于丹《论语》心得等，造就了一批学术明星，也引发了新的经典热，甚至是整体的国学热。文学经典还被裹挟进入都市文化的空间生产中，不断地被消费被变形。中国版电视剧《钢铁是怎样炼成的》迅速走红，获得官方和民间的一致好评，取得政治与经济、革命与商业的多赢。影视剧《红色娘子军》洋溢着青春偶像剧的气息，《林海雪原》融入言情剧元素，《沙家浜》明显落入消费逻辑，电影《白鹿原》中的情欲戏份被放大，历史背景反倒被淡化。经典大众化并非没有问题，在间接的接受过程中，经典本身及其价值可能被忽略和遗忘，而容易被记住的，是面目全非的经典。

对于文学经典的戏仿和改编，同时呈现出主体性的退隐或消亡。自文艺复兴以来，主体性一直是西方现代哲学的奠基石。在社会政治领域，现代性主体以"自我"作为理论认识和社会行动的中心，是不同寻常的个体主义。在文学创作中，对文本建构起关键性作用的是创作的主体性和创作伦理。而当下一些毫无底线的戏仿和改编作品公然宣称主体死亡，作者也在作品中完全消失，所以他们将滑稽模仿用作主体消亡的见证。主体性衰颓的另一表现就是戏仿与改编作品中的人物、故事、情节已经成为碎片化和符号化的象征，并由此构筑伪经验、伪历史。自启蒙时代建立起来的主体性，往往在图像化、娱乐化的巨大冲击下自我迷失，呈现大面积的弥散和消失，不可避免地接受"主体性的黄昏"。转型时期的中国社会文化景观已经发生深刻的变化，经典变迁过程中的戏仿与改编现象所引发的一系列文学艺术与审美问题，无疑值得我们进行深刻反思。当下流行的戏仿和改编作品，往往针对特定的一些经典文本进行戏说或者戏仿，在这个过程中，经典文本相关的历史、人物、事件等被日常化和生活化，甚至有些人物被丑化、历史事件被歪曲。在改编过程中，经典不断被"祛魅"，不但消解了经典原有的深度和意义，还抹平了其中的意识形态，从而建构起日常的、大众化的新的意识形态。当下对于文学经典的戏仿和改编，已经包含了市场化的机制和商品化、消费性的特征。从某种意义上来说，对于文学经典的"后现代"式戏仿和改编，契合了消费文化的精神特质，成为消费时代中特有的文化景观。戏仿和改编的存在具有合理性和必然性。不过，过度膨胀的语言和狂欢化的文本失去了文学中应有的审美理想和价值尺度，也为文学研究和批评带来新的挑战。

在大众文化语境中，文学经典已由实体性的存在转向功能性的概念，文学经典背后隐匿的乃是各方文化权力之间的博弈。从文学经典内部来看，消费文化兴起后，文学经典存在解构趋向，审美意识和价值建构亟待建设。就文学经典的外部环境而言，大众文化、享乐主义的盛行，电子图像化的冲击，跨媒介传播等复杂因素，又让文学经典陷入多元价值观的选择。文学经典进入大众文化语境中，必然要面临价值重新定位的问题。若要适应并长足发展，应走出精英文化与大众文化的二元对立模式，寻求两种文化相互融通的契合点，并且拉近文学经典与普通大众的距离，给予大众一定的审美引导。同时需要掌握人类精神文化生产力增长和消费的特殊规律，利用市场经济规律为文学经典的传播和延续提供必要条件。文学创作本身就是充满二律悖反的过程。经典的诞生往往需要时间的积淀和考验，需要作家怀揣生命的激情不懈追问与探寻人类的生存和命运。对于新的文学经典的出现，我们仍抱有热切的希望。

参考文献

中文著作

蔡翔：《日常生活的诗情消解》，学林出版社1994年版。

曹文轩：《二十世纪末中国文学现象研究》，作家出版社2003年版。

曹文轩：《中国八十年代文学现象研究》，作家出版社2003年版。

查建英：《八十年代访谈录》，生活·读书·新知三联书店2006年版。

陈思和：《中国当代文学史教程》，复旦大学出版社2005年版。

陈晓明：《中国当代文学主潮》，北京大学出版社2009年版。

程光炜：《文学讲稿："八十年代"作为方法》，北京大学出版社2009年版。

戴锦华：《隐形书写——90年代中国文化研究》，江苏人民出版社1999年版。

董小英：《再登巴比伦塔——巴赫金与对话理论》，生活·读书·新知三联书店1994年版。

范伯群：《中国近现代通俗文学史》，江苏教育出版社2010年版。

谷野平：《霍克斯小说戏仿研究》，光明日报出版社2010年版。

郭宝亮：《王蒙小说文体研究》，北京大学出版社2006年版。

贺桂梅：《"新启蒙"知识档案——80年代中国文化研究》，北京大学出版社2010年版。

洪子诚：《中国当代文学史》，北京大学出版社2007年版。

胡全生：《英美后现代主义小说叙述结构研究》，复旦大学出版社2002年版。

黄发有：《准个体时代的写作——20世纪90年代中国小说研究》，上海三联书店 2002 年版。

黄子平：《"灰阑"中的叙述》，上海文艺出版社 2001 年版。

雷勤风：《大不敬的年代——近代中国新笑史》，台湾麦田出版社 2018 年版。

刘康：《对话的喧声——巴赫金的转型文化理论》，中国人民大学出版社 1995 年版。

刘恪：《先锋小说技巧讲堂》，百花文艺出版社 2012 年版。

鲁迅：《鲁迅全集》（1—18 卷），人民文学出版社 2005 年版。

陆扬：《大众文化理论》，复旦大学出版 2008 年版。

孟繁华：《众神狂欢——世纪之交的中国文化现象》，中国人民大学出版社 2009 年版。

南帆：《文学的维度》，中国人民大学出版社 2009 年版。

钱理群、温儒敏：《中国现代文学三十年》，北京大学出版社 1998 年版。

申丹：《叙述学与小说文体学研究》，北京大学出版社 2005 年版。

唐小兵：《再解读：大众文艺与意识形态》，北京大学出版社 2007 年版。

汪晖：《去政治化的政治：短 20 世纪的终结与 90 年代》，生活·读书·新知三联书店 2008 年版。

王先霈、王又平：《文学理论批评术语汇释》，高等教育出版社 2006 年版。

吴义勤：《中国当代新潮小说论》，江苏文艺出版 1997 年版。

谢冕：《论二十世纪中国文学》，中国人民大学出版社 2009 年版。

谢冕、钱理群：《百年中国文学经典》，北京大学出版社 1996 年版。

张福贵：《"活着"的鲁迅：鲁迅文化选择的当代意义》，社会科学文献出版社 2010 年版。

张京媛：《新历史主义与文学批评》，北京大学出版社 1993 年版。

赵毅衡：《新批评文集》，中国社会科学出版社 1988 年版。

郑家建：《历史向自由的诗意敞开——〈故事新编〉诗学研究》，上海三联书店 2005 年版。

朱崇科：《张力的狂欢——论鲁迅及其来者之故事新编小说中的主体介入》，上海三联书店2006年版。

祝宇红：《"故"事如何"新"编——论中国现代"重写型"小说》，北京大学出版社2010年版。

中文译著

［德］卡尔·曼海姆：《意识形态与乌托邦》，姚仁权译，中国社会科学出版社2009年版。

［德］尼采：《悲剧的诞生》，周国平译，上海人民出版社2009年版。

［法］蒂费纳·萨莫瓦约：《互文性研究》，邵炜译，天津人民出版社2003年版。

［古希腊］亚理斯多德：《诗学》，罗念生译，人民文学出版社2002年版。

［荷兰］佛克马、蚁布思：《文学研究与文化参与》，北京大学出版社1996年版。

［加］琳达·哈琴：《后现代主义诗学：历史·理论·小说》，李杨，李锋译，南京大学出版社2009年版。

［加］诺斯罗普·弗莱：《批评的剖析》，陈慧，袁宪军等译，百花文艺出版社2006年版。

［捷克］米兰·昆德拉：《小说的艺术》，董强译，上海译文出版社2004年版。

［美］W. C. 布斯：《小说修辞学》，华明等译，北京大学出版社1987年版。

［美］哈罗德·布鲁姆：《西方正典》，江宁康译，译林出版社2005年版。

［美］哈罗德·布鲁姆：《影响的焦虑——一种诗歌理论》，徐文博译，江苏教育出版社2006年版。

［美］华莱士·马丁：《当代叙事学》，伍晓明译，北京大学出版社2005年版。

［美］勒内·韦勒克、奥斯汀·沃伦：《文学理论》，刘象愚，邢培明等

译，江苏教育出版社 2005 年版。

［美］马泰·卡琳内斯库：《现代性的五副面孔》，顾爱彬，李瑞华译，商务印书馆 2003 年版。

［美］尼尔·波兹曼：《娱乐至死》，章艳译，广西师范大学出版社 2011 年版。

［美］伊恩·P. 瓦特：《小说的兴起》，高原，董红钧译，生活·读书·新知三联书店 1992 年版。

［美］约翰·邓普：《论滑稽模仿》，项龙译，昆仑出版社 1992 年版。

［美］约翰·费斯克：《理解大众文化》，王晓珏，宋伟杰译，中央编译出版社 2001 年版。

［美］詹明信：《晚期资本主义的文化逻辑》，陈清侨等译，生活·读书·新知三联书店 1997 年版。

［日］柄谷行人：《日本现代文学的起源》，赵京华译，生活·读书·新知三联书店 2006 年版。

［苏］巴赫金：《巴赫金全集》（1—6 卷），晓河等译，河北教育出版社 1998 年版。

［英］迈克·费瑟斯通：《消费文化与后现代主义》，刘精明译，译林出版社 2000 年版。

［英］特里·伊格尔顿：《后现代主义的幻象》，华明译，商务印书馆 2005 年版。

外文著作

Linda Hutcheon, A Theory of Parody: The Teachings of Twentieth-Century Art Forms, Urbana and Chicago: University Of Illinois Press, 2000.

Margaret A. Rose, Parody: Ancient, Modern, and Postmodern, Cambridge University Press, 1993.

Simon Dentith, Parody, London and New York Routledge Press, 2000.

后　　记

　　戏仿作为文学和文化领域的惯性话语已是学术界关注的重点之一，当初选择这个方向作为博士学位论文，更多的是基于个人的兴趣以及学术研究的考量。在西方的思想文化场域中，自古希腊伊始，及至后现代主义文化，戏仿的内涵和外延一直在发生变化，尤其是巴赫金对于戏仿的开创性研究，丰富和深化了文艺复兴和中世纪的文化历史，发掘了特定时期的怪诞、诙谐文化。为后来学者开启后现代主义场域中的戏仿论，提供了有益的参照和借鉴。中国当代文学和文化中存在大量有趣的戏仿现象，王朔的小说、于坚的诗歌、孟京辉的戏剧、王广义的画作、东北"二人转"、方兴未艾的网络文学，等等，要将"志趣"之轻转向"志业"之重，其间必经历艰难的蜕变。

　　本书是在博士论文的基础上修改、扩充和完善的。我是带着不安和怀疑完成书稿的写作，一方面对于戏仿问题的执着和期待，让我陷入理论的框范而易带来视野的窄化和误读的焦虑，另一方面又极力说服自己在戏仿阐释中国当代文化的有效性范围内，论证戏仿实践和社会发展的内在肌理，避免文学、文化现象沦为理论话语的注脚。论著写完许久，我都不敢正视它，仿佛放一放就能弥补先天的缺憾。而在此时，蝉噪声不绝、微风阵阵的初秋之夜，当论著真正完善定稿，心中的忐忑平复许多。尽管不甚完美，不妨将其视为我学术前行道路上的一个小坐标。

　　现如今已在西安工业大学工作和学习，在七尺讲台上和同学们讲文学、谈文学，我仍怀揣敬畏和感念。求学之路需要感谢的老师太多，感念徐德明教授、黄善明教授领我"进门"，感谢博士生导师王学谦教授教诲我修炼内功，提升文学涵养。师恩难忘，前方的路还得自己坚定地走下去。特别感谢中国社会科学出版社的陈雅慧女士,她在书稿的审定、编辑、出版等环节付出辛勤劳动,促成论著顺利出版。

家人一直是我给力的"后援团"。父母、先生和女儿给了我莫大的精神动力和生活支持,对你们的爱和感激是无尽的。女儿香贝儿即将满五岁,她说妈妈的第一本书一定要第一个送给她。

张悠哲

2019 年 8 月于西安